les Ailes d'Alexanne

Tome 3 : Le Faucheur

W0391433

Du même auteur

A.N.G.E., tomes I à V

Les Ailes d'Alexanne, tomes I et II

Les Chevaliers d'Émeraude, tomes I à XII

Les Héritiers d'Enkidiev, tomes I à III

À paraître

Les Héritiers d'Enkidiev 4
Le Sanctuaire

A.N.G.E. 6
Tribulare

Anne Robillard

les Ailes d'Alexanne

Tome 3 : Le Faucheur

Michel Lafon

© Guy Saint-Jean Éditeur inc., 2011
© Éditions Michel Lafon, 2012,
pour tous les pays francophones à l'exception du Canada,
7-13, boulevard Paul-Émile-Victor – Île de la Jatte
92521 Neuilly-sur-Seine Cedex
www.michel-lafon.com

Chapitre 1
La requête

La vie avait repris son cours dans la grande maison des Kalinovsky, perdue au milieu des Laurentides. C'était enfin le printemps. La neige avait fondu presque partout, et les bourgeons éclataient dans les nombreux arbres de la propriété. Tatiana adorait cette saison. Étant une fée, chaque cellule de son corps participait à ce renouveau. Elle percevait également les sons, les couleurs et les vibrations avec une intensité inconnue de la plupart des mortels.

Alexanne, sa jeune nièce de seize ans, aurait elle aussi pu profiter de cette fascinante reprise de la vie si elle n'avait pas été plongée dans ses études. Puisqu'il n'y avait pas d'école secondaire à Saint-Juillet, elle avait choisi de suivre ses cours par Internet. Monsieur Richard avait installé une nouvelle antenne parabolique qui lui procurait un service Internet d'une vitesse acceptable. Bien sûr, Alexanne aurait pu étudier à Québec, comme le faisait son petit copain Matthieu, mais son oncle Alexei refusait de la laisser s'éloigner de la maison depuis le procès du chef de la secte de la montagne. Puisque les sports d'hiver n'intéressaient pas l'adolescente, elle prenait suffisamment d'avance dans ses travaux scolaires, du lundi au vendredi, pour faire ce dont elle avait envie la fin de semaine.

Matthieu était rentré à Saint-Juillet pour le congé de Noël, puis il était reparti à Québec chez sa tante, où il logeait durant l'année scolaire. Il ne reviendrait que pour les vacances d'été. Alexanne ne cessait de penser au plaisir qu'ils auraient ensemble.

Alexei, le troisième pensionnaire de la maison, était tout à coup devenu sédentaire, mais c'était surtout pour veiller sur les femmes de la maison. Grâce à lui, le chef de la communauté fermée de la montagne avait été condamné et emprisonné. Toutefois, un de ses disciples s'était échappé de sa cellule. Frédéric Desjardins avait été l'un des substituts du procureur général de la province, mais il possédait aussi une identité secrète. Dans la secte, il était le Faucheur, celui qui exécutait les hommes et les femmes qui réussissaient à franchir les palissades de la forteresse du Jaguar. Craignant des représailles de sa part sur sa famille, Alexei demeurait vigilant.

Approchant la trentaine, cet être sauvage avait erré toute sa vie et n'avait pris racine nulle part. Il s'était enfui de la maison de ses parents à l'âge de dix ans et avait été recueilli par les adeptes du Jaguar, puis s'était évadé de la secte une dizaine d'années plus tard. Jouant de malchance, en plus d'avoir été atteint de plusieurs balles de fusil, Alexei avait été attaqué par un loup. La morsure de l'animal possédé par le diable l'avait sauvé de la mort. Toutefois, elle l'avait aussi transformé en une créature à mi-chemin entre la bête et l'humain. Pendant des années, le pauvre homme avait bravement résisté aux assauts des forces obscures, s'isolant dans la forêt pour ne pas mordre qui que ce soit. Ce dur combat l'avait rendu solitaire et renfermé, mais lui avait aussi permis d'affiner ses facultés magiques.

L'arrivée d'Alexanne chez Tatiana avait complètement bouleversé sa vie. Grâce à son don pour parler avec les anges, l'adolescente avait réussi à le débarrasser de l'ombre et l'avait incité à reprendre sa place dans la société. Puisqu'il n'était plus obsédé par sa survie, Alexei avait tristement constaté qu'il ne connaissait rien au monde dans lequel il vivait. Encore une fois, Alexanne lui était venue en aide. Elle lui avait enseigné à lire et à écrire, et elle lui avait progressivement fait découvrir l'univers grâce à son ordinateur et à la télévision.

En plus de veiller sur Tatiana et Alexanne, Alexei assurait la protection de Danielle Léger, dont il était follement amoureux. La travailleuse sociale s'était réfugiée dans les Laurentides en apprenant que Frédéric Desjardins avait faussé compagnie à ses gardiens. Elle avait de bonnes raisons de le craindre, car il avait tenté de les tuer, Alexei et elle, avant la fin du procès du gourou à Montréal.

Au cours des vies antérieures qu'ils avaient partagées, Alexei n'était jamais arrivé à sauver Danielle de la mort. Cette fois-ci, il ne laisserait rien ni personne lui faire du mal. La jeune femme le suivait maintenant partout, persuadée que Desjardins n'attendait que le moment de frapper de nouveau.

– Il est trop maléfique pour pouvoir s'approcher de la maison d'une fée, lui répétait continuellement Alexei.

– Si tu le connaissais aussi bien que moi, tu saurais qu'il a plus d'un tour dans son sac.

Par ce beau matin de mai, les deux amoureux étaient assis dans la cour, sur une épaisse couverture, près du jardin dont Alexei avait retourné la terre en vue de procéder au repiquage de ses plantes médicinales. Il écoutait le chant des arbres qui se réveillaient après leur long sommeil hivernal, tandis que Danielle, les bras enroulés autour de la taille de son amant et la tête appuyée entre ses omoplates, se laissait bercer par sa présence rassurante.

– La peur chasse l'amour, murmura Alexei.

– Je t'aime même si je manque de bravoure, répliqua sa belle.

– S'il est intelligent, le procureur se sera enfui dans un pays où la police ne pourra pas le retrouver.

– Si Frédéric avait été intelligent, il n'aurait pas accepté de devenir l'exécuteur du Jaguar. S'il a reçu l'ordre de nous tuer, il ne quittera pas la région avant de s'être acquitté de sa mission. Je le connais mieux que quiconque. Il est très têtu.

– Je ne le laisserai pas s'approcher de toi.

Danielle se mit à sangloter.

– Pourquoi pleures-tu ? s'attrista Alexei en se retournant.

– Je ne sais pas... Ça m'arrive de plus en plus fréquemment, même sans raison.

Il l'étreignit avec force. « Elle a été si souvent victime d'événements tragiques, lors de ses incarnations précédentes, qu'elle ne fait plus confiance au destin », pensa Alexei. Ce n'était pas le cœur de sa belle qu'il devait rassurer, mais son âme, qui avait accumulé trop d'émotions négatives. Si l'homme-loup pouvait les ressentir, il ne savait toutefois pas comment les neutraliser. Tatiana était plus douée que lui dans ce domaine.

Alexei aida Danielle à se lever et replia la couverture, avant de conduire la jeune femme vers la maison. Silencieusement, en n'utilisant que son esprit, il demanda à sa sœur guérisseuse d'intervenir. Lorsqu'ils entrèrent dans la cuisine, Tatiana les y attendait.

– Prendriez-vous du thé avec moi ? demanda la fée avec un sourire apaisant.

– Avec plaisir, se réjouit Danielle.

– Je vais aller ranger la couverture dans la penderie, annonça Alexei.

En réalité, il voulait laisser les deux femmes en tête à tête. Il savait déjà ce que Tatiana dirait à sa compagne de toute façon.

– Vous devez tous penser que je suis une froussarde, se chagrina Danielle en s'asseyant à table.

– Il est tout à fait légitime de craindre le Faucheur, répliqua Tatiana en versant du thé dans une tasse. Cependant, pour écarter une menace, il faut savoir garder son sang-froid. La peur nous rend vulnérables, Danielle, alors que l'amour nous rend forts et confiants.

– C'est parce qu'il n'a peur de rien qu'Alexei est si fort ?

– Sa puissance émane de sa confiance en lui. Il a par contre encore bien du mal à avoir confiance en l'amour.

– Il n'est donc pas invincible…

– Personne ne l'est.

Tatiana serra la main de la jeune femme dans la sienne, en lui transmettant une parcelle de sa force vitale. Tandis que sa sœur calmait les craintes de sa petite amie, Alexei rangea la couverture et s'arrêta à l'entrée du salon. Alexanne travaillait face à son ordinateur. Couché à ses pieds, Yéti, le gros chien noir que la famille gardait en pension, releva la tête.

– Tu peux approcher, Alex, fit l'adolescente sans même se retourner.

– Je ne veux pas te déranger quand tu étudies.

– Tu me déranges bien plus en restant planté dans mon dos.

L'homme-loup s'avança, les yeux rivés sur l'écran, sur lequel s'affichaient des mots et des graphiques. Cette boîte magique contenait des millions de renseignements qu'il ne comprenait pas.

– C'est pour l'école ?

– Ouais, répondit Alexanne. Ce sont des matières que je dois maîtriser pour réussir les examens de secondaire quatre et passer en dernière année. Je préférerais parler à mes professeurs autrement que par courriel, comme Matthieu peut le faire, mais compte tenu des circonstances…

– Matthieu devrait étudier sur une machine lui aussi, répliqua Alexei en se penchant pour caresser le chien.

– Le procureur Desjardins ne le connaît même pas ! Il ne risque rien à Québec.

– Tu ne devrais pas sous-estimer la portée du mal.

– J'ai vu beaucoup de choses folles depuis que je suis arrivée ici, mais j'ai de la difficulté à croire qu'un homme, si brillant soit-il, puisse débarquer à Saint-Juillet et tous nous tuer sans que nous puissions nous défendre.

– Il est fort parce qu'il a vendu son âme au diable.

– Qu'il soit démoniaque ou non, je ne risque rien sous les ailes protectrices de ma tante et de mon oncle, n'est-ce pas ?

– Tant que le Faucheur sera en liberté, nous ne pourrons pas te laisser t'éloigner de la maison.

– Et puisque la police est incapable de mettre la main dessus, je passerai probablement le reste de ma vie enfermée dans cette pièce.

– Christian va capturer le Jaguar et ceux qui l'ont aidé à s'enfuir. Il ne pourra pas recommencer son manège.

– Donc, selon toi, Desjardins a le pouvoir de nous retrouver au milieu de nulle part, mais pas celui de passer à travers les murs ou les barreaux d'une prison ?

– Personne ne peut faire ça, affirma l'homme-loup.

– Même pas toi ?

Il secoua la tête avec un sourire amusé qui fit comprendre à la jeune fille qu'il trouvait l'idée tout à fait ridicule. Soudain, il sentit qu'un visiteur était en train d'emprunter la route qui menait à la maison.

– Qui est-ce ? demanda Alexanne.

– C'est Christian, l'informa son oncle en se dirigeant vers la porte.

Le capitaine Pelletier de la Sûreté du Québec était devenu un ami loyal de la famille. Tout comme le journaliste Sylvain Paré, Christian traitait Alexei comme son égal, même si ce dernier souffrait d'un retard social sur les autres hommes.

Alexei demeura sur la galerie et observa le VUS[1], qui s'était arrêté dans l'entrée. Utilisant ses facultés magiques pour sonder les intentions de son ami policier, il ressentit une grande lassitude et du découragement. « Il n'a donc pas encore retrouvé le procureur Desjardins », comprit l'homme-loup. Christian descendit du véhicule. Il s'approcha de la maison, les mains dans les poches de son blouson en cuir.

– Tu n'es pas venu pour me parler du Faucheur, lui dit Alexei sans sourciller.

– Je t'en prie, ne lis pas dans mes pensées et laisse-moi plaider ma cause moi-même, insista le policier en grimpant les quelques marches qui donnaient accès à la galerie.

L'homme-loup hocha doucement la tête. Christian passa devant lui et alla s'asseoir sur un fauteuil à bascule en bois. Alexei prit place dans l'autre et observa le visage de son ami. Celui-ci était inquiet et surtout très fatigué.

– Je suis venu te demander une faveur, déclara finalement Christian. J'aimerais que tu te serves de tes pouvoirs pour me donner un coup de main dans une enquête.

– Je t'ai déjà dit que je ne voulais pas travailler pour la police.

– Et je t'ai promis de ne pas te le demander, je sais, mais cette affaire est tellement grave que j'ai décidé de briser ma promesse.

---

1. Véhicule utilitaire sport. Au Québec, l'abréviation de l'expression française est utilisée pour désigner ce véhicule inspiré des breaks.

Il était sincère et désespéré. Alexei se leva et fit quelques pas sur la galerie en regardant au loin. Il avait de la difficulté à comprendre la notion de promesse. À quoi cela servait-il de donner sa parole à une autre personne pour la reprendre plus tard ? Mais Christian était son ami. Cela lui donnait-il le droit de briser sa promesse ?

– Pourquoi est-ce une affaire grave ? s'inquiéta Alexei.

– Elle implique des enfants, répondit Christian. L'homme que nous recherchons en a tué au moins dix depuis le début de l'année, et si nous ne l'arrêtons pas bientôt, il continuera à immoler d'autres innocents.

– Et tu n'es pas capable de l'arrêter ?

– Nous ne savons pas qui il est, avoua le policier. Il ne laisse aucun indice sur ses victimes... enfin, le genre d'indice que des humains peuvent déceler, si tu vois ce que je veux dire.

Alexei demeura silencieux un instant, afin de réfléchir à sa participation dans cette enquête. Christian ne le pressa pas. Il savait que le cerveau de son ami fonctionnait plus lentement que celui de la majorité des hommes. Alexei Kalinovsky avait passé toute sa vie en marge de la société. Il ne comprenait donc pas toujours ses concepts.

– C'est important pour toi, que je t'aide ? fit-il finalement.

– Oui, Alex, et ça devrait l'être pour toi aussi, parce que les enfants représentent l'avenir de cette planète. Personne n'a le droit de tuer une autre personne, surtout un petit être sans défense. Ces jeunes victimes étaient âgées de huit à onze ans. Elles ne méritaient pas de mourir entre les mains de ce maniaque.

Christian sortit une enveloppe brune de la poche intérieure de son blouson. Il en retira les photographies des enfants tels qu'on les avait trouvés. Alexei les regarda une par une sans manifester d'émotion.

– Je ne ressens rien avec ces papiers.

– Je parie que tes pouvoirs ne fonctionnent que lorsque tu touches les corps eux-mêmes…

Le policier pouvait difficilement lui apporter un cadavre. De toute façon, les petits avaient été enterrés. Il remercia donc Alexei de lui avoir accordé quelques minutes et remit les documents dans l'enveloppe. Il plongea alors la main dans une autre poche de son blouson et tendit à Alexei la photographie d'un bébé souriant.

– Il a moins de huit ans, constata l'homme-loup.

– Ce n'est pas une victime. C'est Félix, le fils de Sylvain.

– Y a-t-il des criminels qui tuent des bébés ?

Christian hocha la tête avec tristesse.

– Merci d'avoir essayé, Alex.

Déçu, mais encore déterminé, Christian quitta la propriété des Kalinovsky en laissant la photographie de Félix à Alexei. Ce dernier demeura un long moment à observer le visage joufflu du poupon. Sa propre mère avait commencé à le maltraiter alors qu'il n'était pas beaucoup plus vieux que lui, mais au moins, elle n'avait jamais essayé de le tuer.

À présent beaucoup plus calme, Danielle le rejoignit sur la galerie. La guérisseuse avait une fois de plus exercé son effet apaisant sur elle.

– À qui parlais-tu ? voulut savoir la jeune femme.

– Christian. Il voulait que j'utilise mes dons pour retrouver un criminel, mais ça n'a pas fonctionné. Il m'a aussi dit que des gens tuaient de jeunes enfants et que la police n'arrivait toujours pas à les capturer. Donc, tous les assassins ne sont pas en prison ?

– Non. Mais à mon avis, l'emprisonnement n'est pas la meilleure façon d'enrayer le crime. La véritable solution, ce serait de se préoccuper tout de suite de l'éducation des enfants, pour qu'ils ne deviennent pas des délinquants.

– Comment ?

– En occupant sainement leur esprit et leur corps et en cessant de leur fournir des jeux de plus en plus violents.

– Il leur faudrait tous des mères comme Tatiana, qui auraient le don de voir leur âme.

– Ce serait vraiment épatant, mais la triste réalité, c'est que dans notre société, les parents doivent gagner leur pain quotidien. Ils ne restent donc pas à la maison comme Tatiana. Non seulement leur absence creuse un profond fossé entre eux et leurs enfants, mais elle pousse souvent les enfants à s'identifier à un groupe extérieur qui n'est pas toujours bon pour eux. J'ai travaillé avec beaucoup de jeunes qui se sont sentis trahis et abandonnés par leurs parents et qui ont fini par se tourner vers la criminalité.

– Si un des deux parents restait à la maison, est-ce que ça y changerait quelque chose ?

– Je crois que oui, affirma Danielle, mais il ne faudrait pas que ce parent soit forcé pour autant de vivre dans la pauvreté. Depuis des années, je demande au gouvernement de payer un salaire à l'homme ou à la femme qui demeurerait à la maison pour élever sa famille, car c'est un travail comme un autre.

– Le gouvernement ne t'écoute pas ?

– Non… Il ne se rend pas compte que ce serait une bonne façon de former davantage d'adultes honnêtes et responsables qui n'auraient pas envie de faire du mal aux autres.

– Faudrait-il aussi payer les parents qui sont méchants avec leurs enfants parce qu'ils n'en voulaient pas ? demanda Alexei en pensant à sa propre mère.

– Je crois que la loi devrait être changée, pour les obliger à confier ces enfants à des familles au sein desquelles ils seraient aimés et respectés.

Alexei fronça les sourcils en réfléchissant.

– Si ma mère m'avait donné à une autre famille qui m'aurait aimé et respecté, aurais-je été différent ?

– Je n'ai pas dit ça pour te blesser, Alex, se désola la jeune femme. Et tu es loin d'être un criminel. Personne n'est plus honnête que toi.

– Ma mère a choyé Tatiana et Vlado, et ils sont devenus de bons adultes, alors que moi...

Danielle plaqua ses mains sur les lèvres de son amant pour le faire taire. Ce dernier lui embrassa les doigts, avant de les retirer doucement.

– Je ne suis pas comme tout le monde, précisa-t-il.

– À cause de cet imbécile de Jaguar qui t'a gardé dans l'ignorance. Mais moi, je t'aime comme tu es.

« Elle est si belle, lorsqu'elle se met en tête d'épargner mon amour-propre », songea Alexei. Sa lumière était aussi pure que celle de Tatiana.

– En attendant que les parents puissent rester avec leurs enfants, faudra-t-il continuer à traiter les criminels de la mauvaise façon ? demanda innocemment l'homme-loup.

– Nous n'avons pas le choix...

Alexei comprit alors qu'il était de son devoir d'aider Christian à capturer le tueur d'enfants, jusqu'à ce que le gouvernement donne suite à la requête de Danielle.

Chapitre 2

Le pouvoir de l'amour

Alexei passa plusieurs heures à écouter Danielle lui parler de son travail. Lorsqu'elle manifesta le désir de se reposer, il l'installa dans leur chambre, à l'étage, et se rendit à l'ancien garage, qu'il avait transformé en quartier d'hiver pour ses plantes médicinales. Il lui faudrait bientôt les transplanter dans la cour, où elles s'épanouiraient, mais pour l'instant, elles étaient alignées sur des planches en bois, dans des pots de toutes les couleurs. Il les inspecta une par une avec la vigilance d'un douanier.

– As-tu besoin de moi, petit frère ? demanda Tatiana en s'arrêtant à la porte.

– Pas vraiment. Les plantes dorment encore.

Il se retourna lentement vers sa sœur.

– Nous ne craignons rien, ici, affirma Alexei, qui ressentait son inquiétude.

– Et si le Faucheur était prêt à tout pour punir les rebelles de la secte ?

– Je vous protégerai.

Tatiana fit quelques pas en pensant que les policiers pourraient sans doute poster des guetteurs sur les routes avoisinantes pour cueillir le procureur Desjardins au passage. Son frère capta ses pensées.

– Il n'y a qu'une seule façon d'arrêter le Faucheur et de libérer Danielle, répliqua-t-il.

– Combien de fois devrai-je te répéter que c'est l'amour qui triomphe de la peur et non le contraire ?

L'homme-loup se rembrunit.

– Alex, écoute-moi.

– Je ne peux pas aimer quelqu'un qui essaie de me tuer. Arrête de me le demander.

Tatiana sentit se former le mur invisible que son frère dressait autour de lui lorsqu'il se sentait menacé.

– Promets-moi de ne pas répandre le sang.

– Je ne peux pas te promettre ça.

– Tu as un bel avenir devant toi, petit frère. Je t'en prie, ne va pas tout gâcher.

– Tu as donc vu ce qui va m'arriver…

– J'ai vu de petites fées qui seront tes filles et qui t'apprendront à utiliser tes pouvoirs pour faire le bien. Si tu cèdes à la violence, elles ne pourront pas exister.

– Mais si je ne mets pas fin aux activités meurtrières du Faucheur, rien de tout ça ne se produira.

– Alex…

– Ne perds pas ton temps. Je sais ce que je fais.

Personne n'était plus têtu qu'Alexei Kalinovsky. Tatiana sortit du garage, afin de lui donner le temps de réfléchir.

* * *

Lorsqu'elle constata que son amoureux n'était plus là, Danielle descendit au salon en serrant les pans de sa veste de laine autour d'elle. Alexanne était toujours assise devant l'ordinateur, bien décidée à terminer sa dissertation avant le dîner.

– Comment te débrouilles-tu ? demanda Danielle en s'approchant d'elle.

– Je ne pourrais jamais étudier de cette façon toute ma vie. Je ne m'y astreins que parce que c'est temporaire. Dès que j'aurai terminé mon secondaire, je m'enfuirai pour aller étudier au cégep[1].

Alexanne se tourna vers la travailleuse sociale.

– Pendant que j'y pense, toi aussi, tu pourrais recommencer à travailler en te servant de mon ordinateur.

– Pour ça, il faudrait que j'arrive à me concentrer. Je sais que cette maison est protégée par les anges, mais c'est plus fort que moi. J'ai peur de Frédéric.

– Alex est redoutable quand il décide de protéger quelqu'un. Il a terrorisé tout le village, l'an dernier, quand il m'a crue en danger. À ta place, je ne m'en ferais pas trop. Si le procureur ose mettre les pieds ici, il sera mort dans le temps de le dire.

– Je préférerais qu'il ne tue personne.

– C'était juste une façon de parler.

Danielle lui sourit avec gratitude. La sonnerie du téléphone la fit alors sursauter. Avec l'enthousiasme de sa jeunesse, Alexanne s'empressa de décrocher le combiné.

– Maison des fées, répondit-elle en voyant sur l'écran qu'il s'agissait de son petit ami.

* * *

Pensionnaire chez son oncle, Matthieu était assis sur le lit de la chambre d'amis, les jambes croisées. Son isolement à Québec lui permettait d'obtenir d'excellentes notes, mais Alexanne lui manquait beaucoup. L'adolescent avait accroché sur les murs de la pièce quelques affiches de ses groupes musicaux préférés et des photographies de la jeune fée qui faisait battre son cœur. Son père lui avait offert un nouvel ordinateur qui trônait sur l'unique

---

1. Collège d'enseignement général et professionnel, où est offerte une formation technique et pré-universitaire.

bureau, et un téléphone portable qu'il utilisait avec modération.

– Es-tu revenu chez toi ? voulut savoir Alexanne.

– Non, je suis toujours à Québec. Mon oncle et ma tante sont super, mais je ne suis pas chez moi… et tu n'es pas là.

– Est-ce que tu seras bientôt en congé ?

– Mon père m'a demandé de rentrer pour Pâques. Il a préparé une sortie avec ma mère et il aimerait que je fasse la chasse aux œufs avec mes petites sœurs. Palpitant, n'est-ce pas ?

– Ça pourrait le devenir si tu me permettais de vous accompagner. Je me déguiserais en lapin.

– Je trouvais ça tellement stupide que je ne voulais même pas t'en parler.

– Moi, tant que je suis avec toi, je me moque bien de ce que nous faisons.

– Ça me fait plaisir de l'entendre, mais parfois, je me dis que je ne mérite pas une fille aussi merveilleuse que toi.

– Tu es vraiment déprimé, dis donc.

– J'ai eu une tonne d'examens cette semaine.

– Moi aussi, mais j'imagine que c'est plus stressant lorsqu'on doit les passer dans une classe, sous la surveillance d'un professeur.

– Je m'en tire bien quand je n'en ai qu'un ou deux par semaine, mais ces derniers temps, j'en compte plutôt trois par jour.

– Est-ce tout ce que tu as fait depuis notre dernière conversation ?

– Non. J'ai aussi pensé à toi.

– Comme c'est mignon…

– Je n'essaie pas d'être gentil. Je te dis la vérité.

Matthieu lui raconta ses journées en détail. Même si elles se ressemblaient toutes, Alexanne l'écouta avec attention, heureuse d'entendre sa voix.

– Si je me déguise pour Pâques, en feras-tu autant ? demanda-t-elle finalement.

– Il n'en est pas question ! Tout le monde me connaît à Saint-Juillet !

Ils continuèrent à parler de tout et de rien, jusqu'à ce que le jeune homme soit obligé de retourner à ses révisions.

Chapitre 3
Un nouveau corps

De retour à son bureau du poste de police, Christian déposa ses clichés sur son pupitre déjà encombré. Il enleva son veston en cuir et l'accrocha à la patère en pensant à Alexei. « Je dois trouver une façon de lui procurer les pièces à conviction qui lui permettraient d'identifier l'assassin, avant qu'il ne frappe à nouveau », songea-t-il. Le policier se laissa tomber dans son fauteuil juste au moment où l'inspecteur Mélissa Dalpé mettait le nez dans l'embrasure de la porte.

– As-tu eu du succès ? s'informa-t-elle.

– Alex ne reçoit aucune image psychique en touchant les photos, déplora Christian. Il lui faut mettre la main sur les ossements des victimes.

– Tu ne vas pas les faire exhumer, tout de même ?

– Je le pourrais, techniquement.

– Leurs familles ne seront pas d'accord.

– Je pourrais aussi leur demander de me fournir les vêtements qu'ils portaient.

– Je suis prête à parier que la plupart les ont jetés. En tout cas, moi, c'est ce que j'aurais fait à leur place. Tu veux que je les appelle pour m'en assurer ?

– Ouais, je pense que ça devrait être toi plutôt que moi. Je ne suis pas un diplomate-né.

– Je sais. C'est pour ça que je te le propose.

Un policier se présenta alors à la porte, un air grave sur le visage.

– Inspecteur Pelletier, on vient de trouver un autre corps, annonça-t-il.

– Un enfant ? demanda Mélissa.

L'homme hocha tristement la tête.

– À première vue, il semble que ce soit encore votre insaisissable tueur.

Christian bondit de son siège et s'empara de son veston. Mélissa décida aussitôt de l'accompagner, histoire de l'empêcher de ravir le corps de l'enfant et de l'apporter à Alexei Kalinovsky.

Ils montèrent dans le VUS de Christian et filèrent vers l'est de Montréal. Sur l'avenue qui menait jusqu'au parc, des voitures de police barraient déjà la route aux curieux. Elles laissèrent passer les inspecteurs, qui eurent tôt fait de se faufiler sous les rubans jaunes délimitant la scène du crime, au pied d'une boulaie. En s'approchant de l'endroit où on avait découvert la victime, Christian observa attentivement les alentours. Le tueur avait couru le risque d'être découvert en assassinant la jeune victime dans un endroit fréquenté par tous les enfants de ce quartier ouvrier. « À moins qu'il se soit seulement débarrassé du corps ici... », songea-t-il.

Les deux inspecteurs s'arrêtèrent près d'un policier qui essuyait ses larmes, tandis que son confrère le réconfortait de son mieux. « On ne s'habitue jamais vraiment à ce genre d'horreur », songea Christian en s'accroupissant pour analyser la position du corps.

Claude Toulouse, le photographe du coroner, venait de faire un dernier cliché de la fillette étranglée.

– C'est encore ton maniaque, dit-il à Christian.

– Est-ce que je pourrais avoir un morceau de tissu ou une mèche de cheveux de l'enfant ?

– Tu connais le règlement, Christian, s'interposa Mélissa. On ne peut rien prendre avant que le rapport soit rendu et seulement si la famille est d'accord.

– Je ne vois pas pourquoi la famille ne serait pas d'accord. J'essaie de mettre la main au collet du salaud qui vient de tuer leur fille !

Sentant que Christian allait se mettre en colère, Mélissa le saisit par le bras, l'obligea à se lever et le fit reculer.

– Calme-toi, chuchota-t-elle à son oreille.

Tous les policiers s'étaient tournés vers lui. Certains comprenaient ce qu'il ressentait. Les autres lui recommandaient silencieusement de reprendre son sang-froid.

– Je suis certaine que tu pourras obtenir tout ce qu'il te faut une fois que le corps sera à la morgue, poursuivit Mélissa. Le coroner t'aime bien.

Christian se ressaisit et poursuivit son observation des lieux, même s'il savait qu'il ne verrait rien. Le tueur qu'il cherchait était l'un des plus méticuleux qu'il lui avait été donné de traquer depuis le début de sa carrière. L'équipe de ratissage lui fournirait son rapport dans quelques heures. Il retourna donc à son bureau, seul cette fois, et se plongea une fois de plus dans l'étude de cette affaire.

Contrairement à la majorité des hommes, Christian n'avait jamais éprouvé le besoin de fonder une famille, mais cela ne voulait pas dire qu'il n'aimait pas les enfants. Il adorait ses neveux qu'il voyait aussi souvent qu'il le pouvait. Les visages des jeunes victimes lui donnaient un pincement au cœur chaque fois qu'il regardait leurs photos.

Même si la moitié du personnel considérait qu'il faisait souvent preuve d'une hardiesse exagérée, en réalité, Christian respectait les protocoles de sa profession pour toutes ses enquêtes. Minutieux, il s'acharnait plutôt à chercher le fil conducteur qui le mènerait jusqu'au coupable. « Si je ne peux pas ramener les victimes à Alexei, il ne me reste qu'à lui apporter un objet qui lui permettra d'utiliser ses fabuleux pouvoirs de psychométrie », songea le policier.

Il rentra chez lui au milieu de la soirée et ne dormit que quelques heures d'un sommeil agité. Ce qu'il s'apprêtait à faire était déraisonnable, mais il n'avait plus rien à perdre. Il fit sa toilette, s'habilla et fila à la morgue, afin d'y arriver avant le médecin légiste. Il y contourna un jeune couple en pleurs, mais n'eut pas le temps de leur demander s'ils étaient les parents de la dernière victime, car le chef de service venait de l'apercevoir.

– Inspecteur Pelletier, venez par ici, je vous prie.

– Vous êtes enquêteur ? demanda la femme qu'il venait de croiser.

Christian pivota sur ses talons.

– C'est exact.

– Savez-vous qui a tué notre petite Mathilde ?

– Pas encore, mais avec votre aide, je pourrai certainement l'identifier.

– Comment ? voulut savoir le père en essuyant ses larmes du revers de la main.

– Donnez-moi la permission de découper de petits morceaux des vêtements que portait votre fille lorsqu'on l'a trouvée.

– Pour prélever l'ADN du meurtrier ?

– Pas tout à fait...

– Pour que vos chiens puissent suivre sa trace, alors ?

Christian soupira de découragement, car il ne savait pas comment leur expliquer ce qu'il avait l'intention de faire.

– Si vous ne voulez pas nous dévoiler vos intentions, vous ne prendrez rien sur notre fille, l'avertit la mère. J'ai entendu à la télévision qu'un homme aux États-Unis se servait de morceaux de vêtements de gens assassinés lors de messes noires.

– Ça ne fait pas partie des pratiques de la police, s'opposa Christian.

– Dites-nous ce que vous en feriez, insista le père.

– Je connais un homme qui a des pouvoirs surnaturels. Il pourrait...

La mère hurla de rage et fonça sur le policier, toutes griffes dehors. Christian était certes en mesure de se soustraire à cette attaque, mais le mari attrapa sa femme par la taille.

– Je vous défends de toucher à ma fille ! cria-t-elle.

Elle continua à vociférer tandis que son conjoint l'entraînait plus loin.

– M'accorderez-vous un peu de votre temps, maintenant, inspecteur ? fit le médecin, qui avait assisté passivement à la scène.

– Remontez-moi le moral, docteur Verdon.

Christian le suivit jusqu'à son laboratoire.

– Je sais que vous travaillez sur ce dossier depuis des mois, alors je vous ai préparé un rapport préliminaire, lui apprit l'homme d'une cinquantaine d'années.

Les yeux bleus de Laurent Verdon étaient aussi clairs que ceux de l'homme-loup, mais c'était tout ce qu'ils avaient en commun. Ce médecin légiste était l'être le plus cultivé que Christian connaissait, et son savoir s'étendait bien au-delà de sa profession.

– J'ai rarement vu des criminels aussi soigneux que celui qui vous intéresse, inspecteur Pelletier.

– Mais ils commettent tous un jour une maladresse. Je finirai par lui mettre la main au collet. Merci pour le rapport. Si vous tombez sur d'autres indices durant l'autopsie, n'hésitez pas à m'appeler.

– Cela va de soi, mais avant de partir, parlez-moi de cet homme qui jouit de pouvoirs prodigieux.

– C'est un médium qui m'a permis d'identifier toutes les victimes du chef de la secte de la montagne.

– Celui qui n'avait qu'à mettre la main sur un ossement pour deviner à qui il appartenait, c'est bien cela ? J'ai d'abord eu du mal à y croire, mais les analyses d'ADN qui ont été effectuées par la suite sur les restes des disciples ont prouvé ses dires. Croyez-vous vraiment qu'il pourrait vous aider à attraper votre meurtrier ?

– J'en suis persuadé, mais il me faudrait d'abord obtenir quelque chose ayant appartenu aux victimes.

– Je ne peux malheureusement rien vous remettre sans l'autorisation de leurs familles. Mais puisque je vous aime bien, je leur en ferai tout de même la demande, à ma manière.

– Je vous en serais vraiment reconnaissant.

– Tout comme vous, je veux que ce maniaque finisse sa vie en prison, bien que dans une telle situation, je ne serais pas contre la peine de mort.

Le médecin déposa une chemise brune dans les mains de Christian et entra dans la salle d'autopsie. Sa curiosité l'emportant, le policier commença à en consulter le contenu tandis qu'il retournait à son bureau. Ce document ne lui apprit cependant rien de nouveau. On aurait même dit une copie conforme des rapports qu'on lui avait remis après chaque crime.

Christian se versa un café et poursuivit sa lecture à son pupitre. Le dossier ne comportait aucune piste tangible. Mélissa vint alors s'asseoir devant lui.

– J'ai réussi à parler à la plupart des familles, l'informa-t-elle.

Il adressa un regard implorant à sa collègue.

– Je ne leur ai pas parlé d'Alex et de ses talents particuliers. Je leur ai simplement dit que nous voulions effectuer des analyses supplémentaires et comparer les résultats à ceux que nous avions accumulés dans nos bases de données, ce qui n'est pas tout à fait faux.

– Est-ce que je t'ai déjà dit que je te trouvais brillante ?

– Oui, mais pas assez souvent. Pour éviter de faire encore souffrir ces pauvres parents, je leur ai expliqué qu'ils n'étaient pas obligés de revenir ici. Je vais aller chercher ces objets chez eux.

– Je te revaudrai ça, Dalpé.

– As-tu mangé ?

– Pas encore.

– Accompagne-moi au restaurant du coin. J'ai besoin de prendre des forces. C'est toi qui paies.

Christian n'avait pas vraiment faim, mais il avait besoin de se changer les idées. Il referma la chemise et suivit volontiers Mélissa jusqu'au petit établissement. Son propriétaire avait l'habitude de servir à toute heure du jour des repas aux policiers qui travaillaient à deux pas de chez lui. Il connaissait même tous leurs goûts. Alors, sans qu'ils n'aient à commander quoi que ce soit, les deux inspecteurs virent bientôt apparaître devant eux leurs plats préférés.

– De quelle façon devrai-je répartir les objets que je recueillerai tout à l'heure ? demanda Mélissa.

Perdu dans ses pensées, Christian sursauta comme s'il venait de s'apercevoir que la jeune femme était là.

– La Terre appelle Pelletier ! Répondez, Pelletier !

– Pardonne-moi. J'avais la tête ailleurs.

– Est-il trop indiscret de te demander où ?

– Nulle part en particulier. Que me disais-tu ?

– Dis-moi comment organiser les objets pour faciliter le travail d'Alexei.

– Place-les dans des sacs en plastique et assure-toi qu'ils ne puissent pas entrer en contact les uns avec les autres. Il faut éviter toute contamination psychique.

Il se mit à manger pour ne pas être obligé de lui expliquer pourquoi il devenait de plus en plus ferré sur le sujet.

– Christian, pourquoi prends-tu ce dossier tant à cœur ?

– Mais je prends tous mes dossiers à cœur, voyons !

– Ça fait longtemps qu'on travaille ensemble, et je ne t'ai jamais vu aussi acharné à capturer un fantôme.

– Je veux seulement l'empêcher de tuer un autre enfant.

Christian baissa les yeux sur son assiette et poursuivit son repas, même s'il était évident qu'il n'avait pas d'appétit. Mélissa devina tout de suite qu'il lui cachait quelque chose, mais qu'elle n'arriverait pas à le découvrir ce matin-là. Elle avait appris à identifier les diverses expressions du visage de son collègue et elle comprit qu'il venait de se refermer comme une huître.

Chapitre 4
Le karma

Lorsqu'elle mit fin à sa conversation téléphonique avec Matthieu, Alexanne songea à la promesse qu'elle lui avait faite. Alexei n'accepterait jamais qu'elle parcoure le village avec son amoureux et ses petites sœurs, à moins que Tatiana ne trouve une façon de la protéger avec sa magie. Elle alla donc rejoindre sa tante à la cuisine, Yéti sur les talons. L'odeur de la nourriture qu'elle préparait rappela aussitôt à l'adolescente que son estomac était vide.

– Est-il permis aux fées de participer à la course aux œufs de Pâques ou avons-nous notre propre rituel ce jour-là ?

– Nous ne sommes pas des sorcières.

– Elles mangent des œufs en chocolat ? s'étonna Alexanne.

– Non. Elles ne célèbrent pas cette fête.

– Et les fées ?

– Seulement celles qui aiment se déguiser en lapin, la taquina Tatiana.

– Avez-vous entendu ma conversation téléphonique avec Matthieu ?

– Elle est encore inscrite dans ton aura.

– Me défendrez-vous de l'accompagner ?

– Tant que le procureur n'aura pas été arrêté, je crois qu'il serait plus sage que tu restes à la maison.

La mort dans l'âme, Alexanne aida sa tante à mettre le couvert et mangea en silence. De l'autre côté de la table, Alexei l'observait, attendant qu'elle ouvre la bouche pour lui faire une fois de plus la morale.

– Arrête de lire dans mes pensées, grommela finalement l'adolescente.

– Impossible, je suis relié à toi, riposta Alexei.

– Essaie quand même.

– Je vous en prie, ne vous disputez pas, intervint Danielle.

– Je suis certaine que Matthieu pourrait me protéger.

– Il n'est pas question que tu sortes d'ici.

– Ce n'est pas juste ! éclata Alexanne. Je ne lui ai rien fait, moi, au procureur.

Elle fit reculer sa chaise avec fracas et quitta la cuisine en courant. Yéti la prit aussitôt en chasse. Alexanne grimpa l'escalier et s'enferma dans sa chambre, le cœur gros.

– Pourquoi Christian Pelletier n'arrive-t-il pas à arrêter ce criminel ? grommela-t-elle en se laissant tomber à plat ventre sur son lit. C'est pourtant un bon policier.

Le chien se mit à lui lécher le bout des doigts en poussant des gémissements plaintifs.

– Serais-tu capable de le retrouver, toi ?

Le regard de la jeune fée s'arrêta sur son cahier d'anges posé sur sa commode. Elle s'empara de sa plume d'argent et se mit à leur écrire, afin de surmonter sa frustration.

Mes chers anges,

Je sais que vous pouvez m'entendre sans que j'aie à vous écrire, mais ce soir, je ressens le besoin de le faire. Ma dernière requête remonte à bien des mois. Je me suis fort bien débrouillée jusqu'à présent, mais il plane sur nous une menace que je ne peux pas enrayer seule. Frédéric Desjardins essaie de tuer mon oncle Alexei, juste pour se venger de lui, et je ne veux pas qu'il y parvienne. Auriez-vous une division angélique qui s'occupe d'aider les policiers à retrouver les criminels ? Je pense que Christian Pelletier a besoin de votre aide.

Alexanne vit alors Coquelicot qui voletait devant sa fenêtre. Elle descendit du lit et s'empressa d'aller lui ouvrir.

– Qu'as-tu vu ? demanda l'adolescente.

– Rien d'anormal à des lieues autour de la maison, affirma la minuscule créature blonde. J'ai même fait le tour de la montagne. Il n'y a que des animaux, aucun humain.

– Merci de me rassurer, Coquelicot.

– Tu ne m'as pas dit ce que je devrai faire, le jour où j'apercevrai enfin l'homme qui vous a lancé des menaces.

– Les policiers mettront plusieurs heures à se rendre jusqu'ici pour l'appréhender, alors nous devrons trouver une façon de le retenir dans la forêt.

– Il va falloir que je réfléchisse à ça...

Coquelicot fit un dernier effort et battit des ailes jusqu'au mobile qui pendait dans un coin de la chambre. Elle se posa sur un des petits bateaux suspendus et soupira bruyamment.

– Je suis rompue de fatigue, se plaignit-elle.

– Tu t'endurciras.

Tandis qu'Alexanne s'adressait à ses amis ailés, sa famille terminait son repas. Danielle offrit à Tatiana son aide pour laver la vaisselle, mais cette dernière lui assura qu'elle pouvait la faire seule. Alexei emmena donc sa belle au salon, où elle se blottit dans ses bras.

– Pourquoi tes pouvoirs n'ont-ils pas fonctionné lorsque Christian t'a demandé de l'aider ? voulut alors savoir la jeune femme.

– Je ne sais pas de quoi je suis vraiment capable, Danielle. Je n'ai rien senti en touchant les photos des enfants morts.

– La dernière fois, c'étaient des ossements que tu avais manipulés.

– J'ai vu les visages des gens auxquels ils appartenaient, pas ceux de leurs assassins.

– Il faudrait que tu mettes la main sur quelque chose qui appartient au meurtrier.

– Christian m'a dit qu'il ne laissait jamais d'indice sur ses victimes.

– Tu ne peux donc rien faire pour lui.

– Je ne voulais pas travailler pour la police, mais après ce que tu m'as dit, peut-être bien qu'il est de mon devoir de sauver des enfants.

– C'est ce que je tentais aussi de faire en tant que travailleuse sociale. Il y en a tellement qui mériteraient un meilleur sort.

– Peut-être devrais-je accompagner Christian là où il trouve les cadavres.

Danielle se mit à trembler entre ses bras.

– Je viens d'avoir une horrible vision… murmura-t-elle, effrayée.

– Une vision du futur ?

– Non… C'était plutôt une horrible image mentale. C'est peut-être Frédéric Desjardins qui commet ces crimes.

– Le Faucheur ne tue que les disciples qui se sont échappés de la forteresse. Aussi loin que je m'en souvienne, aucun enfant ne s'est jamais enfui.

– Et s'il agissait ainsi pour t'inciter à quitter la maison, afin d'aller prêter main-forte à ton ami policier ?

Alexei demeura muet, car elle avait raison. L'esprit du Faucheur était si tordu qu'il n'était pas impossible qu'il ait eu recours à un tel stratagème pour l'attirer là où il le voulait.

– Il faut prévenir la police, même si ce n'est qu'une hypothèse, insista Danielle.

« Cette piste en vaut bien une autre », songea l'homme-loup. Il vit alors Tatiana passer dans le vestibule. Elle portait un plateau de nourriture destiné à leur nièce, qui n'avait pas eu le temps de toucher à son repas. La guérisseuse grimpa prudemment l'escalier et donna de petits coups contre la porte.

– Vous pouvez entrer.

– J'ai les mains pleines, rétorqua la tante.

Alexanne alla lui ouvrir. Tatiana déposa son butin sur la table de travail et se tourna vers la jeune fée.

– Es-tu encore fâchée ?

– Juste un peu...

– La raison pour laquelle nous préférerions que tu restes ici, c'est que nous craignons que le procureur cherche à t'enlever.

– Il ne connaît qu'Alex et Danielle. Il n'a jamais vu mon visage.

– Sans vraiment vouloir le vérifier, ton oncle prétend que cet homme possède lui aussi des facultés surnaturelles.

– Ne m'avez-vous pas affirmé qu'Alexei était la seule fée mâle à en avoir ?

– Dans notre famille. Nous ne connaissons pas tous les sorciers du monde.

– Je n'aime pas que vous parliez ainsi d'Alexei.

– Tu m'as aussi demandé de ne plus rien te cacher au sujet de notre famille.

– Il ne nous anéantira pas.

– Peut-être pas consciemment, mais le danger demeure bien réel. C'est pour cette raison que je le garde à l'œil.

Le visage d'Alexanne s'attrista.

– Et Danielle Léger, là-dedans ?

– Ils portent un lourd karma tous les deux depuis bien des siècles. Je ne sais pas si ton oncle est enfin prêt à liquider cette dette.

– Pourquoi faut-il que le karma soit toujours déplaisant ?

– Il s'agit uniquement de celui de ton oncle. Celui que tu vis avec Matthieu est différent.

– Oui, c'est vrai. Mais comment pourrions-nous aider Alex une fois pour toutes ?

– Rappelle-toi qu'on s'attire du bon karma en ouvrant une porte pour quelqu'un, mais du mauvais karma si on tente de pousser cette personne dans la porte.

– On peut donc lui dire quoi faire, sans pouvoir l'y obliger…

– Ne remets pas les pieds dans le plat, Alexanne.

– Vous m'avez déjà dit que la méditation favorisait la communication entre notre conscient et notre inconscient. En enseignant cette technique à Danielle pour la remettre en contact avec son âme, nous pourrions au moins ouvrir la porte qui la mènerait à la résolution définitive de ses problèmes avec Alex.

– Je vais y réfléchir.

Tatiana l'embrassa sur le front et quitta la chambre en refermant doucement la porte.

– Moi, je pense que c'est une bonne idée, commenta Coquelicot en s'asseyant sur le petit bateau.

– Merci.

Alexanne referma son cahier d'anges et mangea avec appétit.

Chapitre 5
La créature

Impatiente, Alexanne insista jusqu'à ce que sa tante accepte de mener une méditation familiale au milieu du salon. Danielle avait entendu parler de cette technique, qui consistait à faire taire les pensées et à ouvrir l'âme aux messages que voulait lui transmettre l'univers. En raison de son emploi du temps chargé, elle n'avait jamais pris le temps de se recueillir, mais il y avait un début à tout. Rassurée par la présence des fées, elle accepta de s'asseoir en tailleur sur la moquette, près d'Alexei. Sur la table basse brûlaient de l'encens et des chandelles.

– La méditation est un exercice qui sert à calmer l'esprit et à chasser la peur, expliqua Tatiana en plongeant son regard dans celui de Danielle. Fermez les yeux et respirez très lentement. Essayez de visualiser l'air pénétrant dans vos narines et remplissant vos poumons, puis empruntant le même chemin pour ressortir. Ne pensez à rien d'autre qu'à la circulation de cette énergie légère et réconfortante dans votre corps.

Danielle et Alexanne firent ce que leur demandait la guérisseuse. Quant à Alexei, il préféra garder les yeux ouverts, afin de veiller sur les femmes. Il se félicita d'avoir pris cette décision lorsqu'il ressentit une curieuse présence à l'extérieur de la résidence. Il tourna aussitôt la tête vers sa sœur. Le regard inquiet de cette dernière confirma ses craintes. Pour ne pas perturber l'état de bien-être dans lequel se trouvait Danielle, Alexei effleura légèrement ses tempes de ses paumes lumineuses. Ayant ressenti l'opération magique dans son plexus solaire, Alexanne ouvrit les yeux et les écarquilla aussitôt. Son oncle lui recommanda de se taire en appuyant son index sur ses lèvres.

Aussi silencieux qu'un chat, Alexei se leva et se dirigea vers le vestibule. Alexanne n'eut pas le temps d'agripper le collier de Yéti, qui suivit son oncle. Ce dernier ouvrit la porte et sortit sur la galerie, tous ses sens à l'affût. Puisqu'il était une fée, son ouïe était plus fine que celle des hommes ordinaires.

Le chien se mit à gronder à ses pieds. Alexei utilisa alors ses facultés d'écholocation pour repérer son ennemi. Il découvrit alors que celui-ci était perché dans un arbre. Il n'aurait donc aucun mal à le capturer. Sans penser au danger auquel il allait s'exposer, l'homme-loup fonça dans le noir. Plus prudent, le gros chien ne le suivit pas.

Utilisant son radar psychique, Alexei arriva au pied du grand chêne dans lequel était perchée sa proie. Il s'attendait à trouver le Faucheur assis sur une branche, guettant la maison, mais à sa grande surprise, ce n'était pas un être humain qui l'observait à travers le feuillage naissant. Les yeux rouges d'une bête brillaient dans l'obscurité. Pendant un court instant, Alexei regretta d'avoir été sauvé par les anges, car il aurait certainement été capable de tuer ce prédateur en se transformant en loup. Toutefois, il n'était pas complètement démuni. Il posa les mains sur le tronc de l'arbre et demanda à celui-ci de lui venir en aide. Le chêne secoua aussitôt ses ramures, afin de déloger l'intrus. Alexei campa solidement ses pieds dans le sol, décidé à s'en emparer.

Incapable de se cramponner aux branches agitées, la créature piqua finalement vers le sol, mais ne s'y écrasa pas. Deux ailes de chauve-souris s'ouvrirent dans son dos, et elle reprit de l'altitude avant de disparaître dans la nuit.

Alexei avait longtemps vécu dans la forêt et il en connaissait tous les habitants, visibles et invisibles. Jamais il n'avait rencontré un animal volant de cette taille. Il utilisa ses sens supplémentaires de fée, afin de l'identifier grâce aux vibrations que ce dernier avait laissées sur le tronc, en vain. Avant que la méditation menée par Tatiana ne prenne fin et que Danielle ne s'alarme de son absence, Alexei retourna auprès des femmes.

Il s'assit sur la moquette, près de Danielle, et fixa intensément sa sœur, pour lui faire comprendre qu'il éprouvait un urgent besoin de lui parler. Tatiana mit donc fin en douceur à la méditation et demanda à Alexanne d'aller préparer du thé, sachant très bien que Danielle proposerait de le faire à sa place. Ayant deviné que quelque chose n'allait pas du tout, l'adolescente la laissa y aller seule.

– Qu'as-tu trouvé ? demanda Tatiana à voix basse dès que Danielle eut quitté la pièce.

– Le procureur ? fit écho Alexanne.

– Non, affirma Alexei. Ce n'était pas humain.

– Pas humain ? s'étonna sa nièce. Un elfe, alors ?

– Ils ne grimpent pas au sommet des arbres.

– Je ne comprends pas...

– Il y a, en ce monde, des créatures dont les hommes ne connaissent pas encore l'existence, expliqua la guérisseuse. Malheureusement, elles ne sont pas toutes aussi inoffensives que les elfes.

– De quoi s'agissait-il, alors ? insista Alexanne.

– Cette bête est presque aussi grande que moi et elle a des ailes, la décrivit Alexei. C'est tout ce que j'ai pu voir dans l'obscurité.

– Que voulait-elle ?

– Je n'en sais rien, avoua l'homme-loup, mais ce n'était pas notre bien. Son énergie est maléfique.

– Est-ce la première fois que ce genre d'animal rôde dans la région ?

– Non, laissa tomber Alexei. Il y a déjà eu moi.

– Ne recommence pas, l'avertit Alexanne.

– Je vais décupler la protection dont j'ai déjà entouré la maison.

– Quand ?

– Tout à l'heure, lorsque vous serez tous couchés.

– Il n'est pas question que je manque ça, protesta l'adolescente. Comment vais-je devenir une vraie fée, si vous continuez à procéder à ces opérations magiques sans moi ?

– À mon avis, il est encore trop tôt pour t'apprendre les rituels. Chaque chose en son temps, ma chérie.

– Je vais aller appeler Matthieu pour me plaindre des mauvais traitements que je reçois ici, fit-elle moqueuse.

Elle embrassa sa tante sur la joue et prit la direction du vestibule.

* * *

Au même moment, à Québec, Matthieu Richard était assis sur son lit, le nez plongé dans ses livres. Ce qu'il appréciait le plus, dans cette maison, c'était la quiétude dont il jouissait pour étudier. Les enfants de son oncle étaient plus vieux que lui et avaient quitté le nid familial depuis quelques années. Le jeune homme pouvait donc se concentrer sur son travail.

Matthieu tourna la page de son livre de chimie et entendit un bruit sourd sur le toit. Il arrivait que les écureuils empruntent ce raccourci entre les arbres qui ornaient la pelouse, mais celui-là lui sembla plutôt corpulent. L'adolescent tendit l'oreille. N'entendant plus rien, il relut le même paragraphe. Cette fois, ce furent des grattements qui attirèrent son attention. « Ce doit être un chat », songea-t-il.

Il se leva et ouvrit la fenêtre. Il allait y passer la tête lorsque la sonnerie de son portable arrêta son geste. Juste à temps, d'ailleurs. Une main griffue venait de balayer l'air à l'endroit même où son visage se serait trouvé s'il n'avait pas rebroussé chemin. Le jeune homme décrocha le combiné, mais n'eut pas le temps de dire un seul mot.

– Matthieu, est-ce que la fenêtre de ta chambre est ouverte ? demanda aussitôt la voix d'Alexanne à l'autre bout du fil.

– Oui. Pourquoi ?

– Referme-la tout de suite !

– Mais…

– Fais ce que je te dis !

Il obtempéra et se dirigea vers la fenêtre. Les Kalinovsky étaient des personnes étranges, mais il avait appris à leur faire confiance.

– Maintenant, dis-moi pourquoi, exigea-t-il en retournant s'asseoir sur son lit.

– Ce soir, il rôde des bêtes qui cherchent à s'en prendre à nous.

– À Saint-Juillet ?

– Hélas, oui.

– Mais j'habite à plus de deux heures de chez toi.

– Es-tu en train de me reprocher de me soucier de ta protection, Matthieu Richard ?

– Je ne suis pas une fée comme vous. Pourquoi serais-je en danger ?

– Parce que tu nous connais. J'ai peut-être laissé une odeur magique sur toi.

Matthieu écarquilla les yeux d'effroi.

– Je ne veux surtout pas te faire peur, ajouta Alexanne.

– Il est trop tard.

– Je te demande seulement d'être très prudent.

– Est-ce que ce ne serait pas plutôt à moi de te faire une pareille demande ? J'ai lu dans le journal, ce matin, que le procureur était toujours en liberté.

– Pas pour longtemps. Je suis certaine que la police va bientôt lui mettre la main dessus.

Alexanne se mit alors à lui parler de la méditation à laquelle elle venait de participer et finit par rassurer son ami. Lorsqu'ils raccrochèrent, il était tard. Toutefois, Alexei ne dormait pas. Il avait pris le thé avec Tatiana et Danielle tout en scrutant les environs grâce à ses sens particuliers, puis il était monté à sa chambre avec sa belle. Dès qu'elle s'endormit, il redescendit au salon, où sa sœur veillait. En fait, elle s'apprêtait à jeter un nouveau sort de protection sur sa propriété.

– Je n'aime pas du tout ce que j'ai ressenti tout à l'heure, lança Alexei en se plantant devant elle.

– Moi non plus, Alex, mais ce serviteur du mal ne pourra pas entrer ici, fais-moi confiance.

– Pendant un moment, j'ai eu l'impression qu'il était désorienté, comme si on l'avait projeté ici.

– Peu importe le but de sa présence, il appartient à l'obscurité, et nous l'éloignerons d'ici.

– C'est peut-être un pauvre type qui s'est fait mordre lui aussi.

– Je crois plutôt qu'il te surveille. Ne m'as-tu pas dit que le Faucheur possédait des pouvoirs surnaturels ?

– C'est ce qu'on racontait dans la secte.

– Si c'est vrai, il nous faut être doublement prudents.

– Ou suivre cette créature pour qu'elle nous conduise jusqu'au procureur.

– J'ai de puissantes facultés magiques, Alex, mais je suis incapable de te faire pousser des ailes.

– Il y a d'autres façons de suivre une piste.

– Et si c'était exactement ce que ce Faucheur désirait ?

– Nous ne pouvons pas rester enfermés ici pour toujours, Tatiana. Il faut que j'en finisse avec lui. As-tu besoin de moi pour le rituel ?

– Non.

L'homme-loup tourna les talons.

– Alex, ne sors pas ce soir.

– Il faut que je le fasse pendant que Danielle dort.

Il n'écouta pas les protestations de sa sœur. Il quitta à nouveau la maison et suivit la piste fraîche jusqu'aux premières lueurs de l'aube. Il revint chez lui les mains vides, mais sa quête avait tout de même été fructueuse, car il avait découvert que la bête ailée avait fui en direction de l'ancienne forteresse du Jaguar.

L'homme-loup regagna son lit une heure avant le réveil de Danielle. Puisque celle-ci faisait de petites siestes durant la journée, il en profiterait pour récupérer le sommeil perdu.

Chapitre 6
La lettre

Dès son réveil, Alexanne ouvrit son cahier d'anges, afin de voir s'ils lui avaient répondu. Elle fut bien surprise de ne trouver qu'une seule phrase sous sa requête : *Vous recevrez bientôt l'aide du grand limier*. La jeune fille demeura un long moment interdite, à regarder ces mots comme si elle ne les comprenait pas. Dans le petit bateau suspendu où elle avait passé la nuit, Coquelicot s'étira et jeta un coup d'œil en bas. L'immobilité d'Alexanne l'intrigua aussitôt. Elle s'élança donc dans le vide et se posa au bord du grand cahier.

– Es-tu somnambule ?

– Pas du tout, affirma l'adolescente. Je suis déconcertée. Regarde ce que les anges m'ont écrit.

Coquelicot vola jusqu'au bras d'Alexanne.

– Tu sais bien que je ne connais pas la langue des humains.

– Pourtant, nous la parlons en ce moment.

– Ce sont nos oreilles de fée qui transforment nos paroles respectives, pour que nous nous comprenions. C'est la même chose lorsque nous communiquons avec les fleurs, les arbres ou les rivières.

Alexanne lui lut donc sa question et la réponse qu'elle avait reçue.

– À mon avis, c'est très clair, fit la petite créature magique. Ils vous enverront bientôt quelqu'un capable de pister le Faucheur.

– Pourquoi les anges ne me disent-ils pas tout simplement où il se cache ?

– Sans doute parce que c'est le karma de l'un d'entre vous de le découvrir.

– Christian Pelletier…

Alexanne s'habilla et descendit à la cuisine. Malgré les événements de la veille, elle ressentit tout de suite la bonne humeur des membres de la famille. Même Alexei souriait. L'adolescente prit place à table sans cacher son étonnement.

– Y a-t-il une bonne nouvelle que j'ignore ? fit-elle au bout d'un moment.

– Il va faire chaud, aujourd'hui, répondit Danielle.

Alexanne ne comprenait toujours pas pourquoi cela les rendait si euphoriques. Elle mangea ses céréales en continuant à observer les adultes, puis annonça qu'elle allait chercher le courrier. Malgré la menace qui pesait sur eux, personne ne chercha à l'en empêcher. Son chien sur les talons, l'adolescente quitta la maison, sur le qui-vive. Elle marcha jusqu'au bout de l'entrée en scrutant la région avec ses sens de fée. Elle trouva une seule lettre dans la boîte, adressée à sa tante.

– Comme c'est étrange, laissa-t-elle tomber. Habituellement, nous ne recevons que des factures.

Elle rapporta la lettre à Tatiana et remarqua aussitôt un curieux changement dans la couleur de son aura lorsqu'elle la reçut dans ses mains.

– Alexanne, viens faire la vaisselle avec moi, fit Danielle avant que l'adolescente puisse questionner sa tante.

La jeune fille accepta volontiers, mais ce n'était que partie remise. Dès que tout fut rangé, elle s'empressa d'aller retrouver Tatiana dans la bibliothèque. Confortablement assise dans son fauteuil préféré, elle était en train de lire la lettre en question. Alexanne s'agenouilla près d'elle.

– Puis-je vous demander qui vous a écrit ?

– C'est un vieil ami de Russie.

– S'agit-il de tristes nouvelles ?

Tatiana déposa les feuilles sur ses genoux. La jeune fée vit aussitôt qu'elles étaient écrites en caractères cyrilliques.

– Je vois que tu as appris à déchiffrer les émotions qu'on tente de te cacher, fit la guérisseuse avec un sourire admiratif.

– Je les sens, mais je n'arrive pas à deviner ce qui les provoque. Vous m'avez toujours rassurée quand j'avais de la peine, alors laissez-moi faire la même chose.

Tatiana caressa la joue de sa nièce.

– Tu as acquis beaucoup de maturité depuis l'an dernier, ma petite chérie.

– Est-il le seul à vous écrire ?

– Non. J'ai gardé contact avec plusieurs membres de la famille Ivanova. Ils habitent en Allemagne, en Angleterre et aux États-Unis. Seuls ma tante Nadja et mon oncle Sergei habitent toujours en Russie. En tout, j'ai neuf cousines et elles ont quatorze filles.

– Toutes des fées ?

– Évidemment. Tu pourrais commencer à leur écrire, toi aussi.

– Mais je ne parle pas le russe ! protesta Alexanne.

– Elles non plus. Ta génération semble avoir adopté l'anglais pour ses échanges épistolaires.

– Le mien est malheureusement rudimentaire.

– Je suis certaine que ton ordinateur pourra pallier cette lacune. Je te donnerai leurs noms et leurs adresses tout à l'heure.

– Je veux bien. Mais parlez-moi plutôt de cette lettre. Pourquoi vous chagrine-t-elle ?

– Cet ami a besoin d'un peu de réconfort.

Alexanne effleura doucement la surface du papier.

– Elle est de Valéri, votre premier amoureux, n'est-ce pas ?

– Ton intuition se développe de jour en jour, on dirait.

– Son nom est apparu dans mon esprit.

– Parce que tu as arrêté de douter de tes facultés. Cette lettre est bien de Valéri. J'aurais aimé qu'il ait une meilleure vie, mais il a pris des décisions regrettables et il doit en assumer les conséquences. Tout ce que je peux faire, c'est l'encourager un peu.

– La vie est une série de choix...

– C'est exact, ma soie.

– Comment peut-on s'assurer de ne faire que de bons choix ?

– Lorsqu'on sait écouter sa petite voix intérieure, on ne peut pas se tromper.

Alexanne embrassa sa tante sur la joue.

– Je vais vous laisser lire en paix, mais n'oubliez pas que je suis là si vous avez besoin de vous confier.

– Comment pourrais-je l'oublier ?

L'adolescente quitta la bibliothèque. Si la journée s'annonçait chaude, sans doute Alexei commencerait-il à sortir ses plantes médicinales du garage. Alexanne regagna la cuisine avec l'intention de lui proposer son aide, mais s'arrêta à la porte en constatant qu'il se tenait derrière Danielle et qu'il lui frictionnait le dos, comme pour l'apaiser. Alexanne ne voulait pas les espionner, mais sa curiosité était sa principale faiblesse. Elle fut incapable de rebrousser chemin et resta là pour écouter leur conversation.

– Je me sens si bien depuis la méditation, avoua la travailleuse sociale à son amant. Nous aurions dû en faire bien avant hier. Mon cœur est en paix, ce matin. Je suis certaine que j'arriverai à dominer ma peur si nous poursuivons cette pratique tous les soirs.

– Assez pour retourner vivre en ville ?

– Pas avant que Frédéric ne soit incarcéré. Ce serait trop dangereux. Mais peut-être que je pourrai recommencer à travailler à distance au moyen d'un ordinateur.

– C'est une machine bien pratique.

– J'ai même lu quelque part qu'un jour, l'ordinateur remplacera la télévision, le téléphone, le journal quotidien, le compte en banque, le centre commercial et le poste de travail. Les gens ne seront même plus obligés de sortir de chez eux.

– Est-ce vraiment une bonne chose ?

– Ça réduirait probablement la pollution sur la planète, parce que les gens ne se serviraient presque plus de leur voiture.

– Mais ils n'auraient plus d'amis.

– Ils pourraient continuer à leur parler au moyen des sites d'échanges de messages électroniques et même y rencontrer de nouvelles personnes.

– Même leur âme sœur ?

– Pourquoi pas ?

– Comment assureraient-ils leur descendance sur un ordinateur ?

– Ce serait évidemment impossible…

Lorsque son oncle fit pivoter Danielle devant lui pour l'embrasser, Alexanne préféra aller faire autre chose.

– Viens, Yéti. Allons jouer à la balle dans le jardin.

Fou de joie, le gros chien fonça vers la porte.

Chapitre 7
Confidences

Comme elle avait pris l'habitude de le faire depuis qu'elle travaillait avec Christian Pelletier, l'inspecteur Mélissa Dalpé avait acheté des beignets et du café en se rendant au poste de police. Après avoir accroché son manteau sur sa patère, elle avait poursuivi sa route jusqu'au bureau de son collègue. Il était déjà là, profondément calé dans son fauteuil. Ses pieds reposaient sur son pupitre et ses yeux étaient rouges comme s'il avait pleuré. Pelletier n'était pourtant pas le genre d'homme à se laisser gagner par ses émotions…

– As-tu passé la nuit ici ? demanda Mélissa en déposant le sac en papier devant Christian.

– Il était trop tard pour rentrer quand j'ai terminé l'étude de mes dossiers.

– Mais tu les connais déjà par cœur, Christian.

– Je voulais juste m'assurer que rien ne m'avait échappé.

La jeune femme s'installa sur la chaise droite de l'autre côté du pupitre.

– Quand vas-tu me dire pourquoi tu prends ce dossier si à cœur ?

Au lieu de répondre, Christian lui décocha un regard infiniment triste, puis baissa la tête.

– Si tu ne me le dis pas toi-même, je vais fouiller dans ton passé et le découvrir, le menaça Mélissa.

– C'est une vieille histoire…

– Qui continue de te hanter, apparemment. Est-ce que tu me fais confiance, Christian ?

– Tu m'as déjà sauvé la vie.

– Et tu m'as souvent évité des ennuis avec le chef. En ce qui a trait au travail, je crois bien que nous sommes quittes, mais en ce qui concerne nos vies privées, es-tu capable de te confier à moi comme je l'ai déjà fait ?

Christian hésita encore un instant, puis releva doucement la tête.

– Mon cousin Sébastien a été tué par un maniaque le lendemain de ses douze ans. Les circonstances de sa mort m'ont beaucoup affecté. Il avait un si bel avenir devant lui. Même s'il était encore jeune, c'était un lanceur émérite au baseball.

Des larmes commencèrent à couler sur les joues du policier.

– Tu étais donc très proche de lui.

– C'était mon héros. Il faut dire que je n'avais que des sœurs, alors Sébastien est devenu le frère dont je rêvais. Il habitait non loin de chez moi. Je pouvais donc me rendre à bicyclette au parc où il jouait. Un soir, il est allé chercher du pain pour le repas et il n'est jamais revenu. On l'a retrouvé quelques mois plus tard, découpé en petits morceaux dans un sac poubelle.

– Christian, je suis vraiment désolée d'avoir ravivé cette blessure.

– J'étais avec mon père quand les policiers se sont présentés chez mon oncle pour leur dire qu'ils avaient retrouvé Sébastien. Je n'étais qu'un enfant, alors je n'ai pas tout de suite compris l'horreur de ce crime. Mon cerveau a toutefois enregistré toutes les paroles des adultes et les cris hystériques de ma tante. J'en ai fait des cauchemars pendant des années.

Mélissa tendit les bras par-dessus le pupitre et serra les mains de son ami dans les siennes.

– Je suis devenu inspecteur pour traquer et faire payer tous les maniaques qui s'en prennent aux innocents, ajouta Christian, la gorge serrée.

– L'assassin de ton cousin a-t-il été retrouvé ?

– Jamais...

– Vois-tu un lien entre son meurtre et celui de tous ces enfants ?

– Non, aucun, sauf que ces jeunes victimes ne méritaient pas de mourir.

– Christian, si le patron se rend compte que tu te laisses emporter par tes émotions dans ce dossier, il va te l'enlever.

– Et comment le saurait-il ?

Le policier essuya ses larmes pour tenter de se redonner une contenance.

– Je ne te rends pas service en fermant les yeux, tu sais, soupira Mélissa.

– Appelons cela une preuve de loyauté et d'amitié, d'accord ?

– Je vais aller en enfer à cause de toi.

– Au moins, je n'y serai pas seul.

– Si tu le veux, je pourrais jeter un coup d'œil à tes dossiers. Parfois, quand on se laisse obséder par quelque chose, on finit par ne plus rien voir.

– Tu as raison.

Le visage de Mélissa s'illumina, car elle venait d'avoir une idée.

– Kalinovsky ne peut pas voir l'assassin sur les objets que ce dernier n'a pas touché, mais il n'en demeure pas moins un médium, n'est-ce pas ? fit-elle.

– Où veux-tu en venir ?

– Certains enquêteurs parapsychiques ont des visions lorsqu'on les replace dans les circonstances du crime.

– Dalpé, tu es géniale…

Elle poussa la tasse en carton vers lui et il accepta volontiers de boire le café encore chaud.

Chapitre 8

Les photographies

Après avoir consacré une partie de l'après-midi à passer un examen par Internet, Alexanne alla se chercher un verre de jus d'orange à la cuisine. Elle y trouva Danielle et Alexei, assis à la petite table, devant une encyclopédie sur les animaux. Tatiana se reposait dans le fauteuil à bascule en les observant. Un appétissant fumet se dégageait de la cuisinière.

– Comment te débrouilles-tu, Alex ? demanda l'adolescente en fouillant dans le réfrigérateur.

– Je lis de mieux en mieux, affirma-t-il.

– Bientôt, je vais pouvoir te prêter mes beaux romans d'amour ! le taquina-t-elle.

– Il préfère les ouvrages documentaires à la fiction, lui fit savoir Danielle. Il est en train de dévorer ce livre sur la vie des bêtes.

Tatiana devina qu'il était surtout en train de chercher celle qu'il avait vue dans la forêt, mais décida de se taire.

– C'était le seul qui n'était pas en russe, maugréa Alexei.

– Ce sont des livres de collection, lui rappela Tatiana.

– Qui ne servent qu'à toi. Quand j'aurai lu tes ouvrages en français, c'est tout ce qu'il restera.

– À ce moment-là, je te montrerai comment aller en chercher grâce à mon ordinateur, intervint Alexanne. Il te donne accès à une immense bibliothèque virtuelle, dans laquelle se trouvent tous les livres du monde. Mieux encore, tu n'as pas besoin de quitter la maison.

– Comment cette machine peut-elle contenir autant de choses ?

– L'information n'y est pas accumulée. On y a accès grâce à Internet. C'est un réseau sur lequel elle circule.

– Je ne comprends pas.

– C'est comme un gros panier de légumes qu'on peut remplir autant qu'on veut à distance.

– Il y a des légumes dans les ordinateurs ? s'étonna Alexei.

La jeune fée poussa un soupir de découragement.

– Sous forme de chaînes binaires, ajouta Danielle.

– Tous les mots sont réduits à leur plus simple expression, poursuivit Alexanne, ce qui nous permet de mettre des centaines de livres dans un seul fichier.

Voyant que son oncle était sur le point de se fâcher parce qu'il ne comprenait rien à leur explication, Alexanne changea de sujet.

– On y trouve de tout, tant sur les dinosaures que sur la station spatiale.

– Qu'est-ce que c'est ?

– C'est comme une maison métallique qui flotte dans l'espace autour de la Terre.

– Mais comment ses habitants font-ils pour s'y rendre ?

– Les astronautes utilisent des vaisseaux suffisamment puissants pour quitter le champ gravitationnel de la planète.

– Je ne comprends aucun de ces mots, avoua honteusement l'homme-loup.

– Tu les apprendras, Alex, l'encouragea Tatiana, et alors, je suis certaine que tu inventeras tes propres théories sur la vie dans l'espace.

Les Kalinovsky tournèrent soudain la tête en même temps en direction de la fenêtre.

– Qu'y a-t-il ? s'alarma Danielle.

– C'est Christian.

Pour éviter d'être humilié davantage, Alexei quitta précipitamment la pièce pour aller à la rencontre du policier.

– Je ne voulais que l'encourager à apprendre, s'excusa Alexanne.

– Essaie de te rappeler qu'il n'a jamais fréquenté l'école et qu'il mettra des années avant de te rattraper dans tous les domaines.

– Ça ne lui enlève pas ses belles qualités.

– Il est très susceptible, mais il a l'esprit ouvert, ajouta Danielle. Pour l'instant, ce sont les animaux qui l'intéressent, mais bientôt, il voudra en savoir davantage sur l'espace.

– Je connais un bon site sur l'astronomie.

Tandis que les femmes discutaient de son éducation, Alexei fit entrer le policier dans la cuisine.

– Ravi de vous revoir, mesdames, les salua Christian.

– Je vous en prie, asseyez-vous, monsieur Pelletier, l'invita Tatiana. J'ai pressenti votre venue, et j'ai mis deux quiches au four plutôt qu'une.

– Je suis désolé de toujours arriver chez vous à l'heure des repas, madame Kalinovsky. Je vous jure que je ne le fais pas exprès.

– Je ne suis pas sans savoir que vous perdez la notion du temps lorsque vous êtes concentré sur votre travail. Sachez, cependant, que vous êtes toujours le bienvenu chez nous.

– En réalité, je suis plutôt obsédé par mon travail.

– Es-tu ici pour me parler des enfants assassinés ? voulut savoir Alexei.

– Oui, mais ce n'est peut-être pas une bonne idée de le faire avant le repas... Moi, je suis habitué à manger en regardant des photos macabres, mais ce n'est pas le cas de tout le monde.

– Moi, ça m'intéresse, déclara Alexanne.

– Je ne suis pas non plus censé les montrer aux mineurs.

– Seize ans chez les fées, ce n'est pas la même chose que seize ans chez les humains, protesta-t-elle.

Christian chercha du secours du côté d'Alexei, mais se heurta à son sourire découragé.

– Si ces photos indisposent Alexanne, elle ne se gênera pas pour vous le dire elle-même, trancha Tatiana.

– Je ne veux surtout pas la traumatiser, insista Christian en se tournant cette fois-ci vers Danielle.

– Je ne crois pas qu'on rend service aux enfants en les enrobant dans de la ouate, répliqua-t-elle.

– Il faut leur montrer le monde tel qu'il est pour éviter qu'ils ne tombent dans ses pièges, ajouta Tatiana. Comment pourront-ils régler par eux-mêmes leurs problèmes s'ils en ignorent l'existence ?

– Je pensais qu'on devait préserver leur innocence le plus longtemps possible, avoua le policier.

– Pas si elle est synonyme d'ignorance, précisa la guérisseuse. Je suis d'accord avec vous, les adultes ne doivent pas leur enlever tout leur univers magique. Toutefois, ils doivent aussi leur faire part des différentes dimensions du monde dans lequel ils vivent.

– Et s'ils en étaient plus conscients, ils ne se laisseraient pas aussi facilement leurrer par des tueurs, murmura tristement Christian.

– Il y aura toujours des prédateurs, affirma Danielle, mais il est certain que si les enfants étaient informés des dangers qu'ils courent, cela diminuerait sensiblement le nombre des victimes.

– Je ne travaille malheureusement pas pour les services sociaux. Je suis policier. Les dossiers d'enfants n'arrivent sur mon pupitre que lorsqu'il est trop tard.

Christian sortit les grandes photos de l'enveloppe et les étala sur la table de la cuisine.

– Je suis dans une impasse, avoua-t-il. Le tueur que je recherche est intelligent malgré sa démence. Il ne laisse sur les lieux de ses crimes aucun indice qui pourrait permettre aux enquêteurs de l'identifier. Il a encore frappé cette semaine, et ça me rend fou de rage. Puisque je veux mettre fin à ce carnage, je m'adresse à vous, car vous possédez des sens beaucoup plus aiguisés que les nôtres.

Danielle fut la première à se pencher sur les clichés, aussitôt imitée par Alexanne.

– Alex possède le don de voir le visage des propriétaires de certains objets, mais pas celui de voir ceux qu'ils côtoient. Or, nous n'avons malheureusement rien trouvé qui appartienne au meurtrier.

Tatiana ne s'approcha pas de la table, puisque ses facultés plus développées que celles de son frère et de sa nièce l'avaient déjà informée de ce qui y était posé.

– Qu'attendez-vous exactement de nous ? s'enquit-elle.

– Je me demandais si vous arriveriez à un meilleur résultat en travaillant ensemble, tous les trois.

– Nous sommes d'abord et avant tout des guérisseurs, mais nous ferons ce que nous pourrons.

– Je n'ai jamais travaillé avec des gens comme vous, sauf Alex, bien sûr, alors si vous avez des suggestions, ne vous gênez surtout pas. Je vais vous donner autant de détails que possible sur chaque victime. Arrêtez-moi si vous ressentez des impressions psychiques ou des trucs du genre.

Christian mit le doigt sur une des photographies.

– Voici la première victime. Elle s'appelait Mélanie et elle venait tout juste d'avoir huit ans. Ses parents lui avaient offert une nouvelle bicyclette pour son anniversaire, bicyclette qu'elle s'est empressée d'aller essayer dans le parc non loin de la maison, à Boucherville. Elle n'est jamais rentrée chez elle.

Danielle et Alexanne fixaient intensément le visage angélique de la petite, dont le cou portait une horrible marque rouge.

– Les enfants ont-ils tous été tués dans le même parc ?

– Non, ni dans la même ville.

Christian attendit quelques secondes, mais aucune des fées ne fit le moindre commentaire. Il passa donc à la photographie suivante.

– La deuxième victime s'appelait Benjamin. Il avait neuf ans. C'était un garçon solitaire qui collectionnait les papillons. Ses parents venaient tout juste d'acheter une maison neuve à Varennes. Il a été retrouvé sans vie sur un terrain vague, à deux cents mètres de chez lui.

– Les crimes ont-ils tous été commis sur la Rive-Sud ? demanda Danielle.

– Le tueur a frappé à Repentigny, à Laval, à Pointe-Claire, à Ville Saint-Laurent, à Granby, à Saint-Jérôme et, tout récemment, au centre-ville de Montréal.

– On dirait qu'il met de la distance entre ses crimes pour vous confondre.

– C'est ce que je pense aussi. Il peut donc frapper n'importe où. C'est pour cette raison que je veux l'arrêter le plus rapidement possible.

Une fois encore, le policier leur laissa le temps d'assimiler ces détails.

– Il s'agit d'une personne profondément dérangée qui tente de s'approprier l'innocence et la pureté des enfants, indiqua alors Tatiana.

Christian allait lui dire qu'il s'en doutait déjà, mais Alexei ne lui donna pas le temps d'ouvrir la bouche.

– Ce n'est pas un homme... murmura-t-il, le regard immobile.

Ils se tournèrent vers lui, intrigués.

– C'est une femme.

– Les tueurs en série sont rarement des femmes, Alex, rétorqua Christian.

– Elle est si douce que les enfants ne se méfient pas d'elle, poursuivit l'homme-loup, comme s'il n'avait pas entendu son commentaire. Elle a déjà éliminé toutes les petites filles de sa famille...

Un bruit de verre cassé les fit sursauter et mit fin à la transe d'Alexei. Fidèle à ses réflexes de policier, Christian bondit vers le vestibule, aussitôt suivi de l'homme-loup. Après avoir vérifié l'état des vitres de la maison, les deux hommes sortirent dehors et s'arrêtèrent sur la galerie, cherchant d'abord la cause de l'éclat avec leurs yeux. Puis, Alexei se servit de ses sens invisibles. Il descendit les trois marches et se dirigea tout droit vers le VUS du policier. Intrigué, Christian le suivit. C'est alors qu'il constata que ses phares avaient été fracassés.

– Celui qui a fait ça ne peut pas être très loin, grommela-t-il, mécontent.

Alexei passa la main au-dessus des fragments qui gisaient sur le gravier.

– Ce n'est pas un homme, c'est une bête.

– Un ours ? Un orignal ?

L'homme-loup secoua la tête pour dire non.

– Alors quoi ?

– C'est la même qui rôdait autour de la maison, l'autre soir. Nous ne savons pas ce que c'est.

– Elle s'amuse à endommager votre propriété ?

– Non. Jusqu'à maintenant, la magie de Tatiana l'a empêchée de s'approcher jusqu'ici.

– Je vais revenir avec nos chiens traqueurs.

– À moins qu'ils aient des ailes, ils ne la trouveront pas.

– Des quoi ?

– C'est une créature ailée.

– Un oiseau ne peut pas avoir causé ces dégâts sur mon véhicule.

Pour s'en convaincre, Christian s'accroupit et examina le pare-chocs.

– On dirait qu'il a essayé d'arracher ma plaque en poussant sur les phares avec ses pattes, découvrit-il en passant le bout de ses doigts dans les trous qu'avaient percés les dents de l'animal dans le métal.

Le policier se redressa, visiblement très inquiet.

– Il n'existe aucun volatile suffisamment gros pour écarter ses pattes de la sorte ni assez fort pour faire éclater des phares. Es-tu certain de ce que tu avances ?

– Absolument certain. J'ai vu ses ailes, mais elles ressemblaient à celles des chauves-souris.

– Avant que tu ne le mentionnes, je ne crois pas aux vampires.

– J'ai vu des ptéranodons dans un livre sur les animaux.

– Le problème, c'est qu'ils ont disparu il y a des millions d'années.

Christian se mit alors à ramasser les fragments de verre et Alexei se pencha pour l'aider. Dès que celui-ci en eut touché un, il s'immobilisa en écarquillant les yeux.

– Alex ? s'inquiéta le policier.

Il comprit qu'il avait une vision et ne tenta pas de le faire revenir de sa transe. Alexei battit finalement des paupières.

– Tu peux m'en faire un dessin ?

– Oui, mais Danielle ne doit pas le voir. Elle serait terrorisée.

Christian alla chercher un bloc-notes et un crayon sur la banquette arrière du VUS et les tendit au jeune homme. Ce dernier se mit aussitôt à l'œuvre et esquissa en quelques traits la silhouette de ce qui ressemblait à une gargouille ailée.

– Il n'y a aucun animal qui ressemble à ça… bredouilla le policier.

Alexei dessina également le capot du camion pour lui donner un aperçu de sa taille.

– Je peux déjà imaginer la tête de mon assureur quand je lui montrerai ce qui a brisé mes phares, tenta de plaisanter le policier.

– C'est une bête dangereuse, Christian, et elle est fâchée contre toi.

– Contre moi ? Pourquoi ?

– Je n'en sais rien…

– Est-ce le tueur que je cherche ?

– Non.

– Je peux garder le dessin, même s'il risque de me faire passer pour un fou ?

– Oui, bien sûr.

– Je vais aller chercher mes photographies et retourner à Montréal pour me calmer, car en ce moment, je ne te cacherai pas que je suis au bord de la crise de nerfs.

– Retrouve la meurtrière d'enfants et laisse-moi m'occuper de cette créature.

– Sans problème.

Lorsque le policier retourna dans la cuisine, il n'y trouva que Danielle et Alexanne. La jeune fée rassurait son aînée de son mieux en lui frictionnant le dos.

– Qu'est-ce que c'était ? voulut savoir la travailleuse sociale.

– Un animal a brisé mes phares, répondit Christian en s'efforçant d'avoir l'air détendu.

Tandis qu'il ramassait ses photographies, Alexanne sentit tout de suite qu'il mentait. Sans doute tentait-il lui aussi de ne pas alarmer Danielle.

– Je dois partir, ajouta l'inspecteur.

Il quitta la maison sans dire un mot de plus.

Chapitre 9
Le rôdeur

Dès que Christian fut parti, Danielle sortit de la maison pour rejoindre Alexei. Voyant qu'il ramassait les éclats de verre, elle s'approcha rapidement.

– Fais attention de ne pas te couper, recommanda-t-elle.

– Je suis prudent.

Elle se pencha pour l'aider.

– Non, laisse-moi faire, l'avertit Alexei.

– Pourquoi un animal s'en prendrait-il à une voiture immobile ? demanda-t-elle en reculant. Habituellement, c'est en roulant sur la route que les automobilistes les frappent, non ?

– Je n'en sais rien.

Pendant ce temps, Alexanne était partie à la recherche de sa tante et l'avait trouvée dans la bibliothèque. La guérisseuse marchait le long des étagères, profondément perdue dans ses pensées. Soudain, elle s'immobilisa et leva les yeux vers la plus haute tablette. Un livre se dégagea des autres comme par enchantement et flotta jusqu'à sa main. Alexanne ouvrit la bouche pour pousser un cri de surprise, mais aucun son n'en sortit.

– Un jour, tu seras capable de faire la même chose, affirma Tatiana en s'asseyant sur son fauteuil préféré.

– Vous avez les mêmes pouvoirs qu'Alexei ! s'exclama finalement l'adolescente.

– Ce n'est pas tout à fait exact. Ton oncle en a certains que nous ne posséderons jamais.

Alexanne s'approcha de la guérisseuse à pas prudents. Yéti la suivit et vint se coucher aux pieds de la guérisseuse.

– Comme celui de voir le visage des gens qui ont touché à certains objets ?

– Entre autres. Mais si nous ne pouvons pas distinguer leurs traits, nous sommes toutefois capables de ressentir leurs émotions.

– Sans nous en approcher ?

– Ma force à moi, c'est de deviner les choses, même à de grandes distances, et il semblerait que tu sois destinée à le faire toi aussi.

– Dites-moi comment.

– Cette fois-ci, je me suis servie de ton oncle comme d'une antenne. J'ai donc ressenti certaines sensations grâce à lui. Elles ont rappelé un vieux souvenir à ma mémoire, alors j'ai décidé de faire une petite recherche.

Alexanne baissa les yeux sur le livre que sa tante avait déposé sur ses genoux.

– Pas un autre livre en russe... déplora la jeune fille.

– Je crains que la plupart de mes connaissances ésotériques ne m'aient été léguées par mes ancêtres Ivanova.

– Dites-moi ce que vous cherchez.

– Il faudra garder cette information pour toi.

– Si c'est à Danielle que vous pensez, vous pouvez être sûre que je me tairai.

Tatiana tourna quelques pages du livre et le retourna pour montrer à sa nièce une illustration sortie tout droit d'un cauchemar. La bête ressemblait à un croisement de chauve-souris et de macaque avec des dents pointues et de longues griffes.

– C'est ça qu'Alex a vu ? s'étonna la jeune fille.

– Oui, et c'est également cette créature qui a endommagé le véhicule de l'inspecteur Pelletier.

– Ça ne peut pas exister pour de vrai…

– Si je comprends bien, tu crois aux loups-garous, mais pas aux rôdeurs ?

– Parce qu'il y en a eu un dans la famille.

La guérisseuse se contenta de fixer Alexanne avec découragement.

– Ne me dites pas que nous avons aussi eu des rôdeurs ? s'alarma la jeune fée.

– Ce n'est pas parce qu'on ne voit pas quelque chose que cette chose n'existe pas. Prends l'électricité, par exemple.

– Il y a tout de même une différence entre ce monstre et l'électricité ! Depuis quand ces rôdeurs existent-ils ? D'où viennent-ils ?

– Autrefois, les sorciers s'en servaient pour recruter des disciples, pour attraper les enfants dont ils avaient besoin pour leurs sacrifices ou pour garder un œil sur des victimes potentielles.

– Les sorciers ?

– L'obscurité n'existe que pour que nous puissions distinguer la lumière, ma chérie. Si des fées se servent de leurs pouvoirs pour guérir le monde, en contrepartie, il existe des êtres maléfiques qui se servent des leurs pour semer la peur.

– Mais pourquoi se manifestent-ils à ce moment précis ?

– C'est ce que j'essaie de découvrir. Mais ce qui me tracasse davantage, c'est que les rôdeurs ne détruisent jamais de voitures. J'aimerais bien comprendre ce qui a poussé celui-là à faire preuve d'autant de violence.

– Vous dites qu'il n'y a pas de rôdeurs sans sorciers, et que ces créatures ne font que ce qu'on leur demande. Peut-être qu'il a comme mission de s'attaquer à tous ceux qui tentent de nous aider.

– Peut-être bien.

Tatiana referma le livre juste au moment où Danielle et Alexei pointaient le nez dans l'embrasure de la porte.

– Il ne reste plus de verre dans l'entrée, annonça la jeune femme. Monsieur Yéti pourra donc y circuler sans risquer de se blesser.

Encore une fois, Alexanne vit son oncle et sa tante échanger un regard entendu. « Comment font-ils pour se comprendre sans dire un mot ? » se demanda l'adolescente.

Ils ne reparlèrent de l'incident que lorsque Danielle alla finalement prendre un bain. Même si la première qualité des fées était leur franchise, il leur arrivait parfois de mentir pour éviter des souffrances inutiles à un être qui tentait de reprendre son équilibre.

– J'ai vu la bête ailée en touchant aux phares, annonça Alexei en rejoignant Tatiana et Alexanne au salon.

– Ressemblait-elle à ceci ? demanda sa nièce en lui montrant l'illustration dans le vieux livre écrit en russe.

Alexei hocha la tête affirmativement.

– C'est un rôdeur employé par un sorcier, lui apprit Alexanne.

– Desjardins… C'est donc pour ça que j'ai entendu la voix du Jaguar dans ma tête pendant le procès.

Tatiana lui répéta ce qu'elle avait dit à sa nièce plus tôt au sujet de cette créature maléfique.

– Le Faucheur lui a probablement ordonné de me surveiller, comprit Alexei.

– Moi, je voudrais qu'on reparle de son rôle lors des sacrifices humains, osa la jeune fée.

– Tu n'as rien à craindre, ma chérie, la rassura aussitôt Tatiana. Les rôdeurs ne peuvent pas s'attaquer aux fées.

– Ce n'est pas pour moi que j'ai peur, avoua Alexanne en se tournant vers la photo du bébé de Sylvain, qui lui servait désormais de fond d'écran.

– Nos amis humains sont en danger à cause de nous, que ce soit Christian, Sylvain ou Danielle, laissa tomber l'homme-loup.

– Ou Matthieu, ajouta Alexanne.

– Nous devrions leur défendre de nous rendre visite jusqu'à ce que nous ayons éliminé le sorcier et son serviteur.

– Un petit instant ! s'opposa sa nièce.

– Alexanne, je comprends ce que tu ressens, intervint Tatiana, mais que nous le voulions ou non, toi et moi sommes touchées indirectement par ce règlement de comptes karmique entre ton oncle, le procureur et Danielle Léger. Cette fois, il appartient à Alexei de briser ce cercle vicieux. Nous devons le soutenir sans nous en mêler, sinon ce serait désastreux pour notre propre karma.

– Tout ce que j'ai besoin de savoir, c'est comment neutraliser cette bête.

– J'essaie justement de le découvrir dans cet ouvrage.

Alexei remonta à l'étage, afin de ne pas éveiller les soupçons de sa belle. Quant à Alexanne, elle regagna sa propre chambre et se mit à écrire à ses meilleurs alliés.

Mes chers anges,

Tout comme vous, ma tante, mon oncle et moi combattons le mal sous toutes ses formes, mais il est parfois si difficile à distinguer au quotidien. Alexei n'a fait que son devoir en dénonçant les crimes de la secte de la montagne. Il a sauvé beaucoup d'âmes qui erraient. Malheureusement, son acte de bravoure l'a exposé à la vengeance du procureur Desjardins, un homme méchant dont je vous ai parlé dans ma dernière lettre. Aujourd'hui, nous venons d'apprendre qu'il utilise un rôdeur pour nous épier. J'ai confiance en ma tante, qui cherche une façon de nous débarrasser de cette bête, mais si vous aviez quelques conseils à nous donner, je l'apprécierais beaucoup.

– Que leur demandes-tu, cette fois ? s'enquit Coquelicot en se posant sur la page, à quelques centimètres seulement de la plume.

– As-tu vu un animal ailé inhabituel dans les environs ?

La petite fée se mit à trembler.

– Tu en as donc peur, toi aussi, se découragea Alexanne.

– Ce n'est pas un être de chair et de sang comme toi, ou de poussière d'étoile comme moi. Il n'y a que de la cendre et du venin dans l'enveloppe qui lui sert de corps.

– Est-ce qu'il est vivant, au moins ?

– Je n'en sais rien.

– Comment peut-on s'en débarrasser ?

– En lui donnant ce qu'il cherche.

– Coquelicot ! Comment oses-tu suggérer une chose pareille ?

– Il ne partira pas avant de l'obtenir.

– Personne n'est invincible.

– Tu es bien trop têtue pour être une fée.

– Si tu commences à m'insulter, tu vas passer la nuit dehors… avec le rôdeur.

Coquelicot plongea sous l'oreiller pour se cacher.

* * *

Ce soir-là, au lieu de rentrer chez lui, Christian retourna à son bureau pour ranger les photos dans les dossiers dont il les avait extraites, puis il s'enfonça dans son fauteuil en analysant le dessin d'Alexei. Adolescent, il avait été friand de films d'horreur. Il connaissait tout le répertoire des monstres qu'on y retrouvait.

– Mais c'étaient des costumes ou des effets spéciaux... réfléchit-il à voix haute. Pourquoi le procureur se déguiserait-il pour s'attaquer aux Kalinovsky ?

La dernière fois qu'il s'en était pris à Alexei, il l'avait fait directement et sans artifices. Christian se rappela ensuite les paroles des fées.

– Une femme qui n'est pas menaçante et en qui les enfants ont spontanément confiance. Merde ! Ça pourrait être n'importe qui : une infirmière, une gouvernante, un professeur...

– Comment ça s'est passé ? demanda Mélissa en entrant dans le bureau.

– Alex est certain que le tueur est une femme.

– C'est donc pour ça qu'elle laisse les lieux de ses crimes si propres.

– Très drôle.

La jeune femme prit place devant lui.

– Les femmes ne représentent que six pour cent des tueurs en série, indiqua-t-elle plus sérieusement. Elles sont tout aussi dangereuses que les hommes, mais elles sont difficiles à attraper car, pour la plupart, elles sont plus prudentes, précises, méthodiques et discrètes lorsqu'elles commettent leurs crimes. Contrairement aux hommes, qui s'en prennent généralement à des inconnus, les tueuses en série frappent d'abord dans leur entourage.

– Justement, Alex prétend qu'elle a commencé par tuer les fillettes de sa propre famille.

– Je vais faire des recherches dans nos archives sur ce type de drame familial. Si c'est arrivé au Québec, les journalistes en ont sûrement parlé.

– Il va vraiment falloir que je t'achète un gros cadeau à Noël.

– Tu pourrais commencer par m'inviter à manger maintenant. J'entends gronder ton estomac d'ici.

– Aimes-tu les hamburgers ?

– Je mange n'importe quoi en bonne compagnie.

La bonne humeur de la femme policier gagna Christian, qui décrocha son veston et la suivit dans le couloir.

Chapitre 10

La pièce secrète

Durant la nuit, Alexei se réveilla soudainement. Il tendit l'oreille et crut entendre des pas sur le toit. Pourtant, cette maison était protégée par la puissante magie de Tatiana. Seul un être humain sans mauvaises intentions ou un animal non envouté aurait pu franchir sans difficulté la membrane invisible qui entourait la propriété. Il ne pouvait donc pas s'agir de Desjardins, dont l'âme était irrémédiablement perdue.

Alexei posa les pieds sur le sol et scruta les environs avec ses facultés, persuadé qu'il s'agissait d'un raton laveur. Il se heurta alors à une énergie glacée et inhumaine qui aspira l'air de ses poumons. L'homme-loup mit abruptement fin au contact télépathique et se précipita à la fenêtre. Sous les rayons de la lune, il vit s'éloigner le rôdeur à grands coups d'ailes. « Pourquoi ne nous attaque-t-il pas ? » se demanda Alexei. Il resta un long moment immobile, à réfléchir. « Il essaie de m'attirer ailleurs ! » comprit-il finalement. « Il veut me conduire dans un piège. »

Il se tourna vers Danielle, qui dormait du sommeil du juste. Tout ce qu'il désirait, désormais, c'était passer le reste de sa vie avec elle dans ce coin perdu, mais pour réaliser son rêve, il lui faudrait une fois de plus affronter le danger.

Au matin, Alexei attendit que sa belle s'enferme dans la salle de bains pour faire sa toilette et descendit à la cuisine. Il aurait préféré que sa sœur s'y trouve seule, mais sa nièce mangeait déjà ses céréales en lisant un document qu'elle avait imprimé à partir de son ordinateur.

– La créature s'est aventurée au-dessus de ma chambre, annonça-t-il à la guérisseuse. Je ne comprends pas qu'elle puisse s'approcher de la maison. Même moi, je n'y arrivais pas quand le loup m'habitait.

– Le rôdeur n'est qu'un serviteur, Alex. Il ne porte pas nécessairement l'obscurité en lui.

– Coquelicot dit qu'il n'est qu'une enveloppe remplie de cendres et de venin, leur fit savoir Alexanne.

Les adultes pivotèrent vers elle en fronçant les sourcils.

– Coquelicot ne sait pas toujours bien choisir ses mots, ma chérie, l'avertit Tatiana.

– Il n'en demeure pas moins que nous sommes vulnérables.

Tatiana resta muette quelques instants, puis leur avoua qu'il y avait dans sa demeure une pièce secrète où les sorciers même les plus puissants ne pouvaient pas entrer.

– Vous ne m'avez jamais parlé de ça, s'étonna Alexanne.

– Le besoin ne s'en était pas fait sentir avant aujourd'hui.

– J'ai déjà exploré toutes les pièces du rez-de-chaussée et de l'étage, alors j'en déduis qu'elle se trouve au sous-sol ?

– On ne peut même pas se tenir debout sous la maison, grommela Alexei.

– Elle est derrière la bibliothèque, indiqua Tatiana. C'est un réduit où je fais sécher mes herbes et je prépare mes potions. Je vais te montrer comment y accéder, au cas où le mal réussirait quand même à entrer chez moi.

Le visage d'Alexanne devint subitement blanc comme de la craie.

– Chasse tout de suite ta peur, lui ordonna son oncle sur un ton très dur.

– Alex, calme-toi, sinon tu vas la terroriser davantage, recommanda Tatiana.

– Je ne sais jamais comment m'y prendre avec elle.

– Les rôdeurs ne s'en prennent jamais aux fées, ajouta la guérisseuse en voyant mentalement les images qui se succédaient dans l'esprit de sa nièce. Ils ne s'attaquent même pas aux adultes et, lorsqu'ils enlèvent des enfants, ils ne les mangent pas non plus. Ils ne font que les conduire à leur sombre maître.

– Dans ce cas, pourquoi aurions-nous besoin de nous cacher dans cette pièce secrète ? s'étonna Alexanne.

– C'est une précaution, rien de plus.

– Ça me permettrait aussi de donner la chasse à la créature sans avoir à me soucier de votre protection, ajouta Alexei.

– Es-tu vraiment capable de tuer un rôdeur ? demanda sa nièce, d'un air dubitatif.

– Personne ne connaît l'obscurité aussi bien que moi.

– Mais de quoi parlez-vous ? fit Danielle, qui se tenait dans l'embrasure de la porte.

Alexei serra les dents en se reprochant son imprudence.

– Venez vous asseoir, Danielle, l'invita Tatiana. Il y a certaines choses que vous devez savoir.

La jeune femme fit ce que lui demandait la fée et l'écouta attentivement. Elle savait déjà que les trois habitants de la maison n'étaient pas des gens ordinaires et elle avait déjà vu Alexei à l'œuvre au palais de justice de Montréal. Toutefois, elle frissonna en apprenant l'existence du rôdeur, qui cherchait à provoquer l'homme-loup.

– Pourquoi ces choses n'arrivent-elles qu'à toi ? s'alarma-t-elle.

– Ce n'est pas ma faute, se défendit-il. C'est à cause d'une vieille prophétie.

Tatiana les emmena ensuite dans la bibliothèque et leur montra où se situait le mécanisme qui faisait pivoter un de ses rayons. Elle entra dans la pièce qui se cachait derrière et tira sur un cordon qui pendait au plafond. L'ampoule illumina instantanément le réduit.

– Cette pièce se situe au-dessus d'un point énergétique très puissant. En fait, toute la maison a été bâtie autour de cet endroit. Le mal n'y a pas accès.

– Combien de temps pourrions-nous y survivre ? voulut savoir Danielle.

– Le temps que je nous débarrasse de nos ennemis, affirma Alexei.

– Pourquoi devrais-tu en être l'exécuteur ?

– Parce que je suis le seul homme de la famille. C'est mon rôle de vous protéger.

Danielle s'abrita dans les bras d'Alexei, qui la serra contre sa poitrine en dirigeant un regard découragé vers sa sœur.

– En les affrontant loin de cette pièce, toi, tu ne seras pas protégé, murmura sa compagne.

– Mon instinct de survie est puissant. Tu ne dois pas t'inquiéter pour moi. Il ne m'arrivera rien.

* * *

Dans une immense salle aux fenêtres condamnées, Frédéric Desjardins, vêtu d'une longue tunique rouge, était assis au milieu d'un pentagramme dessiné sur le plancher avec du sang. Il regardait droit devant lui, dans un profond état de transe.

– Tu n'es qu'un pauvre idiot, Kalinovsky, maugréa-t-il. Le Faucheur exécute toujours ses victimes, même si cela lui prend des années. J'aurai ta peau et je la ferai sécher sur la porte des palissades de la forteresse de mon maître. Je reprendrai Danielle parce que c'est son destin d'être avec moi. Je détruirai toutes les femmes de ton clan et j'éliminerai à tout jamais leur lignée. Le temps est venu de faire disparaître les porteurs de flambeaux de la surface de la Terre.

Une horrible créature aux longues ailes de chauve-souris s'approcha alors du procureur en couinant.

– Tu as bien travaillé, mon ami. Nous allons tuer le policier, le journaliste et l'avocat qui ont conspiré contre nous, puis nous offrirons le cœur de Mikal au diable lui-même.

Chapitre 11

Un sérieux problème

En l'absence de Matthieu, la vie poursuivait malgré tout son cours chez les Richard. Même si son aîné n'était pas là pour lui donner un coup de main, Paul se faisait un devoir de rentrer tous les soirs pour le dîner, sauf le jeudi et le vendredi. Il n'ouvrait sa boutique que le samedi matin et passait la journée du dimanche avec ses deux filles. Viviane était âgée de neuf ans et Magali, de sept. L'aînée promettait de devenir une extrémiste comme sa mère Louise, jadis. Rien ne la démontait, et elle avait le courage d'une lionne. La petite était plus chétive et, de l'avis de Paul, surprotégée par sa femme. Magali était aussi maussade que Viviane pouvait être optimiste. Il fallait continuellement la rassurer.

Quelques minutes après la cacophonie des réveils dans la maison, les deux fillettes grimpèrent sur leur chaise pour avaler leur petit déjeuner, avant de se mettre en route pour l'école. Louise remarqua tout de suite l'étrange comportement de la plus âgée. Viviane avait la mine basse et observait le contenu de son assiette, au lieu de manger avec son appétit habituel.

– On dirait que j'ai deux Magali, ce matin, se moqua gentiment la mère.

– Je ne vois pas pourquoi je suis forcée d'aller à l'école alors que mon professeur n'est même pas là, gémit Viviane.

– Lorsqu'on subit une intervention chirurgicale, il faut se reposer quelque temps avant de reprendre ses activités normales, mon ange. J'ai appelé la directrice hier, et elle m'a assuré que vous auriez une remplaçante dès aujourd'hui.

– Tu m'as dit la même chose la semaine dernière, mais personne n'est venu. Nous avons été obligés de lire pendant deux jours sans pouvoir nous lever.

– Je te jure que ce sera différent à partir d'aujourd'hui.

– Cette remplaçante sera-t-elle capable d'enseigner nos matières normales ?

– Apparemment, elle a de bonnes références et toutes les écoles du Québec se l'arrachent.

– Ça doit faire mal, laissa tomber Magali.

– C'est une façon de parler, ma chouette. Ça veut dire que tout le monde veut l'avoir.

– Comment s'appelle-t-elle ? voulut savoir Viviane.

– Séléné Fortin.

– C'est un drôle de nom, remarqua Magali.

– Séléné est un des noms que porte la lune.

– C'est la lune qui va t'enseigner les mathématiques ? demanda Magali à sa sœur.

– C'est juste un prénom, comme Marie-Soleil, répliqua l'aînée.

– Je suis certaine que tu l'aimeras, Viviane, l'encouragea Louise.

Les filles avalèrent quelques bouchées.

– Maman, est-ce que je pourrai parler à Matthieu lorsqu'il téléphonera, ce soir ? demanda Viviane.

– Il est possible qu'il ne nous appelle pas. Il étudie très fort et on ne peut pas constamment le déranger.

– Moi aussi, j'étudie très fort, commenta Magali.

– Je sais, mon ange. Dépêchez-vous, sinon vous serez en retard.

* * *

Au même moment, au centre-ville de Montréal, Christian Pelletier arrivait au poste de police, les yeux à moitié fermés. Il ne vit même pas Mélissa lorsqu'il passa devant elle, son café à la main. Elle le suivit pour s'assurer qu'il n'allait pas s'installer par mégarde dans le bureau d'un de leurs collègues. Elle constata que son pilote automatique était tout à fait au point lorsqu'il pénétra dans le sien.

– As-tu passé la nuit debout ?

– Ça aurait sans doute été plus confortable, répliqua Christian en se laissant tomber sur son fauteuil.

– As-tu dormi dans ton VUS ?

– Non.

– Dans un bordel ?

– Non ! Dans mon propre lit.

– Seul ?

– Oui, seul. Heureusement, d'ailleurs. J'ai fait les pires cauchemars de toute ma vie. Je me suis réveillé au moins cinq fois en hurlant, ce qui ne me ressemble pas du tout. Chaque fois que je me rendormais, je faisais un rêve encore plus morbide que le précédent. À trois heures, j'ai décidé de boire un litre de café pour rester debout.

– Serait-il trop indiscret de te demander ce qui t'inquiète au point de perturber ainsi ton sommeil ?

– C'est mon obsession pour le dossier des meurtres d'enfants. Autrefois, j'allais prendre une bière avec mes copains ou faire du sport après le travail. J'allais même m'amuser avec mes nièces et mes neveux. Depuis quelques mois, je passe tout mon temps à me creuser la cervelle pour attraper ce criminel.

– Est-ce que tu l'attrapes dans tes cauchemars ?

– C'est plutôt lui qui se joue de moi, avoua Christian en se frottant les yeux.

– Veux-tu que je te fasse part du fruit de mes recherches, ou préfères-tu dormir un peu ?

– Tu as trouvé quelque chose ? s'égaya son collègue.

– Il n'y a pas beaucoup de familles où toutes les filles sont mortes en bas âge dans des circonstances mystérieuses, mais il y en a.

Elle lui tendit une feuille de données informatisées.

– Vive les ordinateurs, ajouta-t-elle. Si tu as besoin de moi pour aller interroger ces gens, fais-le-moi savoir.

Christian se contenta de hocher doucement la tête, car il était déjà en train de parcourir les premières lignes du rapport.

* * *

Le policier n'était pas le seul à avoir passé une nuit blanche. Constamment réveillé par les gémissements de son nouveau chien, le journaliste Sylvain Paré s'était finalement résolu à coucher sur le canapé avec l'animal pour le rassurer. Au matin, sa femme fut bien surprise de le trouver dans le salon. Elle installa son bébé sur sa chaise haute et alla réveiller son mari.

– Pourquoi as-tu dormi ici ?

– Topaze continue à se comporter bizarrement, répondit-il en bâillant.

– Je commence à penser que certaines familles ne sont pas faites pour avoir des chiens.

– C'est toi qui l'as ramenée à la maison, après que j'ai donné Yéti aux Kalinovsky, rappelle-toi. Tu m'as dit que les labradors étaient plus dociles que les bouviers des Flandres.

– Les personnes âgées qui me l'ont donnée ne pouvaient plus s'en occuper. Elles m'ont affirmé que c'était la chienne la mieux élevée qu'ils avaient eue de toute leur vie. Je ne comprends pas pourquoi elle se lamente sans cesse depuis quelques jours.

– Je vais l'emmener chez le vétérinaire. Elle est peut-être souffrante.

La matinée se poursuivit normalement. Sylvain alla boire son café devant son ordinateur, tout en composant les prochains textes de son magazine sur l'étrange et Maryse s'occupa du petit Félix, qui était devenu son seul centre d'attention. Un peu avant midi, elle sortit dans le jardin pour aller chercher la poussette du bébé et remarqua d'étranges marques sous les fenêtres des chambres. Intriguée, Maryse alla les examiner de plus près : c'étaient des traces de griffes !

– Sylvain ! hurla-t-elle.

Alarmé, son mari s'empressa de la rejoindre dehors, le labrador couleur sable sur les talons.

– C'est fini ! continua à crier Maryse en pointant le revêtement en aluminium. Nous n'aurons plus jamais d'animaux !

Sylvain observa à son tour les profondes entailles.

– Un chien ne peut pas avoir fait ça, laissa-t-il tomber.

– Conduis-la chez le vétérinaire et ne reviens pas avec !

– Maryse…

– Fais-en ce que tu veux, mais ne la ramène pas ici !

Dès qu'elle eut disparu dans la maison, Sylvain se tourna vers la chienne, qui continuait à gémir.

– Est-ce toi qui as fait ça ?

Topaze regardait vers le fond du jardin, pourtant entièrement clôturé.

– Je vais te faire examiner, puis je te conduirai chez des amis pendant que je tente d'élucider ce mystère.

Sylvain mit son travail de côté et emmena la chienne chez le vétérinaire qui l'ausculta du museau jusqu'à la queue. Non seulement elle n'avait rien, mais elle avait également mis fin à ses gémissements.

– Elle a eu d'autres maîtres avant vous, alors il est possible qu'elle s'ennuie d'eux, ajouta-t-il. Donnez-lui encore un peu de temps.

– Merci, docteur.

Le journaliste ne crut pas utile de lui expliquer que sa femme était intraitable. Il le paya et fit monter la bête dans sa voiture. Pas question de retourner chez lui ni de faire abattre un animal de trois ans en parfaite santé. Il se dirigea donc vers l'autoroute et fila jusqu'à Saint-Juillet. Il savait que les Kalinovsky accepteraient d'héberger temporairement la chienne, même s'ils gardaient déjà son bouvier. Au moins, les bêtes y seraient bien traitées jusqu'à ce qu'il trouve une solution.

Ce fut Alexanne qui l'accueillit lorsqu'il arrêta finalement sa voiture dans l'entrée de la maison de sa tante. Yéti la suivait en trottinant.

– Bonjour, monsieur Paré ! s'exclama joyeusement la jeune fille. Vous avez un nouveau chien ?

– Ma femme l'a reçu en cadeau d'un couple âgé qui habite dans notre quartier, mais elle a décidé de s'en débarrasser.

– Est-il méchant ?

– C'est plutôt le contraire. C'est une femelle obéissante et douce comme un agneau. Malheureusement, depuis quelque temps, elle n'arrête pas de gémir. Le vétérinaire m'assure qu'elle n'est pas souffrante, mais ma femme ne veut plus la voir. Jusqu'à ce que je trouve une solution, je me demandais si je pouvais la laisser ici.

– Mais évidemment, que vous le pouvez ! Faites-la sortir de la voiture.

Sylvain ouvrit la portière, et Topaze sauta souplement sur le sol. Les deux chiens se sentirent l'un l'autre pendant quelques secondes, puis se mirent spontanément à jouer ensemble sur la pelouse.

– Est-ce que tout le monde est là ? demanda le journaliste.

– Par ici.

Alexanne marcha avec lui sur le petit sentier qui longeait le garage. Les chiens coururent près d'eux, les précédant dans la cour. Tatiana, Alexei et Danielle étaient assis autour de la table de jardin et sirotaient des limonades.

– Nous avons un deuxième chien ! annonça Alexanne.

– Je suis désolé de ne vous rendre visite que pour vous confier des pensionnaires, s'excusa Sylvain.

– Vous êtes toujours le bienvenu chez nous, monsieur Paré, peu importe la raison, assura Tatiana.

Topaze s'approcha de ceux qu'elle ne connaissait pas, les flaira et trépigna de joie devant Danielle.

– On dirait qu'elle vous a déjà adoptée, commenta Sylvain.

– Je n'ai jamais eu de chien, avoua la travailleuse sociale. Que suis-je censée faire ?

– Commençons par jouer à la balle ! suggéra Alexanne.

Conquise par l'attitude enjouée de la chienne, Danielle suivit l'adolescente jusqu'au milieu de la pelouse et l'observa tandis qu'elle lançait le jouet préféré de Yéti à l'autre bout de la cour. Puis, elle l'imita et poussa des cris de joie lorsque Topaze courut chercher la balle à son tour.

– Ça fait du bien de l'entendre rire, fit remarquer Tatiana alors que Sylvain s'asseyait à table avec son frère et elle.

La guérisseuse se tourna ensuite vers le journaliste avec un air plus sérieux.

– Se passe-t-il des choses étranges chez vous, en ce moment, monsieur Paré ?

– J'allais justement vous en parler. À part le fait que Topaze agit depuis quelques jours comme si sa vie était en danger, j'ai trouvé des traces de griffes sous nos fenêtres de chambres. Elles sont si profondes qu'on pourrait presque croire qu'il s'agit d'un tigre.

– Savez-vous ce qu'est un rôdeur ?

Sylvain hocha la tête négativement. Tatiana ouvrit le vieux livre posé devant elle et lui montra l'illustration de la créature ailée.

– Doux Jésus... s'étrangla le journaliste. Ne me dites pas que vous êtes aux prises avec ça ?

– Je crains que si.

– Que veut-il ?

– Au début, on pensait qu'il me surveillait, répondit Alexei, mais maintenant, je suis presque certain qu'il essaie de m'attirer quelque part.

– Si c'est la créature qui a abîmé le revêtement de ma maison, tente-t-elle de me faire comprendre le même message ? Et pourquoi à moi ?

– Regardons d'abord ce que vous avez en commun, suggéra Tatiana.

– Le procès du Jaguar...

– C'est exact, monsieur Paré. Je commence à croire qu'il n'y a pas qu'un seul rôdeur, et que ces bêtes sont à la solde du Faucheur.

– Il cherche à se venger de ceux qui ont fait condamner son maître. Alexanne et vous ne faites sans doute pas partie de sa liste.

– Mais Danielle et moi, oui, précisa Alexei.

– Ainsi que maître Perron, et peut-être même les policiers qui ont effectué la descente à la forteresse. Nous devons tous les mettre en garde.

– Le rôdeur a déjà commencé à s'en prendre à Christian, lui apprit Alexei.

Il lui raconta ce qui était arrivé à son véhicule.

– Je suis d'accord avec vous, agréa Tatiana, sauf que l'existence de cet animal n'est pas facile à expliquer à un esprit rationnel. Vous êtes ouvert à ce genre de choses. Simon Perron pourrait par contre ne pas nous prendre au sérieux.

– Nous trouverons le moyen de le convaincre. Vous connaissant, vous avez sûrement un plan pour nous débarrasser des rôdeurs.

– Pour tuer un serpent, il faut lui couper la tête, répondit Alexei.

– Ou le faire jeter en prison, ajouta Tatiana pour désamorcer la colère de son frère.

– Nous revoilà donc à la case départ...

– Mais cette fois, j'ai appris à jouer, affirma l'homme-loup.

La balle rebondit au milieu de la table, avant de poursuivre son chemin vers la balancelle. La course effrénée des deux chiens pour l'attraper mit temporairement fin à leur discussion sur le Faucheur.

Chapitre 12

Les pentagrammes

En rentrant chez lui aux petites heures du matin, après avoir lu et relu le rapport que Mélissa lui avait remis, Christian ne se doutait pas de ce qui l'attendait. Il emprunta la route longeant la rivière des Mille-Îles sans se presser et tourna à gauche dans l'entrée de sa propriété. Son intuition lui fit aussitôt donner un coup de frein. Sa maison était plongée dans le noir. Il n'y avait que deux explications possibles : une panne d'électricité avait rendu inopérant le système automatique qui allumait plusieurs des appareils d'éclairage ou toutes les ampoules étaient grillées. Même les deux lampadaires sur la rue étaient éteints.

Christian prit la petite lampe de poche qu'il conservait dans le coffre à gants et descendit de son VUS. Il demeura d'abord complètement immobile, écoutant les bruits de la nuit, puis marcha très lentement en direction de la porte principale. Lorsque le faisceau de la torche électrique éclaira celle-ci, le policier se figea. Sur la surface en bois apparaissait un curieux dessin. Christian retira son revolver de son étui. Il fit le tour de l'habitation et retrouva le même signe sur toutes ses fenêtres, mais en rouge, cette fois.

Il revint à son point de départ et mit le manche de sa lampe de poche dans sa bouche, afin de libérer sa main qui ne tenait pas d'arme. Il tourna la poignée de la porte d'entrée et la poussa doucement. Pour ne pas être surpris par un intrus, il ne fit pénétrer que son bras dans le vestibule et releva tous les interrupteurs en même temps. Les plafonniers s'allumèrent.

Christian s'assura que personne ne se cachait derrière la porte et fouilla chacune des cinq pièces de la maison. Il revenait dans le salon lorsque la sonnerie de son portable se fit entendre, le faisant sursauter. En maugréant, il le dégagea de la poche de son veston.

– Pelletier, aboya-t-il.

– Est-ce que je te dérange ? fit la voix de Mélissa.

– Je suis seul, si c'est ce que tu veux savoir. Pourquoi m'appelles-tu à deux heures du matin ?

– Parce que je sais que tu n'es pas encore couché, évidemment. Je voulais discuter avec toi des documents que je t'ai fournis. Je crois avoir trouvé quelque chose d'intéressant.

– Tiens donc, moi aussi. Quelqu'un est venu exercer ses talents artistiques sur les fenêtres et les portes de ma maison.

– Des graffitis ou des menaces ?

– Ce ne sont pas des mots, mais des dessins triangulaires dans des cercles. J'en ai vu des semblables dans la forteresse de la secte de la montagne.

– Ils sont sans doute l'œuvre d'un de ses membres qui est fâché contre toi. Veux-tu qu'on mette le dossier des enfants de côté et qu'on se concentre sur l'auteur de cette tentative d'intimidation ?

– Non, continue tes recherches de ce côté. Je crois pouvoir découvrir assez rapidement l'identité de ceux qui ont jeté leur dévolu sur moi.

– Christian, tu ne devrais pas rester chez toi, cette nuit.

– Au contraire, Dalpé. Je n'ai peut-être plus besoin de chercher Desjardins.

– Je n'aime pas ça. Laisse-moi t'envoyer du renfort.

– Pas question. Je ne veux pour rien au monde que leur arrivée le fasse fuir. Je vais l'attendre sagement dans mon fauteuil, revolver en main. Je l'ai déjà arrêté une fois. Je suis capable de le faire une seconde fois.

– Ne fais pas le brave. Desjardins est dangereux.

– N'envoie personne chez moi, c'est un ordre.

Il mit fin à la communication et fit glisser le téléphone dans sa poche. Il entra dans la cuisine, ouvrit le réfrigérateur. Un des deux contenants de lait était ouvert, alors il choisit l'autre par précaution. Il emporta également une boîte de biscuits et alla s'asseoir sur un fauteuil adossé au mur, afin de ne pas être attaqué par-derrière.

* * *

Des cierges noirs brûlaient maintenant sur le grand cercle au milieu duquel était assis Frédéric Desjardins. Il mit fin aux incantations démoniaques qu'il prononçait depuis plusieurs heures et baissa les yeux sur le vase où reposait une photographie de Christian Pelletier, découpée dans un journal.

– Tu es à moi, désormais...

Le Faucheur ferma lentement les yeux en esquissant un sourire cruel. Au même moment, dans le salon de sa demeure, le policier sentit ses paupières devenir très lourdes. Il dodelina de la tête, comme s'il allait perdre son combat contre le sommeil, puis se ressaisit. À son grand étonnement, il n'était plus chez lui !

Pris de panique, Christian constata qu'il était couché sur le dos dans une pièce sombre, entouré de longues bougies, et que des liens à ses poignets et à ses chevilles l'immobilisaient sur une sorte de table. « Je suis en train de rêver », se dit-il pour se rassurer.

– J'ai entendu dire que tu me cherchais.

– Desjardins ? s'étonna le policier.

Le procureur sortit de l'obscurité et marcha lentement autour de l'autel où sa proie l'attendait.

– Personne n'échappe à la loi, l'avertit Christian en se débattant.

– Tu es en bien mauvaise posture pour me menacer. Je vais te tuer, Pelletier, puis j'éliminerai l'homme-loup, le journaliste, le procureur, ainsi que tous les membres de leurs familles. Je rassemblerai tous les disciples du Maître, puis je fonderai une nouvelle communauté qui l'accueillera à bras ouverts lorsqu'il sera enfin libre.

– Je suis encore au milieu d'un cauchemar...

– Le Faucheur est beaucoup plus puissant que le pauvre petit avocat que j'ai été obligé de personnifier pendant toutes ces années. Mon heure de gloire est enfin arrivée.

Desjardins leva la main au-dessus de la poitrine de Christian et l'abattit brutalement sur son cœur. La sensation de brûlure fut si intense que le pauvre homme en perdit le souffle.

* * *

Tout de suite après avoir terminé sa conversation téléphonique avec son collègue, Mélissa Dalpé avait réquisitionné les services de deux agents patrouilleurs et était montée dans leur voiture. Les policiers avaient foncé à toute vitesse jusqu'à la maison de l'inspecteur Pelletier.

Ils arrêtèrent le véhicule derrière le VUS de Christian et foncèrent vers la maison. Mélissa ne prit même pas le temps de frapper à la porte. Elle en tourna la poignée et jura intérieurement contre son ami qui ne l'avait pas verrouillée.

– Christian ? appela-t-elle en entrant.

Elle l'aperçut dans le salon, assis sur un fauteuil, la tête penchée vers l'avant. Tout son corps tressaillait, comme s'il faisait un mauvais rêve. Mélissa remit son revolver dans son étui et s'empressa d'aller le réveiller. Il sursauta comme si elle l'avait électrocuté.

– Où est-il ? hoqueta Christian en regardant autour de lui.

Il était couvert de sueur et visiblement souffrant.

– Qui ça ? le pressa sa collègue.

– Desjardins…

La femme policier fit signe aux agents qui l'accompagnaient de fouiller la maison.

– Es-tu blessé ? s'enquit-elle.

Christian déboutonna sa chemise en tremblant. Sur sa poitrine apparaissait une brûlure en forme de main. Mélissa ne lui donna pas le temps de protester. Elle l'obligea à se lever et le fit marcher vers la porte.

– Je ne me sens vraiment pas bien, gémit-il.

Elle rappela les deux hommes qui, de toute façon, n'avaient trouvé personne, et leur demanda de les emmener de toute urgence à l'hôpital le plus proche. La jeune femme n'eut qu'à montrer son insigne de police pour que son ami soit aussitôt admis aux urgences. Tandis que le médecin de garde examinait Christian, elle fit les cent pas dans la salle d'attente.

Quelle ne fut pas sa surprise de le voir ressortir de la petite pièce d'examen une heure plus tard sur ses deux pieds ! Il portait une blouse d'hôpital par-dessus son pantalon et tenait son veston dans ses mains.

– Ce n'est qu'un érythème, affirma-t-il, mais je ne dois pas mettre de pression dessus. Le médecin m'a donné une crème et il m'a demandé de ne me laver qu'avec du savon très doux.

– Ce qui ne fait probablement pas partie de tes articles de toilette. Allez, viens. Tu vas dormir chez moi, cette nuit. Je veux te garder à l'œil.

– Et si tu devenais, toi aussi, la cible de Desjardins ?

– Alors, nous serons deux pour l'affronter.

Les agents patrouilleurs les déposèrent chez la femme policier. Épuisé et surtout déconcerté par les derniers événements, Christian se laissa tomber sur le canapé.

– Un peu d'alcool t'aiderait-il à reprendre des couleurs ? demanda Mélissa.

– Donne-moi ce que tu as de plus fort.

Sa collègue lui versa un double scotch.

– Comment Desjardins a-t-il réussi à s'approcher suffisamment de toi pour t'infliger une blessure alors que tu étais armé ? voulut-elle savoir.

– Ce n'est pas arrivé chez moi.

– Quand je t'ai appelé, tu venais d'entrer dans ta maison, et je me suis mise en route dès que tu as raccroché. Comment a-t-il fait pour te torturer ailleurs et te ramener dans ton salon en moins d'une demi-heure ?

– Je ne sais pas ce qui s'est passé. J'ai fermé les yeux et lorsque je les ai ouverts, j'étais attaché sur une table et Desjardins était là, habillé tout en rouge comme un démon. Il a dit qu'il allait me tuer et s'en prendre ensuite à tous ceux qui avaient condamné le Jaguar. Puis, il a mis la main sur ma poitrine et tu es arrivée.

– C'était probablement un rêve, puisque je t'ai retrouvé dans ton fauteuil.

– Comment expliques-tu ma blessure ?

Mélissa soupira.

– Avant de connaître les Kalinovsky, je ne croyais pas aux forces invisibles, et ce n'est pas parce que mon copain Paré n'avait pas essayé de me convaincre de leur existence, poursuivit Christian. Lui, il nage là-dedans depuis qu'il est adolescent. Moi, je préférais le sport et les filles. Quand il est devenu journaliste de l'insolite, j'ai cru qu'il écrivait surtout des histoires abracadabrantes pour un public assoiffé de mystère. Maintenant, je ne sais plus quoi penser…

– Es-tu en train de me dire que Desjardins est parvenu à t'agresser sans vraiment être là ?

– C'est bien ce qu'il semble… et ce n'est pas rassurant du tout.

Christian sortit son téléphone de la poche de son veston.

– Je vais aller préparer la chambre d'amis, annonça Mélissa pour lui donner un peu d'intimité.

Le policier appuya sur une des touches de composition automatique, puis attendit patiemment que son interlocutrice réponde. La voix de Tatiana l'apaisa sur-le-champ.

– Que puis-je faire pour vous, monsieur Pelletier ? demanda-t-elle, car elle avait vu son nom s'afficher.

– Je suis vraiment désolé de vous appeler à une heure pareille…

– Ne vous en faites pas, je me lève en même temps que les oiseaux.

– Il m'est arrivé quelque chose d'incroyable tout à l'heure, et vous êtes l'une des rares personnes qui puissent m'aider à comprendre ce qui s'est passé.

– Je vous en prie, dites-moi tout.

– En rentrant chez moi, j'ai trouvé d'étranges symboles sur mes portes et sur mes fenêtres. Ça ressemblait à des étoiles dans des cercles, avec d'autres dessins à l'intérieur. Puisque je suis chez une amie en ce moment, je ne peux pas mieux vous les décrire.

– Ce sont probablement des pentagrammes, des symboles de pouvoir. Certains sont bons, d'autres non.

– Ceux-là faisaient certainement partie de la deuxième catégorie. Il n'y avait personne à l'intérieur, et rien n'a été touché. Je me suis assis dans le salon, persuadé que c'était le procureur qui avait vandalisé ma maison et qu'il allait m'affronter, mais je pense m'être endormi parce que je me suis retrouvé instantanément ailleurs.

– Pouvez-vous me décrire l'endroit où vous étiez ?

– Pas vraiment, car tout autour de moi, il faisait très noir. J'étais attaché sur une table.

– Un autel. Étiez-vous seul ?

– Le procureur s'est effectivement manifesté, mais pas dans mon salon, et il a tenté de me tuer. Je pense qu'il voulait m'arracher le cœur. Heureusement, ma collègue est arrivée chez moi et il n'a pas pu terminer ce qu'il avait commencé. Ce que je ne comprends pas, c'est que j'étais toujours assis dans mon salon et que j'étais seul. Les policiers qui accompagnaient l'inspecteur Dalpé ont fouillé la maison. Ils m'ont juré qu'il n'y avait aucune trace de Desjardins. Ça n'a aucun sens…

– À moins de connaître les ruses préférées des serviteurs de Satan. Rassurez-vous, monsieur Pelletier, vous n'avez pas perdu la raison. Ces événements traumatisants se sont réellement produits, mais à un niveau de conscience différent. Les pentagrammes étaient destinés à attirer votre âme ailleurs. Vous avez eu beaucoup de chance qu'on vous ait trouvé à temps.

– Mais comment peut-on se protéger contre un fou pareil ?

– Commencez par faire disparaître tous les symboles et ne mettez plus jamais les pieds là où vous en verrez d'autres. N'oubliez pas que vous êtes désormais sensible à leur pouvoir. L'obscurité est malfaisante, mais rarement subtile. Si vous en avez aussi l'occasion, cette semaine, passez chez moi. Je vous entourerai d'une protection spéciale, comme je l'ai fait pour monsieur Paré.

– Desjardins a dit qu'il le tuerait, lui et toute sa famille. Il a aussi mentionné le nom du procureur de Québec.

– Nous les mettrons en garde. Je vous le répète, n'entrez pas dans votre maison avant que les pentagrammes n'aient disparu.

Christian remercia la guérisseuse et raccrocha. Il continua à siroter l'alcool que lui avait servi sa collègue jusqu'à ce que Mélissa sorte de la chambre d'amis.

– Je vais demander à une équipe d'aller nettoyer mes fenêtres et de changer ma porte, annonça-t-il. Mais je veux qu'ils prennent des photos des dessins pour que je puisse les montrer à Sylvain.

– Je m'en occupe. Toi, tu vas dormir et te remettre de tes émotions.

– Habituellement, je ne suis pas peureux, Mélissa, mais cette nuit, j'ai eu la frousse de ma vie.

La jeune femme aurait bien aimé le serrer dans ses bras pour le rassurer, mais elle ne voulait pas non plus mettre de la pression sur sa blessure. Alors, elle se contenta de serrer sa main dans la sienne.

Chapitre 13
La poussière d'or

Tatiana raccrocha et se tourna vers son frère, debout à quelques pas d'elle, et profondément inquiet, car le téléphone ne sonnait jamais aux petites heures du matin sans une bonne raison.

– Le Faucheur s'est attaqué à Christian Pelletier, annonça-t-elle.

– Pas le rôdeur ?

– Il ne m'en a pas parlé. Tu avais raison au sujet des pouvoirs de Desjardins. Il s'en est pris au policier sans avoir à se trouver dans la même pièce que lui. Il l'a piégé avec des pentagrammes.

– Il pourrait donc nous faire la même chose.

– Pas dans cette maison.

– Mais le rôdeur s'en approche autant qu'il le désire.

– Ces bêtes sans cervelle sont incapables de reproduire un rituel aussi complexe que celui de la création d'un pentagramme.

– C'est donc le Faucheur lui-même qui les dessine. Christian et Sylvain pourraient venir s'installer ici jusqu'à ce qu'il soit en prison.

– Ça ne réglerait le problème que de façon temporaire.

– Mais ça éviterait que des innocents soient tués, alors que c'est à moi que le Faucheur en veut vraiment. Il va falloir que je l'affronte, Tatiana.

– Nous ignorons l'étendue de ses pouvoirs.

– Tout comme des miens.

– Le Faucheur exécute les rebelles de la secte depuis fort longtemps, petit frère. Il a certainement eu le temps de perfectionner son art.

– Ça ne veut pas dire qu'il soit invincible.

– Pourquoi faut-il que ce soit toi ? s'inquiéta Alexanne en franchissant la porte.

Elle se planta devant ses aînés en robe de nuit, les cheveux défaits. Leur conversation l'avait réveillée.

– Parce que les autres n'ont pas de pouvoirs magiques, répondit Alexei.

– Ils ont des revolvers.

– Les sorciers ne les craignent pas. C'est moi qui dois éliminer Desjardins.

– Tu dois le capturer, Alex, l'avertit Tatiana. Si tu le tues, alors la victoire de Satan sera éclatante, car il aura réussi à t'entraîner toi aussi sur le sentier du mal.

– Je suis peut-être déjà une de ses créatures.

– Si tel était le cas, tu ne serais pas à l'intérieur de ma maison.

– Ce qu'il lui faut, c'est une façon de se protéger, pas juste une façon de l'attaquer, intervint Alexanne. Les chevaliers utilisaient des boucliers pour parer les coups de leurs ennemis. Ils ne les abaissaient que lorsqu'ils étaient prêts à frapper.

– Je pourrais t'enseigner comment élever un mur invisible entre ton adversaire et toi, fit la guérisseuse.

– Tu vois bien que la solution est toute simple, Alex.

– Il ne faudrait pas que ce soit trop long à apprendre, riposta l'homme-loup.

– Pour maîtriser rapidement cette magie, il te faudra dominer ta colère en présence du Faucheur, l'avertit sa sœur.

Découragé avant même d'avoir essayé, Alexei passa à côté d'Alexanne en se dirigeant vers le vestibule.

– Tout ce qui compte, c'est de nous débarrasser du procureur, grommela-t-il. La méthode importe peu.

– Tu as tort, Alex ! s'exclama sa nièce.

– Ne jette pas de l'huile sur le feu, ma chérie, recommanda Tatiana. Ton oncle est prompt, mais il est aussi très intelligent. Il va réfléchir et il comprendra que j'ai raison.

Au matin, Alexei emmena Danielle dans le jardin. Tandis qu'ils se berçaient dans la balancelle, il lui raconta les événements troublants de la veille.

– Je n'arrive pas à croire que j'ai fréquenté un sorcier aussi vil, se désola la jeune femme.

– Comment aurais-tu pu savoir ce qu'il était ?

Alexei reçut alors une pomme sur la nuque. Vif comme un chat, il se leva et fit volte-face. À quelques pas de lui, Alexanne lui faisait face, un sac chargé de pommes en bandoulière.

– Défends-toi ! hurla-t-elle.

Il se pencha juste à temps pour ne pas recevoir un fruit en plein visage.

– Mais qu'est-ce que tu fais ? se fâcha l'homme-loup.

Elle se mit à le mitrailler de pommes, qui le frappèrent partout sur le corps. Exaspéré, Alexei attrapa le dernier missile et fonça sur elle.

– Ne te sers pas de tes mains ! l'avertit la jeune fille. Dévie-les avec tes facultés magiques !

– Je ne sais pas comment.

– Si tu es capable de faire venir les objets à toi, tu es aussi capable de les repousser !

Elle continua à le bombarder. Pelotonnée dans la balançoire, Danielle ne savait pas si elle devait rire ou s'en mêler. Alexanne était déchaînée, mais elle ne se rendait pas compte qu'elle se mettait ainsi en position dangereuse, car son oncle possédait d'immenses pouvoirs qu'il ne maîtrisait pas toujours très bien.

La dernière pomme frappa durement l'homme-loup au milieu de la poitrine, directement sur son plexus solaire. Il poussa un cri de rage, et les fruits suivants heurtèrent la barrière invisible qu'il venait d'élever devant lui. Mieux encore, ils partirent en direction opposée. Alexanne eut juste le temps de se jeter à plat ventre dans l'herbe pour les éviter.

– Tu es génial, Alex !

Toutefois, son oncle ne partageait pas son euphorie. Il s'élança vers elle pour lui donner la correction qu'elle méritait, mais s'arrêta net lorsque ses sens invisibles l'avertirent de l'arrivée de plusieurs personnes.

– Qui est-ce ? demanda Danielle en voyant les deux fées se tourner vers la route.

– Christian et son amie.

Le trio retourna aussitôt à la maison, où Tatiana venait de faire entrer les deux inspecteurs. Rassuré de se retrouver en présence de ses amis magiques, le policier les serra tous dans ses bras à tour de rôle.

– Ta sœur t'a-t-elle raconté ce qui m'est arrivé ? demanda le policier à Alexei.

– Oui, et nous allons riposter avant qu'il ne s'attaque aux autres.

– Je vous en prie, asseyez-vous, les convia Tatiana.

Ils prirent tous place dans le salon.

– Mélissa a envoyé des hommes ce matin pour nettoyer mes fenêtres et changer ma porte. Ils ont à peine eu le temps de prendre des photos des symboles avant que ma maison flambe comme une boîte d'allumettes.

– Une excellente façon d'effacer ses traces, maugréa Alexanne.

– Si madame Dalpé ne vous avait pas secouru, on aurait retrouvé votre cadavre dans les cendres et personne n'aurait jamais su ce qui s'était vraiment passé, expliqua Tatiana.

– Est-il dangereux pour vous de regarder ces photos ? voulut savoir Christian.

– Non, affirma la guérisseuse. C'est la combinaison des symboles et du sang utilisé pour les dessiner qui l'est.

– Du sang ? J'ai cru que c'était de la peinture rouge…

– Faut-il absolument que ce soit du sang humain ? demanda Alexanne, curieuse.

Tatiana lui décocha un regard réprobateur. Elle prit les photographies que lui tendait Mélissa et les examina pendant un moment.

– Leur origine satanique ne fait aucun doute, confirma-t-elle. Il s'agit d'un pentagramme inversé. Dans l'étoile, on voit clairement le bouc. Tout autour, on a dessiné des symboles destinés à retenir celui qui fait l'objet de l'incantation infernale. On y voit le dix d'épées, une lame du tarot qui désigne la catastrophe et le désastre, ainsi qu'un sablier, qui indique la durée du sortilège. Les runes R et L signifient respectivement le voyage dans les ténèbres et l'eau des enfers. Ici, on distingue le symbole de Vesta, qui n'est nul autre qu'un autel où brûle le feu du sacrifice, puis, juste à côté, le vase aux serpents.

– On ne peut pas faire plus maléfique, admit Mélissa. Mais j'ai du mal à comprendre comment ces illustrations sur une fenêtre ou une porte peuvent plonger une personne dans un autre état de conscience.

– Il ne suffit pas de tracer le pentagramme pour qu'il soit opérationnel. Il faut le faire selon un rituel bien précis, dans des conditions astronomiques et climatiques particulières.

– Et si elles sont réunies en ce moment, il y a fort à parier qu'il en a dessiné d'autres ailleurs, conclut Christian. Nous devrons être très prudents.

– La protection dont je vais vous entourer ne vous empêchera pas de tomber dans un piège, expliqua Tatiana. Cependant, elle va vous permettre de les flairer sans l'ombre d'un doute. Si vous négligez cet avertissement, elle ne vous sera d'aucun secours.

– C'est bien noté.

– Approchez-vous et demeurez silencieux jusqu'à ce que j'aie terminé.

Mélissa n'était pas certaine de vouloir participer à cette petite cérémonie, mais elle n'avait pas envie non plus de se retrouver dans la même posture que Christian. Tatiana fit asseoir les deux adultes sur le plancher et prononça des paroles en russe en tendant le bras au-dessus de leurs têtes. De sa main s'échappa une fine poudre dorée, qui retomba sur leurs cheveux.

– Je vous accorde, au nom des anges et de tous les esprits bienfaisants de la nature, une protection divine que nul démon ou esprit malin ne pourra vous enlever, tant et aussi longtemps que vous servirez la lumière.

Tatiana recula et s'assit sur le sofa.

– Ça ne vous protégera pas des balles de fusil, les avertit-elle.

– Je ne connais pas grand-chose au monde spirituel, avoua Christian, mais je me sens déjà mieux.

– Montrez-moi votre blessure maintenant.

– Comment savez-vous que j'ai été blessé ? Je ne vous en ai pas parlé.

– Je suis guérisseuse, monsieur Pelletier. Je le vois dans l'aura des gens, lorsqu'ils sont souffrants.

– Ce n'est qu'une rougeur...

Tenace, Tatiana lui fit enlever son veston et sa chemise et examina sa poitrine.

– On dirait une main, s'étonna Alexanne.

– C'est l'empreinte de celle du Faucheur pendant qu'il tentait de percer la peau de monsieur Pelletier pour lui arracher le cœur.

– Comme les Incas ?

– Les Incas utilisaient des poignards.

Tatiana plaça sa paume au-dessus de l'érythème. Christian sentit aussitôt un curieux picotement, puis une grande chaleur. Il serra les dents et ne tenta pas de se soustraire au traitement. Lorsque la guérisseuse retira sa main, toute trace de l'agression de Desjardins avait disparu.

– Je ne sais pas comment vous remercier, balbutia le policier en se rhabillant.

– Ne tombez plus dans les traquenards du Faucheur.

– Avez-vous prévenu Simon Perron du danger qu'il court ?

– J'ai laissé un message à son bureau lui demandant de me rappeler dans les plus brefs délais.

Les deux inspecteurs se levèrent.

– Nous devons partir, annonça Mélissa.

– Je vais les reconduire à leur voiture, indiqua Alexei.

L'homme-loup décocha un regard noir à sa nièce, puis disparut dans le vestibule derrière leurs invités.

– Que lui as-tu encore fait ? s'enquit Tatiana, découragée.

– Je l'ai aidé à matérialiser son bouclier de protection en le bombardant de pommes.

– Quoi ?

– C'est le résultat et non la méthode pour y arriver qui compte, n'est-ce pas ?

– En tout cas, c'était vraiment drôle à voir, fit savoir Danielle.

Au même moment, Alexei et les policiers s'arrêtaient près de la voiture de Mélissa.

– Je sais que vous êtes d'excellents agents, leur dit l'homme-loup, mais je souhaiterais que vous arrêtiez de chercher le procureur. Il est préférable que ça devienne un duel d'êtres surnaturels.

– Surnaturel ou non, cet homme est soumis aux mêmes lois que nous.

– Es-tu prêt à mourir en tentant de le capturer ?

Christian ne répondit pas. L'horrible sensation qu'il avait ressentie sur l'autel de sacrifice était encore très fraîche dans sa mémoire.

– Je sais comment m'y prendre, poursuivit Alexei.

– Je ne pourrai rien faire pour toi si tu enfreins la loi. À moins de tuer Desjardins en légitime défense, et encore faudra-t-il le prouver, tu seras accusé de meurtre et tu iras en prison.

– Mais il y aura un démon de moins sur Terre.

L'homme-loup pivota sur ses talons, afin de rentrer chez lui.

– Tu ne peux pas te faire justice toi-même, Alex ! l'avertit Christian.

Alexei fit la sourde oreille et poursuivit son chemin.

Chapitre 14
Les forces occultes

Sur l'autoroute, tandis qu'ils retournaient à Montréal, Christian garda d'abord le silence. Son esprit rationnel tentait désespérément d'analyser ce qui venait de se passer. Il avait fini par admettre qu'un homme puisse avoir reçu du ciel des talents uniques, lorsqu'il avait vu Alexei faire voler des objets dans les airs. Son ami Sylvain disait que c'était de la télékinésie. Maintenant qu'il était confronté au pouvoir que pouvaient posséder de simples dessins sur un mur, il ne savait plus quoi penser.

– Au téléphone, avant que je ne te coupe la parole, tu m'as dit que tu avais trouvé quelque chose d'intéressant, dit-il à Mélissa, afin de mettre fin à ses pensées obsédantes.

– Pendant que je dressais la liste d'entrevues avec les familles où plusieurs petites filles sont mortes, j'ai remarqué que dans l'une d'elles, il ne reste plus qu'une tante qui travaille comme suppléante pour plusieurs commissions scolaires.

– Qui desservent les villes où on a retrouvé les victimes ?

– Sans exception.

– Je veux l'interroger.

– Je m'en occupe.

Mélissa reconduisit Christian chez lui, pour qu'il puisse reprendre son véhicule. Celui-ci descendit de la voiture de sa collègue et s'approcha des restes de sa maison. Il ne possédait pas grand-chose, mais il ressentait tout de même une grande peine en regardant ce qui avait été son pied-à-terre.

– Où iras-tu habiter en attendant que les assurances évaluent ta situation ? demanda Mélissa.

– À l'hôtel, j'imagine. Je suis trop vieux pour retourner chez mes parents.

– Tu pourrais t'installer chez moi.

– En ce moment, j'ai surtout besoin d'être seul pour réfléchir à tout ça. Peux-tu me laisser les photos des pentagrammes ?

La jeune femme les déposa dans ses mains et, à la grande surprise de son collègue, l'embrassa sur les lèvres.

– Fais bien attention à toi, recommanda-t-elle.

Sans rien ajouter, elle remonta dans sa voiture et quitta la propriété. « Pourquoi a-t-elle fait ça ? » se demanda Christian. Il travaillait avec Mélissa depuis des années, et jamais elle n'avait manifesté d'intérêt pour lui. Il jeta un dernier coup d'œil aux débris calcinés et ne fut même pas tenté d'aller fouiller dans les cendres. Il grimpa dans son VUS et fila tout droit chez son ami Sylvain.

Le journaliste ne cacha pas sa joie de le revoir. Il l'invita à s'asseoir dans le salon et fronça les sourcils en apercevant l'enveloppe brune que Christian tenait à la main.

– Ne me dis pas que tu es ici pour me dire que le meurtrier que tu cherches rôde dans mon quartier ! s'inquiéta-t-il.

– Ne crains rien. Nous avons une piste, mais elle ne m'a pas mené jusque chez toi. Je suis plutôt venu te parler de ce qui m'est arrivé cette nuit.

Christian lui tendit les photographies.

– Où as-tu eu ça ? s'étonna le journaliste.

– Frédéric Desjardins a dessiné ces pentagrammes sur ma maison.

– Quoi ?

Cette fois, c'est de la terreur que Christian sentit dans la voix de son ami.

– Ce sont de puissantes incantations destinées à attirer une âme en enfer ! Il y a une progression subtile de l'un à l'autre, qui forme un cadenas impossible à ouvrir une fois qu'il s'est refermé sur sa victime.

– Tu m'en diras tant.

– Que t'est-il arrivé, Christian ?

– Je suis entré dans la maison et j'ai attendu l'auteur de ces graffitis.

– Autrement dit, tu as sciemment mis le pied dans son piège.

– À ce moment-là, je ne savais pas ce qu'ils signifiaient.

– Raconte.

– Seulement si tu me jures de ne pas faire d'article sur moi.

– C'est uniquement pour parfaire mes connaissances ésotériques.

– J'ai vécu l'expérience la plus terrifiante de toute ma vie, et tu sais mieux que quiconque que je ne suis pas un froussard. Apparemment, j'ai perdu connaissance ou je me suis endormi.

– Ces pentagrammes ont certainement provoqué une transition de conscience. Où t'es-tu retrouvé ?

– Dans un lieu étrange uniquement éclairé par des cierges. Tu me crois ?

– Évidemment. Continue.

– J'étais attaché sur une table, et Desjardins était là. Il voulait ma peau.

– Comment as-tu réussi à t'échapper ? s'étonna Sylvain.

– Mélissa Dalpé est entrée chez moi et elle m'a trouvé endormi dans mon fauteuil, alors elle m'a réveillé.

– Tu as eu beaucoup de chance...

– Toi qui es un expert des trucs qui dépassent l'entendement, explique-moi comment j'ai pu être à deux endroits en même temps, parce que je te jure que mes liens et la souffrance que m'a infligée le procureur étaient bien réels. Ce n'était pas du tout comme dans un rêve.

– Es-tu prêt à entendre que nous possédons tous plusieurs corps ?

– Peut-être pas, non...

– C'est vraiment fascinant, pourtant.

– Non, Sylvain, c'est effroyable !

– Pense un peu à la puissance de celui qui a réussi à te faire voyager uniquement par sa pensée.

– Mais je ne pense qu'à ça ! J'ai été formé pour me défendre dans n'importe quelle situation, mais je suis aussi démuni qu'un enfant devant les forces occultes.

– Il existe des façons de s'en protéger.

– Tatiana m'a saupoudré de poussière dorée moi aussi, mais elle dit que ce n'est pas une garantie absolue.

Sylvain résista à la tentation de prendre des notes.

– Tu ne dois pas retourner chez toi, recommanda-t-il finalement.

– Ce n'est pas un problème. Ma maison a brûlé cette nuit.

– Je suis vraiment désolé, Christian. Tu peux t'installer ici en attendant que tes compagnies d'assurance fassent leur enquête.

– Mélissa me l'a proposé, elle aussi, mais je pense que je serai plus à l'aise dans une chambre d'hôtel pour faire une crise de nerfs.

Le journaliste demeura silencieux pendant un moment.

– À quoi penses-tu ? voulut savoir Christian.

– Desjardins est beaucoup plus dangereux que nous l'avions supposé. Il manipule sans doute tous les membres de la secte et il obéit aveuglément au Jaguar, ce qui veut dire qu'il ne s'arrêtera pas avant d'avoir eu la peau d'Alexei.

– Peut-il l'attirer ailleurs, lui aussi ?

– Alex n'est pas un homme ordinaire.

– Cela lui permettra-t-il de le vaincre ?

– Pour te donner une réponse éclairée, il faudrait que je connaisse tous les pouvoirs de Desjardins et tous ceux d'Alex. Tout ce que je peux te dire, pour le moment, c'est que ce sera probablement sanglant.

* * *

Pendant que ses amis discutaient de l'éventualité de son duel avec le sorcier, Alexei marchait seul dans le jardin de la maison de sa sœur, perdu dans ses pensées. Il n'était pas évident de mener une vie normale pour un homme conscient de toutes ses vies antérieures. Il savait qu'il ne pourrait pas éviter cet affrontement, qu'ils repoussaient son ennemi et lui depuis beaucoup trop d'incarnations.

Alexei s'arrêta devant la trentaine de pommes qui gisaient sur le sol. Sans qu'il ait eu à remuer un cil, les fruits s'élevèrent dans les airs et formèrent un bouclier devant lui.

– Pourquoi pas ? murmura-t-il.

Il fit doucement voler les pommes jusqu'à la maison, car il savait que sa sœur détestait le gaspillage. D'ailleurs, Tatiana venait d'ouvrir la porte arrière, qui donnait sur la cuisine. Avec étonnement, elle regarda passer sous ses yeux les fruits qui se posèrent sur le plan de travail, puis se tourna vers le jardin. Alexei lui lança un regard malheureux et tourna les talons en direction de la forêt.

Chapitre 15

Simon Perron

À la veille de ses quarante ans, Simon Perron, substitut du procureur général à Québec, était un homme consciencieux qui menait une vie rangée. Il avait épousé Annick, son amie d'enfance et ils avaient deux petites filles de dix et neuf ans, qu'il ne voyait malheureusement pas aussi souvent qu'il le désirait en raison de son travail. Toutefois, il se faisait un devoir d'emmener toute la famille en vacances au moins deux fois par année. Son épouse était justement en train de préparer leur prochain périple à Disneyworld durant l'été.

Ce matin-là, Simon avait mis plus de temps à faire sa toilette, car il était obsédé par un appel qu'il avait reçu la veille. Encore une fois, il n'aurait pas le temps de déjeuner avec les filles. Il resserra le nœud de sa cravate, rangea un dossier dans sa mallette en cuir et descendit à la cuisine. Catherine et Élizabeth étaient sagement assises à table et terminaient leur repas.

– Bonjour, papa ! firent-elles en chœur.

– Bonjour, les filles.

Il les embrassa sur la joue et se tourna vers Annick, qui lui tendait une tasse de café.

– Les conduis-tu à l'école, ce matin ? demanda-t-elle après l'avoir embrassé sur les lèvres.

Simon avala une gorgée de café.

– Pas ce matin.

Catherine et Élizabeth se mirent à protester, mais leur mère mit fin à leurs lamentations d'un seul regard.

– Je suis vraiment désolé, mais j'ai un important rendez-vous en rapport avec le procès de demain.

– Tu fais trop de procès, grommela Catherine.

– C'est mon travail, ma chérie.

Il termina le café et posa la tasse sur le comptoir. Annick le suivit jusqu'à la porte d'entrée.

– Il y a quelque chose que tu ne me dis pas, fit-elle, inquiète.

– Un ancien disciple du Jaguar veut me rencontrer. Il sait où se trouve Desjardins, mais il ne veut pas me le dire au téléphone. En réalité, ça n'a rien à voir avec ma plaidoirie de demain, mais je ne voulais pas en parler devant les filles.

– Tu ne trouves pas ça suspect ?

– Tout ce qui concerne la secte de la montagne l'est, mon amour. La police cherche Desjardins depuis plusieurs mois, alors si je peux obtenir des renseignements sur ses déplacements, il est de mon devoir d'aller les chercher.

– Sois prudent, d'accord ?

– Tu me connais mieux que ça.

Ils s'embrassèrent un long moment, puis Annick le laissa partir, incapable de maîtriser l'angoisse qui s'emparait d'elle.

Simon déposa sa mallette sur le siège arrière de sa voiture et s'installa au volant, une fois de plus perdu dans ses pensées. Il se rendit au centre-ville et se gara dans le parking de l'hôtel où son informateur lui avait donné rendez-vous. Il sortit de sa poche le bout de papier où il avait noté le numéro de la chambre et entra dans l'établissement. Puisqu'il savait où il allait, il se dirigea tout droit vers l'ascenseur.

Confiant, il marcha dans le corridor où les femmes de chambre avaient commencé leur travail, et contourna leurs chariots. Lorsqu'il arriva au numéro 501, il s'étonna de voir la porte entrouverte. Il frappa quelques coups, par politesse.

– Monsieur Blais ?

Ne recevant aucune réponse, il poussa doucement la porte et jeta un coup d'œil à l'intérieur.

– Dieu du ciel…

Il y avait des gribouillis à l'encre rouge sur tous les murs ! Il allait tourner les talons pour quérir le gérant de l'hôtel, lorsqu'il entendit un gémissement dans la salle de bains. Si son informateur avait été blessé, il devait avant toute chose lui porter secours. Il actionna l'interrupteur, mais ne trouva personne dans la petite pièce. Les plaintes provenaient donc de la chambre. Simon s'y aventura, persuadé qu'il trouverait Blais gisant dans son sang.

Le cœur battant la chamade, le procureur se pencha du côté le plus éloigné du lit. Rien. Il se retourna et aperçut, à quelques pas de lui, une bête cauchemardesque ! Plus grande que lui, elle avait la peau grise, un visage simiesque et des ailes de chauve-souris maladroitement repliées sur son dos. Mais ce furent surtout ses longues griffes, ses dents pointues et le fait qu'elle se tenait devant la porte d'entrée qui retinrent l'attention de Simon.

– Les gargouilles ne sont que des statues… murmura-t-il pour se rassurer.

Simon fut alors assailli par un mal de tête si violent qu'il faillit en perdre l'équilibre.

– Monsieur Blais, je comprends que vous vouliez garder votre identité secrète, mais un tel déguisement ne fera qu'attirer l'attention.

La douleur dans son crâne s'intensifia, et il dut s'appuyer sur la commode pour ne pas se retrouver sur le plancher. Persuadé qu'il allait perdre connaissance, Simon s'empara du combiné pour appeler des secours. Au lieu de signaler son malaise, il poussa une plainte sourde, car un coup violent dans son crâne venait de l'achever. Il tomba de tout son long sur la moquette. Toutefois, il se ressaisit presque aussitôt et ouvrit les yeux. Il n'était plus dans la chambre 501, mais dans un endroit sombre. Il battit des paupières et découvrit qu'il était attaché.

– Monsieur Blais ? bredouilla-t-il.

– Vous êtes encore plus naïf que l'inspecteur Pelletier.

– Qui êtes-vous ? Où suis-je ?

Le Faucheur, entièrement vêtu de rouge, sortit de l'ombre.

– Desjardins ?

– Je vous ai promis au téléphone de vous dire où je me trouverais. Alors, me voilà.

– Détachez-moi tout de suite, ou votre sentence sera terrible !

– Vous croyez-vous en position de proférer des menaces ? Lorsqu'on trouvera votre corps, personne ne comprendra ce qui vous sera arrivé.

Le Faucheur abattit sa main sur la poitrine de l'avocat, qui hurla de douleur. Mais comme cela avait été le cas quelques heures plus tôt pour Christian Pelletier, Simon Perron se mit à disparaître sous les yeux ahuris de Desjardins.

– Non ! hurla le sorcier.

Furieux, il abattit son poing sur l'autel vide.

En proie à une grande souffrance, Simon bascula dans le vide, puis sentit son dos heurter violemment un obstacle. L'obscurité se dissipa et fit place à la lumière éclatante du soleil qui inondait la chambre 501. Deux gardiens de sécurité étaient penchés sur lui.

– Ne le laissez pas s'échapper ! cria Simon en tentant de s'asseoir.

– Qui ça ? s'étonna l'un des hommes. Quand nous sommes arrivés, vous étiez seul ici.

– Desjardins et le monstre…

Les gardiens échangèrent un regard inquiet.

– Êtes-vous capable de vous lever ?

Simon parvint à s'asseoir et laissa échapper une plainte sourde.

– Êtes-vous blessé ?

L'avocat porta une main à sa poitrine, à la hauteur de son cœur, ce qui acheva d'alerter ses sauveteurs. Croyant qu'il avait été victime d'une crise cardiaque, l'un d'eux signala aussitôt à la réception qu'ils avaient besoin d'une ambulance, tandis que l'autre empêchait Simon de bouger. Ce dernier eut beau protester, les gardiens ne bronchèrent pas jusqu'à l'arrivée des secours.

Simon fut attaché sur une civière malgré ses cris de terreur, et transporté aux urgences de l'hôpital le plus proche. Tout comme ceux qui avaient examiné Christian, les médecins n'arrivèrent pas à s'expliquer la marque en forme de main sur son cœur. Après lui avoir fait passer plusieurs examens, ils n'étaient pas plus avancés. Les explications que leur patient s'entêtait à répéter pour justifier son état étaient si invraisemblables qu'ils craignirent davantage pour sa santé mentale que pour l'état de son cœur.

Annick, qu'on avait alertée dès l'arrivée de son époux à l'hôpital, s'y présenta en catastrophe quelques minutes après le transfert de Simon sur une civière dans le couloir.

– Laissez-moi me rhabiller, supplia-t-il.

– Simon ! s'exclama sa femme en se hâtant jusqu'à lui. Que t'est-il arrivé ? Dis-moi qu'on ne t'a pas tiré dessus !

– Non… mais tu ne me croiras pas, toi non plus. Fais-moi sortir d'ici.

Annick tempêta jusqu'à ce qu'on la laisse rencontrer les médecins qui avaient examiné son mari. Ceux-ci lui firent aussitôt part de leurs inquiétudes et lui demandèrent de faire analyser ce dernier par un psychiatre dans les plus brefs délais.

Morte d'inquiétude, Annick aida son mari à se vêtir et le ramena à sa voiture en lui intimant de raconter tout ce qui s'était passé à partir du moment où il avait quitté la maison. Voyant qu'elle gardait le silence après son récit, Simon se mit à pleurer.

– Tu ne me crois pas…

– Ce que tu me dis n'a aucun sens, mon chéri. Les gargouilles sont des statues qui ne quittent jamais les toits où elles sont sculptées.

– Comment expliques-tu ceci ?

Simon détacha sa chemise et lui montra l'étrange brûlure sur sa peau.

– La seule explication, fit-elle en tentant de se montrer brave, c'est que tu as été victime d'un maniaque. Ton médecin m'a remis des calmants, et lorsque nous serons à la maison, je…

– Je ne suis pas fou ! hurla-t-il, excédé.

Annick se cramponna au volant et serra les dents. Elle ne devait surtout pas l'irriter davantage.

– Tu vas emmener les filles chez ta sœur et tu y resteras jusqu'à ce que nous ayons capturé Desjardins, est-ce clair ? poursuivit son mari sur un ton dur.

– Et toi ?

– Je vais m'entourer de policiers et lui donner la chasse. Appelle ma secrétaire et dis-lui d'annuler tous mes rendez-vous des deux prochaines semaines.

– Simon…

– Fais ce que je te demande, Annick. Je n'ai pas envie d'avoir vos morts sur la conscience.

Il s'assura qu'elle fasse ses valises et celles des enfants, puis écouta les messages téléphoniques sur sa boîte vocale. Il n'y en avait aucun de son soi-disant informateur ou de Desjardins, mais celui de Tatiana l'intéressa aussitôt. En tremblant, il composa son numéro à Saint-Juillet.

– Bonjour, monsieur Perron. J'avais hâte que vous me rappeliez.

– J'aurais dû le faire plus tôt.

– Avez-vous été attaqué ?

– Je ne sais même plus comment qualifier ce qui m'est arrivé tout à l'heure. Tout le monde pense que je suis en train de perdre l'esprit.

– Vous êtes-vous retrouvé sur un autel de sacrifice en présence de Frédéric Desjardins ?

– J'aurais vraiment dû prendre mes messages plus tôt.

– Je vous en prie, calmez-vous et écoutez-moi.

Tatiana lui tint le même discours qu'à Christian, pour qu'il se méfie lui aussi des pentagrammes.

– Mais si Desjardins est capable de s'en prendre à nous par le biais de son esprit et de nous infliger en plus des blessures mortelles, comment parviendrons-nous à l'arrêter ?

– Seule une autre créature magique y arrivera.

– Alexei...

– Le problème, c'est qu'il n'est pas encore prêt à affronter le Faucheur. S'il se fait tuer, plus rien n'empêchera celui-ci de nous éliminer.

– Je pense qu'il est temps que nous nous rencontrions tous et que nous parlions de stratégie. Je serai chez vous dans quelques heures, le temps de m'assurer que ma famille est en sûreté.

Simon raccrocha et vit que sa femme l'observait depuis la porte de leur chambre.

– Où t'en vas-tu ? demanda-t-elle, troublée.

– Alexei Kalinovsky est notre seul espoir…

Annick se réfugia dans ses bras en faisant attention à ne pas mettre de pression sur sa brûlure. Simon ferma les yeux et se jura de ne revenir à Québec que lorsque Desjardins aurait été neutralisé une fois pour toutes.

Chapitre 16

Un piège subtil

Pour ne pas effrayer inutilement Danielle, Alexei agissait le plus normalement du monde, malgré la menace qui planait sur ses amis et sur lui. Il avait commencé à transporter ses plants du garage au jardin. Danielle avait commencé par l'observer, puis elle était allée se bercer dans la balancelle. Au bout de quelques minutes, elle fut prise d'un curieux étourdissement. Sentant sa détresse, l'homme-loup se tourna vers elle.

– Danielle, est-ce que ça va ?

Elle tenta de se lever, mais retomba en position assise. Alexei fonça vers la jeune femme. Il la prit dans ses bras et la ramena à la maison aussi rapidement que ses jambes pouvaient le porter.

– Tatiana ! hurla-t-il de tous ses poumons.

La guérisseuse avait aussi senti l'attaque sournoise du mal. Elle ouvrit la porte de la maison, laissa entrer son frère et la nouvelle victime du sorcier, puis les suivit jusqu'à la bibliothèque, où elle s'empressa d'ouvrir la section qui menait à son sanctuaire protégé. Alexei déposa sa belle sur le sol et tapota ses joues pour qu'elle revienne à elle. Tatiana s'agenouilla de l'autre côté et posa une main sur le cœur de Danielle.

– Par les pouvoirs que la lumière a conférés aux fées, j'ordonne à l'obscurité de s'éloigner de cette enfant !

Danielle prit une profonde inspiration, comme si on venait de la sortir de l'eau. Elle ouvrit des yeux effrayés et s'accrocha à la chemise d'Alexei.

– C'est fini, chuchota-t-il.

– Il était là… hoqueta la travailleuse sociale.

– Tatiana l'a fait fuir. Il est parti et il ne reviendra plus.

La guérisseuse vit alors que sa nièce était plantée à l'entrée de la pièce, étonnée.

– Vous nous avez pourtant dit que le Faucheur ne pouvait pas nous atteindre dans cette maison, s'inquiéta-t-elle.

– C'est arrivé dehors, l'informa Alexei, qui n'arrivait plus à dissimuler sa colère.

– Est-ce qu'il a essayé de lui arracher le cœur à elle aussi ?

– Il ne m'a pas touchée, affirma Danielle.

– Tante Tatiana, il faut faire quelque chose avant qu'il n'arrive un malheur.

– Je vais l'affronter sur son propre terrain, décida Alexei. Je ne peux pas regarder mourir tous ceux que j'aime sans rien faire.

– C'est avec de l'amour que tu viendras à bout du procureur, pas avec de la haine.

– Tu me demandes toujours l'impossible !

– Alex, c'est ton destin de dompter ta nature explosive. C'est la raison pour laquelle tu es obligé de revenir sans cesse dans ce monde.

– Il ne mérite l'amour de personne.

– Je suis d'accord avec Alexei, déclara bravement sa nièce. Je ne veux pas qu'il fasse appel aux forces du mal pour vaincre le procureur, mais il faut que nous pensions sérieusement à nous défendre ou à le débusquer.

– Simon Perron sera bientôt ici, leur apprit la guérisseuse. Nous devrions aussi demander à monsieur Pelletier et à monsieur Paré de se joindre à nous.

– Je les appelle tout de suite.

Alexei attendit que Danielle soit parfaitement calme avant de la faire sortir de la pièce magique, mais il ne lui permit pas de retourner dehors.

– Je crois moi aussi que nous devons mettre un frein aux activités maléfiques de Frédéric, avoua la jeune femme, mais pas si tu dois y laisser ta vie. Je t'en prie, ne fais rien avant que tes amis arrivent.

– Je te le promets.

Avec beaucoup de douceur, Alexei fit apparaître de la lumière au bout de ses doigts et les posa sur les tempes de sa belle, qui s'endormit presque aussitôt. Il l'allongea sur le sofa, l'embrassa sur le front et se retourna. Alexanne lui bloquait la route.

– Pourquoi as-tu fait ça ? s'étonna la jeune fée.

– Je ne veux pas qu'elle ait peur.

– Tu viens de lui faire une promesse, Alex.

– J'ai l'intention de la tenir.

– Alors, où vas-tu ?

– Le Faucheur piège ses victimes avec des symboles. Ça veut donc dire qu'il y en a autour de la balancelle. Il faut que je les fasse disparaître.

Il contourna Alexanne et sortit dans la cour. Bien décidée à ne pas être écartée de cette histoire de la même manière que Danielle, l'adolescente le suivit.

– Reste là ! ordonna l'homme-loup en voyant qu'elle marchait presque sur ses talons.

– Tatiana a dit que les pentagrammes n'avaient aucun effet sur les fées.

– Obéis-moi.

Quand il était d'aussi mauvaise humeur, il était préférable de ne pas insister. Alexanne s'immobilisa, mais ne perdit rien de ce qui se passait. Coquelicot se posa alors sur son épaule.

– Dis-moi ce que tu sais, ordonna la jeune fille.

– Sur la créature de cendres ou sur l'homme rouge ?

– Qui ?

– Je ne l'ai pas vu moi-même, car les fées dorment la nuit, mais les hiboux ont signalé sa présence dans la forêt.

– C'est maintenant que tu me le dis ?

– Je viens à peine de l'apprendre !

Alexei s'était arrêté près de la balancelle pour l'examiner. Il n'y trouva rien d'anormal. Il se tourna ensuite dans la même direction que Danielle lorsqu'elle s'y était assise. Il n'y avait que des arbres dans son champ de vision.

– Si tu as une idée brillante, Coquelicot, ce serait le moment de nous en faire part, chuchota Alexanne.

– Parfois, même les yeux des fées ne peuvent pas tout voir, répondit-elle sur le même ton.

– Alex ! s'écria l'adolescente. Les pentagrammes sont peut-être invisibles !

L'homme-fée fit jaillir de la lumière de ses deux mains et dirigea les faisceaux vers la forêt. Aussitôt, des étoiles à cinq branches apparurent sur trois des troncs.

– Comment peut-on les effacer sans abîmer les arbres ? voulut savoir Alexanne.

Alexei marcha vers le premier arbre. La lumière qui brillait dans sa paume se changea en flammes qui en noircirent aussitôt l'écorce sans pour autant l'enflammer.

– Je voudrais bien te voir faire ça, hasarda Coquelicot.

L'adolescente n'était pas encore revenue de sa surprise que son oncle avait supprimé tous les symboles magiques. Il s'enfonça alors dans la forêt, pour s'assurer qu'il n'y en avait pas d'autres.

– Est-ce un pouvoir que possèdent toutes les fées ? articula enfin Alexanne.

– Non, juste lui. Mais tu sais bien qu'il est différent de vous.

– Pourrais-je te confier une mission ?

– Bien sûr.

– J'aimerais que tu le suives discrètement et que tu nous préviennes s'il s'éloigne trop.

– Comme s'il décidait de partir seul à la recherche du sorcier ?

– Exactement.

– Je le garde à l'œil !

La petite fée s'envola et fonça entre les branches.

* * *

Quelques heures plus tard, Christian et Simon arrivèrent presque en même temps dans l'entrée des Kalinovsky. Encore ébranlé, l'avocat alla à la rencontre du policier.

– Heureux de vous revoir, monsieur Pelletier, même si j'aurais préféré que ce soit dans des circonstances différentes.

– Étant donné que nous sommes dans la même galère, ne pourrions-nous pas nous tutoyer et utiliser nos prénoms ? Moi, c'est Christian.

– Simon.

Ils se serrèrent la main.

– Mon copain Sylvain Paré sera bientôt ici. Il est allé conduire sa femme et son bébé chez ses beaux-parents.

– J'ai également éloigné les membres de ma famille en espérant que Desjardins se concentrera sur nous au lieu de traquer ceux que nous aimons.

– Les as-tu avertis de fuir s'ils voient le moindre pentagramme ?

– Oui, même si j'ai encore bien du mal à croire à la sorcellerie.

– C'est plus facile quand on se retrouve mystérieusement attaché sur un autel et qu'une espèce de fou essaie de nous tuer de ses mains nues.

– C'est vrai, admit Simon. Sommes-nous les deux seuls à avoir vécu ce cauchemar ?

– Nous allons le savoir dans quelques minutes.

Ils marchèrent côte à côte en direction de la galerie.

– Je suis habitué à faire condamner des criminels en chair et en os dans une cour de justice, fit Simon. Je ne sais pas comment me battre contre un spectre insaisissable. Et même si nous finissons par arrêter Desjardins, comment vais-je prouver à un juge qu'il a tenté de nous tuer en barbouillant des murs et en s'emparant de nos esprits ?

– Chaque chose en son temps. Commençons par capturer le démon.

Christian frappa à la porte de la demeure.

Chapitre 17
Le talisman

Tatiana fit asseoir Christian et Simon dans le salon et leur servit du thé en attendant le journaliste. Entre-temps, Danielle s'était réveillée, sereine. Assise près d'elle, Alexanne se demandait combien de temps elle le demeurerait, compte tenu du but de cette rencontre. Sylvain Paré arriva quelques minutes plus tard et s'installa entre le policier et l'avocat. Il ne manquait plus qu'Alexei.

– Dois-je rédiger les minutes de cette assemblée ? plaisanta Alexanne pour détendre l'atmosphère.

– Je ne crois pas que ce soit nécessaire, répondit Christian, d'autant plus que nous risquons surtout de tourner en rond.

– Notre objectif, c'est de faire front commun contre un homme au cerveau dérangé avant qu'il ne nous fasse plus de mal, ajouta Simon.

Alexei choisit ce moment précis pour entrer dans la pièce.

– Des ennuis ? demanda le policier en voyant son air contrarié.

– Seulement quelques pentagrammes sur nos arbres.

– Pas ici ! s'étonna Sylvain.

– Il ne les a pas dessinés sur la maison, leur fit remarquer Tatiana, ce qui signifie que sa protection est suffisante.

– À présent que nous y sommes tous réunis, ne sera-t-il pas tenté de la déjouer ? s'enquit Simon.

– Nous ne sommes pas ici pour nous défendre, mais pour agir, leur rappela Christian. Puisque l'union fait la force, je crois qu'en mettant toutes nos connaissances en commun, nous pouvons contrecarrer Desjardins. Premièrement, que savons-nous de lui ?

– Dans la secte, on disait qu'il était impossible de le capturer, parce que c'est un sorcier, affirma Alexei.

– Et dans la réalité ? demanda Simon.

– Je ne pense pas qu'il soit invincible.

– À mon avis, Desjardins est surtout un homme avide de pouvoir et il l'exerce en terrorisant les autres, fit savoir Christian.

– Au moyen de la sorcellerie ? maugréa l'avocat.

– L'important, ce n'est pas de comprendre comment il arrive à faire ces choses étranges, souligna le policier, c'est d'y mettre fin.

– Cet homme possède aussi un immense pouvoir de persuasion, ajouta Sylvain.

– Alors, selon toi, il m'a persuadé de me laisser attacher et de me laisser brûler ? s'étonna Simon.

– Pas exactement. Il nous a tous persuadés de le craindre. En ce qui concerne les pentagrammes, il a été prouvé que le cerveau humain subit l'influence des symboles selon la signification qu'il leur donne. Nous appuyons instinctivement sur les freins lorsque nous apercevons un feu rouge.

– Parce qu'on nous a enseigné à agir ainsi, précisa Danielle.

– C'est exact, signala le journaliste. Les chefs de sectes, les politiciens et sans doute les sorciers connaissent le conditionnement auquel nous sommes soumis toute notre vie. Ils l'intègrent dans leurs paroles et utilisent des symboles pour produire l'effet désiré. J'ai fait des recherches et j'ai découvert que Desjardins se servait des mêmes pentagrammes qu'une ancienne secte britannique. Leurs symboles visent à affaiblir la volonté et à attirer l'âme ailleurs.

– Si je comprends bien, en regardant stupidement ces dessins, je me suis mis les pieds dans le plat, grommela Christian.

– Oui, mais arrête de t'en vouloir, puisque tu ne savais pas ce qu'ils représentaient.

– Mais je n'en ai pas vu dans le jardin, affirma Danielle.

– Ils étaient dessinés sur les troncs avec une encre brunâtre difficile à distinguer, expliqua Tatiana avant qu'Alexei ne se mette à lui parler de symboles invisibles.

– Si elle ne les a pas vus, comment ont-ils pu influencer son esprit ? demanda Simon.

– Nos yeux envoient les informations qu'ils perçoivent au cerveau qui, à son tour, les classe et nous transmet ce qu'il juge important, répondit Sylvain. Danielle a bel et bien aperçu les pentagrammes, mais puisqu'ils n'avaient aucune signification pour elle, ils ont été tout bonnement classés dans ses souvenirs.

– C'est de plus en plus compliqué, soupira Christian.

Quelques coups furent alors frappés à la porte d'entrée. Alexei et Tatiana échangèrent un regard surpris, car ni l'un ni l'autre n'avait senti l'approche d'un visiteur. L'homme-loup bondit aussitôt vers le vestibule, prêt à se battre. Il émanait de l'autre côté de la porte une puissante énergie magique. Alexei ouvrit. Sa colère tomba d'un seul coup, car celui qui se tenait devant lui était nul autre que le prêtre qui l'avait libéré du mal.

– Mes amis ailés m'ont fait savoir que vous aviez besoin de moi, annonça d'emblée Abel Collin.

Surpris, l'homme-fée se contenta de faire doucement oui de la tête.

– Comment vas-tu, Alexei ?

– Ça pourrait aller mieux.

Il recula pour laisser entrer le jésuite et lui fit signe de continuer jusqu'au salon. Tatiana alla serrer le nouveau membre du groupe dans ses bras.

– Je vous présente le père Abel Collin. Vous connaissez déjà Alexanne, mais pas Danielle Léger, qui travaille pour les services sociaux à Montréal, Christian Pelletier, enquêteur pour la police provinciale, Simon Perron, substitut du procureur général à Québec et Sylvain Paré, journaliste.

– Quel est le but de cette rencontre ? demanda le vieil homme.

– Nous sommes à la recherche d'un avocat qui s'appelle Frédéric Desjardins, répondit Christian.

– Dans la secte de la montagne, on l'appelait le Faucheur, ajouta Alexei. C'est un sorcier.

– Si les anges m'ont demandé de vous donner un coup de main, cela veut-il dire que vos recherches ne vont pas très bien ?

– Nous savons qu'il est dans le coin, mais pour l'instant, il est insaisissable, l'éclaira Sylvain.

– Êtes-vous toujours prêtre ? voulut savoir Simon, car le père Collin ne portait pas les vêtements habituels du sacerdoce.

– Je suis un ancien missionnaire jésuite qui s'intéresse à l'occulte et aux manifestations des entités invisibles dans notre univers.

– Vraiment ?

– Il ne faut pas tous nous mettre dans le même panier, monsieur Perron. Certains d'entre nous sommes plus ouverts d'esprit que d'autres.

– Le père Collin fait aussi de l'astrologie et il croit à la réincarnation, car Jésus y croyait aussi, leur apprit Alexanne.

– Ce n'est pas ce qu'on m'a enseigné à l'école, avoua Simon, décontenancé.

– Les premiers dirigeants de l'Église ont décidé de cacher beaucoup de choses aux hommes pour toutes sortes de raisons politiques, commenta le père Collin en s'asseyant près de Tatiana.

Il déposa sa mallette en cuir noir sur la table basse devant lui.

– Toutefois, la vérité trouve toujours une façon de se manifester, surtout au XXIe siècle, poursuivit-il. Nous en reparlerons une autre fois, si vous le voulez bien.

– Ça me plairait beaucoup.

– Vos anges vous ont-ils aussi dit comment vous pourriez nous aider ? s'enquit Christian.

– Premièrement, ce ne sont pas mes anges, mais ceux de tout le monde. Ils communiquent avec tous ceux qui croient en leur existence et qui leur font une place dans leur vie. Deuxièmement, ils m'ont demandé de fournir à une bande de soldats de lumière l'armure qui leur manque.

– Quels soldats ? s'étonna Simon.

– Mais nous, évidemment, comprit Sylvain. Nous sommes véritablement des soldats appelés à mener une lutte impitoyable contre les forces du mal.

– À quoi faisaient-ils allusion quand ils vous ont parlé d'armure ? voulut savoir Christian.

Le vieil homme fouilla dans sa petite valise et en retira un sac en velours bourgogne.

– Il s'agit d'un vieux symbole que portaient jadis les hauts dirigeants des Templiers, précisa-t-il.

– Ce qui ne les a pas empêchés d'être exécutés parce qu'ils pratiquaient la sorcellerie, se rappela Christian.

– Pas tous, monsieur Pelletier, pas tous.

– D'ailleurs, ce sont des accusations portées par le pape Clément V à la demande du roi de France, Philippe

Le Bel, qui voulait s'emparer des richesses des Templiers, indiqua Sylvain.

– Si leur trésor n'a jamais été retrouvé, leurs connaissances, elles, ont été préservées par certains de leurs survivants, dit le jésuite.

Il fit glisser sur la table plusieurs pendentifs en forme d'étoiles à cinq branches, attachés à des chaînes en or.

– Mais ce sont les symboles qui ont failli me coûter la vie ! s'alarma l'avocat.

– Il y a de bons et de mauvais pentagrammes, Simon, affirma Sylvain. Celui-ci s'inspire du pentacle de Saturne. Il protège ceux qui le portent contre les envoûtements.

Simon tendit aussitôt la main pour recevoir le sien. Le père Collin leur en remit tous, mais lorsqu'il se tourna vers l'homme-loup, celui-ci recula.

– Nous avons tous besoin de protection, Alexei.

– Je ne vaincrai pas le Faucheur en portant un truc qui l'éloignera de moi.

– Ce talisman pourrait par contre te sauver la vie, renchérit le jésuite.

– Ce sont vos vies qu'il faut sauver, pas la mienne. Ça n'a jamais été la mienne.

Alexei sortit de la pièce sans prendre son médaillon. Danielle, qui venait de passer le sien autour de son cou, prit le bijou destiné à son amant et partit à sa recherche. Elle le trouva dehors, debout près de son jardin de plantes médicinales.

– Je t'en conjure, porte-le pour moi, l'implora-t-elle.

– Je ne peux pas. Il m'empêcherait de faire ce que je dois faire.

– Mais de quelle façon ?

– Il m'interdirait de tuer le sorcier.

– Le père Collin affirme que c'est uniquement pour nous empêcher de tomber dans ses prochains pièges.

Elle ouvrit la main, découvrant le pendentif destiné à l'homme-loup.

– Si tu m'aimes, accepte-le, ajouta-t-elle.

Alexei détestait le chantage, mais son air sombre ne découragea pas sa belle, qui parvint à lui passer la chaînette autour du cou sans qu'il ne bronche.

– T'empêche-t-il de ressentir magiquement ce qui t'entoure ?

– Non... grommela-t-il, mécontent.

– Arrives-tu encore à entendre avec tes oreilles de fée ?

– Oui...

– Le médaillon désactive-t-il tes autres pouvoirs ?

L'homme-loup tendit la paume de sa main droite vers le puits, et la petite truelle qui y reposait s'envola jusqu'à lui.

– Tu vois bien que tu t'inquiétais pour rien.

Elle se faufila entre ses bras et le serra amoureusement.

Chapitre 18

Séléné

Viviane avait caché tant bien que mal sa nervosité lorsque la directrice de l'école avait présenté à sa classe la remplaçante de madame Drapeau, son professeur habituel. Séléné Fortin ne ressemblait pas à une sorcière. Au contraire, elle était plutôt jolie, ni trop vieille ni trop jeune. Ses cheveux bruns étaient attachés sur sa nuque. Ses yeux étaient verts comme ceux d'Alexanne. Elle ne portait pas des vêtements démodés comme madame Drapeau, mais une tunique colorée et un pantalon noir.

– Pâques arrive très bientôt, commença Séléné lorsque la directrice l'eut enfin laissée seule avec les enfants. On m'a dit que dans votre village, vous passiez aux portes pour recevoir des œufs en chocolat. J'aimerais toutefois vous rappeler que, même si vous habitez une région tranquille, vous devez prendre des précautions.

– Pour ne pas être mangés par les loups ? s'exclama un garçon.

– Je ne crois pas que les loups oseront se balader dans les rues qui grouilleront d'enfants.

– Mais l'été dernier, en pleine nuit, un loup a démoli notre église.

– S'il était très tard, j'imagine que tout le monde dormait. Les loups ont beaucoup plus peur des humains que vous ne le croyez.

– Alors, contre quoi faudrait-il prendre des précautions ? demanda Viviane.

– Les soirs de fête, certains adultes déséquilibrés s'en prennent malheureusement aux petits sans défense.

– Mon frère me protégera.

Tous les enfants se mirent à parler en même temps, pour faire savoir à la suppléante qu'ils demanderaient à un adulte de les accompagner. Séléné tapa dans ses mains pour rétablir le calme dans la classe.

– C'est une très bonne initiative, mais demeurez tout de même sur vos gardes. Ne parlez pas aux étrangers et ne mangez pas de chocolat avant que vos parents les aient inspectés. La dernière chose que je veux, c'est qu'il vous arrive malheur pendant que je serai votre enseignante.

Viviane participait à la chasse aux œufs depuis qu'elle avait trois ans, et c'était la première fois qu'un adulte se souciait de la protection des enfants du village. C'est avec un regard adorateur qu'elle fit tout ce que la remplaçante leur demandait. Lorsque la cloche sonna à la fin de la journée, la petite alla chercher sa sœur dans sa classe et la ramena à la maison en la tenant par la main. Elles déposèrent leurs sacs à dos sur le banc de l'entrée.

– Maman, nous sommes arrivées ! lança Viviane.

– Avez-vous passé une bonne journée, les filles ? demanda Louise en allant les embrasser.

– Non, grommela Magali. Je n'aime pas les mathématiques.

– Mais il est important de savoir compter dans la vie, ma chérie. Si ton père ne savait pas le faire, il ne pourrait pas garder son commerce.

– Matthieu n'aime pas les mathématiques, lui non plus.

– Ce qui ne l'empêche pas d'obtenir de très bonnes notes à l'école.

– Moi, je ne veux plus en faire.

Magali poursuivit sa route dans la maison en maugréant. « Chaque chose en son temps », se dit sa mère. Elle aurait une plus longue conversation avec sa benjamine plus tard.

– Et toi, Viviane ? Comment trouves-tu la suppléante ?

– Elle n'est pas si mal que ça, en fin de compte. Elle a même peur qu'il nous arrive de mauvaises choses lors de la chasse aux œufs.

– Quelles choses ?

– Elle dit que des gens méchants pourraient nous enlever ou empoisonner notre chocolat.

– Il y a déjà eu des cas isolés, mais jamais à Saint-Juillet. Nous sommes peu nombreux et vous connaissez déjà tout le monde.

– C'est ce que je pense aussi, mais il faut faire attention quand même. Des étrangers pourraient passer par chez nous.

– Alors là, c'est certain que Matthieu vous accompagnera. Va commencer tes devoirs. Je vous prépare une collation.

– Y a-t-il vraiment des gens qui font du mal aux enfants, maman ?

Louise s'accroupit devant sa fille pour être à la hauteur de ses yeux.

– Malheureusement, oui, surtout dans les grandes villes. C'est pour cette raison que papa et moi avons choisi de vous élever à la campagne.

– Sommes-nous vraiment en sûreté ici ?

– Si nous ne l'étions pas, nous irions habiter ailleurs, ma soie. Arrête de t'en faire pour la chasse aux œufs. Matthieu ne vous quittera pas d'une semelle.

La petite passa les bras autour du cou de sa mère.

– Je t'aime, maman.

– Moi aussi, Viviane. Aurais-tu la gentillesse de t'assurer que ta petite sœur ait fini ses devoirs avant le repas, elle aussi ? Comme ça, vous pourrez regarder la télévision avec papa avant d'aller au lit.

– Tu sais bien que tu peux compter sur moi.

Louise embrassa sa fille sur le front et la regarda disparaître dans la salle familiale où Paul leur avait installé des pupitres. Avant de se plaindre des propos que tenait la suppléante aux enfants de la classe de Viviane, elle attendrait qu'il se produise un autre événement semblable.

Chapitre 19

L'opinion des elfes

Une fois que le père Collin eut distribué tous les pentagrammes de protection, Simon voulut savoir s'il pourrait en avoir d'autres pour sa femme et ses enfants, à qui il tenait plus qu'à la vie elle-même. Sylvain lui fit la même demande. Le jésuite leur proposa sur-le-champ d'aller les porter lui-même à leurs proches.

– Il serait préférable que mes hommes le fassent, suggéra Christian. De cette façon, nous éviterons que vous soyez suivi, et personnellement, je préférerais que vous restiez dans le coin.

– Je suis d'accord, accepta le père Collin.

Alexanne lui demanda d'en garder quelques-uns pour les Richard, car elle craignait que cette famille, reliée aux Kalinovsky, soit aussi la cible du Faucheur. Le jésuite remit à Christian tous les médaillons restants.

– Père Collin, avez-vous déjà rencontré des sorciers durant vos années de mission ? demanda Sylvain.

– Je me suis retrouvé face à face avec le mal à plusieurs occasions, tant ici qu'à l'étranger. Le diable se manifeste le plus souvent par des possessions, mais il peut prendre bien d'autres formes.

– Les anges vous ont-ils dit comment capturer le Faucheur ? voulut savoir Simon.

– Ils m'ont révélé que c'était la mission d'un seul d'entre vous.

– S'il s'agit d'Alexei, cela signifie-t-il que nous ne devrions pas être ici ?

– Au contraire, monsieur Perron. Vous vous êtes réunis pour fournir à ce soldat toute votre énergie personnelle. De toute façon, la bête vous a marqués. Vous ne pourriez aller nulle part sans qu'elle ne vous retrouve.

– Votre rôle était-il uniquement de nous remettre ces pendentifs ? s'enquit Alexanne.

– Je dois vous protéger de toutes les façons possibles, affirma le jésuite.

– Alex a donc raison de prétendre que c'est sa quête personnelle, conclut Christian.

– Les anges m'ont dit que c'est l'amour qui triomphera de l'obscurité. Je crains qu'il n'y ait encore trop de colère dans le cœur de ton oncle, Alexanne.

Tous les regards se tournèrent spontanément vers Tatiana.

– Vous êtes sans l'ombre d'un doute la seule d'entre nous qui soit capable de faire preuve d'amour, même face à un homme aussi méchant que Desjardins, laissa tomber Alexanne.

– Peut-être bien, mais contrairement à Alexei, je suis incapable de matérialiser un bouclier pour me protéger de ses pouvoirs sataniques. Il ne ferait qu'une bouchée de moi.

– Je pense qu'il m'arriverait la même chose…

– Et vous, père Collin ? fit Christian. Possédez-vous des armes secrètes dont vous ne nous avez pas encore parlé ?

– Je ne suis qu'un simple chercheur sur le sentier de l'illumination, monsieur Pelletier, mais s'il le faut, j'affronterai ce sorcier armé de ma seule foi.

– Le Faucheur peut-il être blessé par balles ? voulut savoir Christian.

– Même s'il détient des pouvoirs considérables, il n'en demeure pas moins un être mortel, affirma Tatiana.

– À mon avis, sa force de persuasion est si grande qu'il pourrait te convaincre de retourner ton arme contre toi-même, ajouta Sylvain.

– Alors, pourquoi perd-il son temps à tenter de nous exécuter sur un autel au milieu de nulle part ? se fâcha Christian.

– Il semble copier les rituels de la vieille secte anglaise.

– Que faisait-elle quand elle manquait ses victimes ?

– Elle défonçait les portes de leurs maisons pour aller les égorger dans leurs lits, répondit Sylvain.

– Comme c'est rassurant.

Simon lui décocha un regard découragé, car il pensait exactement la même chose que lui.

– Alexei est donc notre seul espoir, intervint Alexanne pour leur redonner du courage, car il sait maintenant comment former un bouclier invisible pour repousser les attaques de Desjardins.

– En fait, nous ignorons les limites de sa magie, avoua Tatiana.

– Ce bouclier peut-il aussi bloquer les pouvoirs de persuasion de Desjardins ? voulut savoir Sylvain.

– Je n'en sais rien.

– Alors, non seulement Alexei doit découvrir ses dons, mais il doit aussi le faire dans l'amour et le pardon, ajouta le père Collin.

– Et ça, c'est loin d'être gagné, soupira Alexanne.

– Le plan se dessine, avança Christian. Je vais faire distribuer les médaillons pendant que vous préparez Alex pour son combat.

– Tu retournes en ville ? s'étonna Simon.

– J'ai d'autres chats à fouetter, malheureusement, dont un tueur d'enfants qui me nargue.

– Il aurait été préférable que nous restions tous ici.

– Je sais, mais je dois aussi capturer cet autre criminel.

Christian se leva et bourra ses poches de médaillons.

– Je vous garde tout de même une chambre, monsieur Pelletier, le rassura Tatiana.

– Merci infiniment, madame Kalinovsky. Si ça devient nécessaire, je reviendrai en courant.

– Et vous, père Collin ?

– J'habite au village, pas très loin d'ici, mais je veux bien passer tout le temps qu'il faut auprès de vous pour adoucir le cœur d'Alexei.

Le policier leur demanda d'être courageux et quitta la maison. Tandis que Tatiana emmenait Sylvain, Simon et le père Collin à l'étage pour leur montrer leurs chambres, Alexanne piqua du côté de la cour, mais elle n'y trouva pas son oncle. Elle prit donc une profonde inspiration et le chercha avec ses sens de fée. Il était dans le garage avec Danielle, au milieu d'une discussion sérieuse. Ce n'était donc pas le moment de les importuner.

Elle allait rentrer lorsqu'elle discerna un mouvement entre les arbres. « En théorie, je n'ai rien à craindre tant que je porte ce bijou », songea-t-elle. Elle s'approcha à pas très lents de la forêt, espérant entrevoir la créature qu'Alexei leur avait décrite. Elle avait bien vu quelque chose se déplacer, mais elle n'entendait pas le moindre bruit suspect. « Elle doit utiliser ses ailes », pensa l'adolescente.

Ne sachant plus de quel côté se tourner, Alexanne se résolut à utiliser ses pouvoirs surnaturels. Elle ferma les paupières, le temps de prendre une profonde inspiration. Lorsqu'elle les ouvrit, deux yeux verts l'observaient, à quelques centimètres seulement de son visage.

– Ayel ? s'exclama la jeune fée en le reconnaissant. Que fais-tu ici ?

– Je vis dans cette forêt.

Il marcha jusqu'à un tronc à l'écorce calcinée.

– Pourquoi l'homme-loup a-t-il fait ça ? voulut savoir l'elfe.

– Il fallait qu'il fasse disparaître les symboles du sorcier.

– Quel sorcier ?

– Tu habites ces bois et tu ignores ce qui s'y passe ?

– La bête ailée n'a pas la faculté de penser, encore moins d'écrire.

– Vous l'avez vue et vous ne nous avez pas prévenus ? s'étonna Alexanne.

– Elle ne fait rien de mal.

– Mais elle est à la solde d'un homme méchant qui veut tous nous tuer.

– Vous le saviez et vous ne nous avez pas prévenus ? répliqua Ayel en imitant le ton de voix de l'adolescente.

Alexanne ravala une parole désobligeante.

– Recommençons cette conversation du début, d'accord ? Avez-vous vu quelqu'un dessiner des symboles étranges sur les arbres ?

– Non, mais le gardien a parlé d'un pèlerin vêtu de rouge.

– Un pèlerin ?

– Il n'a pas vu son visage, car il était caché sous un grand capuchon.

– C'était lui, le sorcier ! Vous devez nous aider à nous en débarrasser.

– Les elfes ne désirent pas prendre parti dans les querelles de l'homme-loup.

– Notre survie en dépend, Ayel.

– Alexanne ! l'appela alors Alexei.

La jeune fée perdit sa concentration, et son ami sylvestre s'effaça sous ses yeux.

– Reviens immédiatement ici !

Contrariée, Alexanne allait riposter lorsqu'elle entendit un retentissant battement d'ailes au-dessus de sa tête. Elle poussa un cri de terreur et se précipita vers la maison, sans regarder derrière elle. Alexei l'attendait, debout devant la porte grillagée de la cuisine. Il lui agrippa solidement le bras et la tira à l'intérieur.

– Pourquoi ne m'as-tu pas dit que le rôdeur était là ? se fâcha l'adolescente.

– Parce que tu es censée avoir le pouvoir de ressentir !

– Évidemment que je l'ai, mais je n'ai rien senti du tout.

– Depuis le temps que tu vis ici, tu devrais au moins savoir que tu perds la moitié de ton énergie chaque fois que tu parles aux elfes.

– Personne ne m'a jamais dit ça !

– Je suis certain que Tatiana te l'a dit, mais tu n'écoutes que ce que tu veux.

– Tout ce que je voulais, c'était demander l'aide des elfes ! Tu n'as aucune raison d'être en colère contre moi !

– Comment veux-tu que je fasse autrement, quand tu mets stupidement ta vie en danger ?

– Je me sentais en sécurité, puisque je porte un talisman de protection !

Alerté par leurs cris, le père Collin entra dans la cuisine.

– Les enfants, pourquoi vous querellez-vous ? s'étonna-t-il.

– Je viens d'apprendre que le rôdeur peut s'approcher de nous malgré votre médaillon, expliqua Alexanne, mais Alex ne me laisse pas le temps de parler.

– J'essaie de la protéger, mais elle s'entête à vouloir se faire tuer ! explosa Alexei.

– Je vous en prie, calmez-vous, tous les deux.

L'adolescente tourna le dos à son oncle en se croisant les bras sur la poitrine.

– S'il a flairé la présence d'un serviteur des ténèbres, n'est-il pas normal qu'Alexei cherche à t'en éloigner ? demanda le jésuite.

– Tout ce qu'il fait depuis que je suis arrivée ici, c'est me bousculer et me faire passer pour une idiote.

Alexanne éclata en sanglots et s'élança vers le vestibule. Piqué au vif, Alexei voulut la suivre, mais le père Collin lui barra la route.

Chapitre 20

La peur

L'homme-loup fixa intensément le père Collin dans les yeux, hésitant entre la fuite et l'obéissance. Il avait toujours détesté les contraintes, tant de la part de ses parents que du chef de la secte de la montagne. Rebelle dans l'âme, il n'en avait toujours fait qu'à sa tête.

– J'aimerais te parler en tant qu'ami, lui dit le vieil homme sur un ton sincère.

Alexei hésita encore un peu, puis alla s'asseoir de l'autre côté de la table, près de la porte. Le jésuite respecta son besoin de mettre cette barrière entre eux et prit place à son tour.

– J'ai voyagé partout sur Terre, Alex. J'ai assisté à d'incroyables manifestations du mal et j'ai interrogé des centaines de victimes. Les seuls cas de possession ou d'agression par des démons qui ont connu une fin heureuse sont ceux qui ont été vaincus par l'amour.

– Ne perdez pas votre temps. Tatiana m'a déjà fait ce sermon.

– T'a-t-elle dit que seul l'amour pouvait vaincre la peur ?

– Des centaines de fois.

– Sais-tu comment chasser ta peur ?

– Je n'ai peur de rien.

– Pourtant, la colère est l'un des nombreux visages de la peur.

Le regard d'Alexei se durcit, mais cela n'impressionna nullement l'ex-missionnaire qui avait affronté des gens bien plus menaçants que lui.

– Si tu veux sauver ceux que tu aimes, tu dois commencer à croire que seul l'amour viendra à bout du pauvre homme qui vous harcèle.

– Desjardins ? Un pauvre homme ?

– L'âme de tous ceux qui sont sous l'emprise de Satan est profondément tourmentée. Rappelle-toi que tu as toi aussi sombré dans cet abysse jadis, et que c'est l'amour inconditionnel de ta famille qui t'a sauvé.

– Moi, je n'ai tué personne.

– Nous n'avons pas le droit de juger les autres pour les fautes qu'ils ont commises, Alexei. Ils répondront de leurs crimes devant Dieu.

– Si je comprends bien ce que vous me dites, il faut les laisser faire jusqu'à ce que Dieu les punisse ?

– Nous n'avons pas le droit de les juger, mais nous avons l'obligation de les aider à sortir de l'ombre et de leur réapprendre à aimer.

– Et parce que vous l'avez fait pour moi, vous pensez que ça m'oblige à le faire pour un autre ?

– Le seul commandement auquel Jésus tenait vraiment, c'est celui qui nous demande de ne pas faire aux autres ce que nous ne voulons pas qu'ils nous fassent.

– C'est à Desjardins que vous devriez aller prêcher ça.

Alexei quitta la cuisine et grimpa l'escalier. Il se retrouva nez à nez avec sa sœur avant d'avoir atteint l'étage.

– Vous avez tous tort, grommela-t-il avant de poursuivre sa route jusqu'à sa chambre.

La mauvaise humeur de son petit frère peina la guérisseuse. Elle refusa toutefois de se décourager et alla retrouver le père Collin, qui s'était installé dans le fauteuil à bascule sur la galerie.

– Y a-t-il de l'espoir pour lui ? demanda Tatiana en marchant jusqu'à la porte pour jeter un œil dehors.

– À mon avis, sa colère découle de sa crainte de perdre le bonheur qu'il a enfin trouvé ici.

– Son destin tragique l'a rendu si méfiant.

– Je ne sais pas comment nous arriverons à chasser cette angoisse qui le tourmente.

* * *

Alexei entra dans sa chambre au moment où Danielle enfilait un chandail plus chaud, car les nuits printanières étaient encore froides. Elle aperçut l'expression renfrognée de son amant et alla aussitôt glisser ses mains dans les siennes.

– Pourquoi es-tu en colère ?

Il baissa la tête sans répondre.

– S'est-il passé quelque chose dont tu ne veux pas me parler ?

– Je suis fâché parce que personne ne veut comprendre que le Faucheur n'est pas un homme ordinaire.

– C'est peut-être une rumeur répandue par le Jaguar pour s'assurer la fidélité des membres de la secte. Hitler a fait la même chose et il est ainsi parvenu à dominer le monde.

– Qui ?

– Hitler. C'était un tyran assoiffé de pouvoir qui a réussi à manipuler ses partisans pendant des années. Il les a même convaincus de tuer des millions de gens.

– Personne ne l'a arrêté ? s'étonna Alexei.

– Il s'est donné la mort lorsque l'armée de ses ennemis l'a finalement coincé dans sa cachette. Tout le monde croyait que c'était un démon sorti tout droit de l'enfer, alors qu'en réalité, c'était un homme complexé qui possédait un puissant pouvoir de persuasion.

– J'ai senti les pouvoirs magiques du procureur.

– Moi aussi, mais je ne sais pas à quel point ils sont surnaturels. À mon avis, Frédéric exerce une fascination hypnotique sur les autres. Quand je le fréquentais, il arrivait à me faire faire tout ce qu'il voulait, même si je n'en avais pas envie. Est-ce que tu comprends ce que j'essaie de te dire ?

– Il a réussi à vous attacher sur un autel sacrificiel et il a failli vous tuer !

– Dans notre esprit, Alex. Ni Christian, ni Simon, ni moi ne nous sommes physiquement déplacés jusqu'à lui. Il a placé des symboles qui nous ont fait croire que nous avions été enlevés. En réalité, ce n'est pas nous qui sommes allés vers lui, mais le contraire. C'est lui qui est parvenu à s'infiltrer dans notre tête.

– Je ne risque donc pas de succomber aux pentagrammes, puisque je suis ignorant.

– Je t'en prie, ne dis pas ça. Tu fais des progrès énormes.

Danielle passa ses mains autour de la taille de son amant et se serra contre lui.

– J'aimerais tellement aimer tout le monde comme je t'aime.

De l'autre côté du couloir, Simon n'avait retiré de sa valise qu'une photographie encadrée de sa femme et de ses filles et l'avait posée sur la commode. Assis sur son lit, il contemplait leurs visages épanouis en silence. Deux petits coups furent frappés à sa porte.

– Entrez, fit-il sans conviction.

Sylvain Paré pénétra dans la grande pièce et évalua tout de suite la situation grâce à son instinct de journaliste.

– Tu as une belle famille, le complimenta-t-il en s'asseyant près de lui. La plus âgée te ressemble.

– Physiquement. Catherine a plutôt le caractère de sa mère. Une vraie petite infirmière qui prend soin de tout le monde et qui ne pense jamais à elle. Élizabeth est comme moi : cartésienne, réfléchie. Elle organise son emploi du temps toute seule depuis qu'elle a deux ans.

– J'ai hâte de voir à qui mon petit Félix ressemblera.

Simon posa un regard découragé sur Sylvain.

– Combien de temps devrons-nous pourchasser ce fou ? demanda-t-il.

– Si nous prenons l'offensive, nous pourrions le capturer d'ici quelques jours.

– L'offensive ?

– C'est à notre tour de lui tendre un piège. Nous allons l'attirer dans un endroit où ses pouvoirs seront diminués.

– Dans la maison de madame Kalinovsky ?

– Pas nécessairement. Les pentagrammes s'emploient n'importe où. On peut même les employer en plein air.

– Quels pentagrammes ?

– Nous allons en créer nous-mêmes, mais en utilisant l'énergie bénéfique des anges.

– Tu es vraiment capable de faire ça ?

– Je suis un journaliste fort bien renseigné, surtout en ce qui concerne l'ésotérisme. D'ailleurs, il est bien plus facile de faire de la magie blanche que de la magie noire. Et beaucoup moins dangereux, aussi.

– Auras-tu besoin de nous pour y arriver ?

– Ce serait préférable, oui. Je vais commencer à peaufiner mon plan ce soir et j'en parlerai à toute la bande dès qu'il sera au point.

– Merci de m'avoir rassuré, Sylvain.

– Il n'y a pas de quoi.

Le journaliste lui donna une claque amicale dans le dos et regagna sa chambre.

Chapitre 21
Tout lui dire

Pour surmonter la frustration qu'elle ressentait depuis qu'elle s'était querellée avec son oncle, Alexanne s'isola dans le salon et tenta de communiquer avec Matthieu d'abord au moyen du courrier électronique, puis de Facebook. N'obtenant aucune réponse, elle composa son numéro de téléphone portable. Toujours rien. De plus en plus inquiète, elle appela son père à la boutique.

– Richard Électronique. Comment puis-je vous aider ? fit la voix rassurante de Paul.

– Bonjour, monsieur Richard. C'est Alexanne. Je n'arrive pas à joindre Matthieu.

– Tu n'as aucune raison de t'inquiéter, jeune fée. Il a terminé ses cours plus tôt que prévu et il a tout de suite pris l'autobus en direction de Saint-Juillet. Je dois justement aller le chercher tout à l'heure au terminus de Saint-Jérôme. Veux-tu que je lui demande de t'appeler ?

– Oh oui. J'ai besoin de lui parler.

– Tes désirs sont des ordres !

L'enthousiasme du père de son copain remit aussitôt Alexanne de bonne humeur. Ils bavardèrent encore quelques minutes, puis la jeune fille décida de terminer un devoir qu'elle avait laissé en plan lorsque les amis d'Alexei étaient arrivés.

Au même moment, Matthieu était calé dans son siège,

dans l'autobus qui filait sur l'autoroute 40 ouest. Il avait reçu pour Noël une tablette électronique sur laquelle il pouvait télécharger autant de livres qu'il le désirait. Il s'était donc plongé dans un roman de son auteur préféré en quittant la ville de Québec.

Il se trouvait tout près de Trois-Rivières lorsqu'il se sentit épié. Discrètement, il jeta un coup d'œil aux autres passagers, mais les trois quarts d'entre eux dormaient. Ceux qui résistaient au sommeil étaient tout comme lui plongés dans la lecture d'ouvrages ou de revues. « Je fréquente trop de gens étranges », songea le jeune homme en secouant la tête. Toutefois, quelques minutes plus tard, il ressentit la même impression. Cette fois, il regarda dehors. Roulant plus vite que l'autobus, les voitures se succédaient sur la voie de gauche. Leurs occupants ne pouvaient certes pas voir les passagers assis deux fois plus haut qu'eux.

« C'est peut-être ainsi qu'on se sent quand quelqu'un pense à nous ? » se dit-il. Décidant que c'était sûrement Alexanne qui se servait de lui pour une de ses expériences de fée, il se concentra à nouveau sur sa lecture et ne remarqua pas la créature ailée qui venait de prendre de l'altitude pour ne pas le perdre de vue.

À son arrivée à Saint-Jérôme, Matthieu ramassa sa valise et son sac à dos, puis se rendit jusqu'au parking où son père lui avait donné rendez-vous.

– Content de te voir, mon grand ! s'exclama joyeusement Paul Richard en apercevant son aîné.

– Moi aussi, répondit Matthieu. Tu n'as pas changé d'idée pour samedi soir ?

– Changé d'idée ? Ça fait deux mois que ta mère prépare cette sortie en amoureux ! Tu n'as pas envie de te déguiser en lapin pour accompagner tes sœurs ?

– Très drôle…

– Je pense que j'ai aussi gardé mon costume de Père Noël, si ça t'intéresse.

Matthieu ne put s'empêcher de s'esclaffer en s'imaginant affublé de la sorte. Il monta dans la voiture en essuyant des larmes de fou rire.

– Je pourrais aussi rester à la maison et laisser mes sœurs répondre à la porte.

– Tu leur briserais le cœur si tu les empêchais de faire la chasse aux œufs, Matthieu. Et puis, Saint-Juillet est un tout petit village. Tu seras revenu à la maison en moins d'une heure.

– Tu as raison... mais il n'est pas question que je me déguise.

Une fois à la maison, Matthieu s'enferma dans sa chambre afin de parler en paix au téléphone avec sa belle.

– Enfin, te voilà ! s'exclama Alexanne.

– On dirait que tu es inquiète, remarqua-t-il.

– Nous avons de graves ennuis, Matthieu. Le père Collin va s'arrêter chez toi tout à l'heure pour vous remettre des talismans. Vous devez tous les porter, même tes parents.

– Pourquoi ? s'alarma Matthieu. Ton oncle est-il redevenu un loup ?

– Non ! C'est pour vous protéger d'une grosse créature ailée qui ressemble à une gargouille.

– Pas encore...

Le jeune homme sentit sa gorge se serrer. Il avait du mal à respirer.

– Est-ce une autre de tes farces ? parvint-il à articuler.

– Malheureusement, non.

– Pourquoi ce monstre voudrait-il s'en prendre à ma famille ?

– C'est seulement une précaution, Matthieu, au cas où il remarquerait le lien qui unit la tienne à la mienne.

– Mais qu'est-ce qu'il vous veut ?

– Il est au service du procureur Desjardins. Comme tu le sais, son rôle de Faucheur, c'est de punir ceux qui se sont échappés de la forteresse, donc mon oncle.

– Ça n'a donc rien à voir avec nous ?

– Pour faire du mal à Alex, il s'attaque à ceux qui lui sont chers.

– Mais ton oncle ne m'aime même pas !

– Comment veux-tu que cette créature sans cervelle sortie tout droit de l'enfer le sache ?

– Pourquoi faut-il que ce soit toujours aussi tordu avec toi ? Quand ce n'est pas un vieux fantôme dans votre grenier, la maison hantée de tes parents décédés, c'est un oncle loup-garou et maintenant un démon !

– Je n'ai pas demandé à naître chez les Kalinovsky. C'est le destin qui en a décidé ainsi.

Matthieu respira profondément pour chasser sa terreur.

– Je regrette sincèrement de te mêler à cette affaire, murmura Alexanne, penaude. Essaie au moins de comprendre mon point de vue avant de me raccrocher au nez, d'accord ?

– Je suis mieux élevé que ça, quand même.

– C'est vrai que ma famille est un peu bizarre, mais nous faisons de gros efforts pour être normaux. Alexei est débarrassé de l'esprit du loup. Il ne lui reste plus qu'à régler ses comptes avec le Faucheur.

– C'est drôle, mais j'ai le pressentiment que vous allez inventer autre chose une fois que ce sera terminé.

– Es-tu en train de rompre avec moi, Matthieu Richard ?

– Non… J'essaie de mettre mon orgueil de côté pour t'avouer que je suis mort de peur.

– Nous ressentons exactement la même chose que toi, je t'assure, mais nous sommes aux prises avec ce problème insolite et nous devons le résoudre définitivement. Je ne te demande pas de t'en mêler. Je veux juste te protéger, au cas où la situation s'aggraverait.

– Quel est le pire scénario qui pourrait se produire ?

– Desjardins réussirait à tous nous tuer.

– Je vais vomir…

– C'est toi qui me l'as demandé ! Personnellement, je ne t'en aurais même pas parlé, parce que je prévois une fin heureuse à cette affaire. Je t'en prie, calme-toi. Tout ce que je te demande, c'est de porter en tout temps le pendentif que te remettra le père Collin. Jure-le-moi.

Matthieu s'exécuta, souhaitant qu'elle cesse de lui raconter les aventures incroyables de sa famille. Il se laissa tomber sur le dos sur son lit, et lui parla plutôt de ses dernières compositions à la guitare. Toutefois, même en changeant de sujet de conversation, il ne se sentit pas rassuré pour autant.

Chapitre 22
Une piste

Après avoir confié à des patrouilleurs la mission de livrer des enveloppes contenant des talismans à Sainte-Julie et à Sillery, Christian se dirigea vers la section de l'immeuble où travaillaient tous les enquêteurs de son corps de police. Il s'arrêta à la porte du bureau de Mélissa Dalpé et frappa de petits coups sur le cadre en bois.

– Il était temps que tu rentres, lança la jeune femme. J'ai tenté de t'appeler toute la journée !

Christian retira son téléphone de la poche de son veston.

– Oups… il était éteint.

Il le remit à sa place et s'approcha du pupitre.

– Qu'est-ce que j'ai manqué ?

– La femme qui fait de la suppléance dans les écoles a apparemment annoncé à toutes les commissions scolaires pour lesquelles elle travaillait qu'elle prenait sa retraite.

– Quel âge a-t-elle ?

– Trente-deux ans.

– Elle doit être très riche.

– Je penche plutôt pour la théorie de la fuite. J'ai vérifié sa dernière adresse connue. Elle est partie sans dire où elle allait. Sa logeuse la décrit comme une personne tranquille, qui payait toujours son loyer à temps et qui ne lui a jamais causé d'ennui.

– Sortait-elle au milieu de la nuit ?

– La propriétaire n'en sait rien. J'ai tenté de découvrir où cette enseignante se trouve en ce moment, mais je n'ai rien trouvé. Les écoles m'ont remis ses demandes d'emploi, mais son numéro d'assurance sociale ne correspond pas à son nom. Elle ne possède ni carte de crédit, ni compte en banque, ni permis de conduire.

– Que fait-elle de l'argent qu'elle gagne ? Elle doit bien déposer ses chèques quelque part.

– Je suppose qu'elle les empile dans des bas de laine, répondit en plaisantant Mélissa. Je ferai d'autres vérifications.

– Y a-t-il eu d'autres disparitions ou meurtres d'enfants depuis que tu as commencé ton enquête sur elle ?

– Rien du tout.

– Elle sait que nous sommes sur sa trace. Je vais aller voir si j'ai des messages.

Avant de quitter le bureau de sa collègue pour se rendre au sien, Christian retira d'un petit sac en velours une chaînette en or à laquelle pendait une médaille de la taille d'une pièce de vingt-cinq sous. Sans préambule, il la passa autour du cou de Mélissa.

– Un présent ? s'étonna-t-elle.

– Ce n'était pas ton anniversaire, récemment ?

– C'était il y a quatre mois, mais merci quand même.

Elle déchanta lorsqu'elle leva la médaille pour la voir de plus près.

– Mais… c'est un pentagramme comme ceux qui ont failli te coûter la vie !

– Celui-là est bénéfique. Il t'empêchera de vivre le même cauchemar que moi. Ne l'enlève surtout pas.

– Merci de te soucier de ma santé. J'ai entendu dire qu'il faut donner quelque chose en retour, lorsqu'on reçoit un truc magique ou quelque chose comme ça ?

– Je n'en sais rien…

– Ne prenons pas de risques. Ce soir, je t'invite à manger chez moi.

– Tu sais faire la cuisine ?

– Évidemment que non. Je commanderai de la nourriture asiatique.

– Ça me va.

Christian pivota sur ses talons et regagna son bureau. Il éplucha rapidement son courrier et ses courriels, puis écouta les messages de sa boîte vocale. Il n'y trouva rien qui concernait les deux cas sur lesquels il travaillait. Il retourna ses appels et répondit à tous ses correspondants sans se presser. Il lui fallait également trouver un autre hôtel, car il ne voulait rester nulle part trop longtemps. L'obscurité envahit progressivement la petite pièce sans qu'il s'en rende compte.

– Il est temps de partir, l'informa Mélissa en le faisant sursauter.

– Quelle heure est-il ?

– Il est presque dix-neuf heures.

Elle le ramena à son appartement situé au centre-ville de Montréal. Christian avait grandi en banlieue, dans une maison qui possédait son propre jardin. Il n'avait jamais été attiré par les grandes tours en ciment et l'effervescence de la métropole. Il dut admettre, toutefois, qu'au trentième étage, la vue était époustouflante.

– Les couchers de soleil doivent être magnifiques, ici, laissa-t-il tomber, planté devant les larges fenêtres du loft de sa collègue.

– Probablement, mais j'arrive toujours trop tard pour les voir.

Il la rejoignit à table et mangea du bout des lèvres, toujours préoccupé par ses investigations.

– Merci encore pour l'amulette, lui dit Mélissa en le ramenant de sa rêverie. Est-ce ta façon de me dire que tu tiens romantiquement à moi ?

– Romantiquement ? Tu es un bon policier, Mel, et personne n'arriverait à te remplacer dans mon équipe si tu te faisais bouffer par un monstre.

La jeune femme déposa ses baguettes en bois, contourna la table et s'installa sur les genoux de son ami.

– Répète ce que tu viens de dire en me regardant dans les yeux, le défia-t-elle.

– Disons que je tiens à toi, d'accord ?

Elle passa les bras autour de son cou et déposa un langoureux baiser sur ses lèvres. Sa première surprise passée, Christian oublia sa faim et répondit aux avances de la jeune femme.

Chapitre 23
Pouvoir de persuasion

N'étant plus habitué à dormir dans un autre lit que le sien, Sylvain Paré se tourna dans tous les sens entre ses draps avant de décider de se lever. Lorsqu'il souffrait d'insomnie, habituellement un verre de lait chaud l'aidait à se relaxer suffisamment pour fermer l'œil. Il descendit l'escalier sur la pointe des pieds pour ne réveiller personne. Il y avait de la lumière dans le salon. Il y passa donc la tête et vit Alexei, assis devant l'ordinateur de sa nièce.

– Tu n'arrives pas à dormir toi non plus ? fit le journaliste en marchant vers lui.

– Quelqu'un doit rester debout pendant la nuit.

Sylvain jeta un coup d'œil à l'écran, où s'affichait le système solaire qui fascinait l'homme-loup.

– Si tu es à la recherche du sorcier, je pense que tu t'es rendu un peu trop loin, le taquina le journaliste.

Pour la première fois depuis des jours, un sourire s'étira sur les lèvres d'Alexei.

– J'essaie de comprendre pourquoi les autres planètes ne ressemblent pas toutes à la Terre, avoua-t-il.

– Les savants disent qu'au début des temps, il s'est produit une gigantesque explosion de matière dans notre galaxie, expliqua Sylvain en s'asseyant sur le canapé.

Assoiffé de connaissances, Alexei se tourna vers lui pour l'écouter.

– Les morceaux de roc en fusion n'avaient pas tous la même taille. C'est la raison pour laquelle il y a de petites et de grosses planètes dans notre système solaire. Comme tu le sais probablement déjà, le soleil est une boule de feu qui tourne sur elle-même et qui se consume petit à petit. Sa rotation crée un champ magnétique qui attire les objets célestes. Il y a de ça des millions d'années, il a emprisonné autour de lui les planètes que nous connaissons aujourd'hui.

– Tu aurais dû être professeur.

– J'y ai déjà pensé.

– Pourquoi n'y a-t-il pas de vie sur les autres planètes ?

– La Terre est la seule qui occupe une position idéale pour permettre la vie. Si elle était plus rapprochée du soleil, sa surface serait en feu. Si elle était plus loin, cette même surface serait en glace.

– Sommes-nous les seuls humains de l'univers ?

– À mon avis, non.

Sylvain s'approcha de l'ordinateur et fit glisser la souris jusqu'à une icône représentant une galaxie. La Voie lactée apparut aussitôt à l'écran.

– Tu vois toutes ces étoiles ? Ce sont des soleils comme le nôtre, et autour d'eux tournent des planètes.

– Celles qui sont à la même distance de ces étoiles, comme la Terre, sont donc habitées.

– C'est ce que je crois, mais pendant des centaines d'années, la communauté scientifique a tenté de nous faire croire que nous étions les seuls êtres pensants à travers tout l'univers. Heureusement, au siècle dernier, ils sont devenus plus larges d'esprit. Ils ont construit de grosses radios avec des antennes géantes, afin de capter des messages en provenance de l'espace.

– En ont-ils reçu ?

– Oh que oui, mais ces messages font encore partie des dossiers ultrasecrets du gouvernement.

– Je n'aime pas les cachotteries.

– Les journalistes non plus. Nous finirons par connaître la vérité.

Alexei demeura songeur pendant quelques secondes.

– Pourrais-tu me montrer comment utiliser le pouvoir de persuasion ? demanda-t-il à brûle-pourpoint.

– Je ne suis pas un être magique, Alex.

– Tu as dit que tu avais lu des livres là-dessus.

– C'est exact, mais ils parlent surtout des conséquences auxquelles s'exposent ceux qui possèdent cette rare faculté lorsqu'ils l'utilisent à mauvais escient. La plupart des gens qui ont utilisé ce pouvoir ont malheureusement été des criminels.

– Mais comment faisaient-ils pour convaincre les gens de leur obéir contre leur volonté ?

– On a longtemps pensé que c'était la combinaison des mots et des symboles qu'ils utilisaient qui produisait cet effet, mais récemment, des chercheurs ont avancé que leur cerveau était sans doute différent du nôtre. On ne sait toujours pas comment ils réussissent à s'introduire dans la tête des autres.

– Je sais déjà lire dans les pensées.

– Mais pourquoi veux-tu apprendre une technique aussi dangereuse ?

– Pour attaquer le Faucheur là où il ne s'y attend pas.

– Je pourrais faire de plus amples recherches, mais je ne garantis rien.

Tatiana apparut alors à l'entrée du salon. Son air lugubre fit aussitôt comprendre à Sylvain que quelque chose n'allait pas. Alexei, lui, alla chercher l'origine de cette inquiétude directement dans les émotions de sa sœur. Il bondit aussitôt de sa chaise, s'empara de la grosse lampe de poche sur le manteau de la cheminée et se précipita dehors. Le journaliste le suivit sans hésitation.

L'homme-loup sauta de la galerie sur le sol, mais il n'alluma pas tout de suite la torche électrique. Il se mit plutôt à la recherche de son ennemi avec ses sens invisibles. Au-delà de la montagne, un orage approchait rapidement, poussé par un vent violent.

– Est-ce une manifestation du sorcier ? voulut savoir Sylvain.

Alexei fit vivement non de la tête. Les éléments, sur le point de se déchaîner, allaient rendre son repérage psychique plus ardu. Les premiers éclairs déchirèrent la nuit. L'homme-loup ressentit aussitôt la terreur d'Alexanne, qui venait d'apercevoir quelque chose par la fenêtre de sa chambre. Il courut jusque dans la cour et leva les yeux vers les arbres qui faisaient face à la chambre de sa nièce. L'éclair suivant découpa la silhouette de la créature agrippée à un tronc.

Le rôdeur ne savait probablement rien de ceux qu'il surveillait pour le compte de son maléfique maître, car il aurait pris la fuite au moment où son regard sombre fut capturé par les yeux de l'homme-fée. Celui-ci leva les bras avec l'intention de lui faire subir le même sort qu'aux pentagrammes qu'il avait découverts non loin. Il sentit l'intense chaleur des flammes partir de son plexus solaire et se diriger vers ses doigts. Mais au moment où il allait la laisser partir, des mains lui saisirent les poignets et lui firent manquer sa cible. La gargouille s'envola en poussant des cris perçants.

Alexei fit volte-face pour s'en prendre à celui qui s'était interposé entre sa proie et lui, et vit que c'était Tatiana et non Sylvain.

– J'aurais pu nous en débarrasser une fois pour toutes ! hurla-t-il, furieux.

– Pas de cette façon, Alex. Pas avec de la colère.

– Il n'y a qu'une seule façon d'anéantir un démon !

La pluie se mit à tomber comme un véritable déluge, et le ciel se déchaîna.

– C'est ce que le Jaguar t'a enseigné, mais il avait tort.

Les enseignements du chef de la secte lui revinrent en mémoire.

– Tu dois te débarrasser de tous les concepts fallacieux que cet homme a implantés dans ton esprit, poursuivit Tatiana. La violence n'engendre que la violence.

– Comment veux-tu que je fasse disparaître cette créature avec de l'amour ? se courrouça davantage son frère.

– Combien de fois devrai-je te dire que la lumière détruit l'obscurité ?

Alexei lança la lampe de poche dans la forêt.

– La prochaine fois, fais-le toi-même !

Sur le point d'exploser, il s'éloigna de la guérisseuse et retourna devant la maison. Sylvain, qui avait vu atterrir la torche, alla la chercher sans dire un mot, puis la ramena à Tatiana.

– Rentrons avant d'être trempés jusqu'aux os, suggéra-t-elle.

Ils hâtèrent le pas jusqu'à la galerie et se réfugièrent dans le vestibule.

– Éprouvez-vous de la peur, monsieur Paré ? demanda la guérisseuse.

– Si une telle scène venait de se produire dans la cour de ma maison, je serais dans tous mes états, mais ici, je sais que je suis protégé.

Tatiana alla chercher des serviettes de bain afin qu'ils puissent s'essuyer avant de retourner au lit. Dehors, le tonnerre grondait de plus en plus fort, et les éclairs se multipliaient.

– Pourriez-vous nous apprendre à nous défendre avec de l'amour ? s'enquit Sylvain en essorant ses cheveux.

– Nous en reparlerons demain, si vous le voulez bien.

– Oui, bien sûr. Et de mon côté, je vous informerai d'un plan qui est en train de germer dans mon esprit. Puis-je prendre un verre de lait avant de remonter dans ma chambre ?

– Faites comme chez vous, monsieur Paré.

Tatiana monta l'escalier. Sa nièce l'attendait sur le palier supérieur.

– Alexanne, est-ce que ça va ?

– J'ai vu le rôdeur… murmura-t-elle en faisant de gros efforts pour se montrer brave.

– Moi aussi, ma chérie, mais il est parti et il ne reviendra pas de sitôt. Tu peux dormir sur tes deux oreilles maintenant.

– Je sais que la peur chasse l'amour, mais j'ai beaucoup de difficulté à ne pas trembler d'effroi, en ce moment.

La guérisseuse l'attira dans ses bras et la serra avec tendresse.

– Nous ne laisserons jamais rien t'arriver. Tu as ma parole de fée.

Alexanne ferma les yeux et se laissa envelopper par la douce vague apaisante qui se dégageait du corps de sa tante.

Chapitre 24
Protection

Lorsque Matthieu se réveilla, le samedi de Pâques, sa famille était déjà en train de déjeuner. Il prit place à table et versa des céréales dans un bol, les yeux à moitié fermés. Même si ses petites sœurs s'étaient couchées tôt la veille, elles avaient été réveillées par l'orage et s'étaient réfugiées dans le lit de leurs parents, où elles s'étaient finalement endormies. Trop fatigués pour aller les porter dans leurs chambres, Paul et Louise les avaient gardées avec eux. Ils avaient entendu la sonnette de la porte, mais ne s'étaient pas levés, puisque Matthieu était encore debout.

– Qui nous a rendu visite, tard hier soir ? demanda Paul à son fils.

– Le père Collin.

– Que voulait-il ?

– Il nous a apporté quelque chose.

Paul et Louise échangèrent un regard inquiet, puisque la dernière fois que le jésuite avait eu des rapports avec eux, c'était après l'épisode du loup dans le village.

– Pourrais-tu être plus précis ? exigea la mère.

Matthieu alla se placer derrière Viviane et sortit une chaînette de la poche de son jean.

– Il veut que nous portions ces talismans.

– Chouette ! s'exclama Viviane en admirant le bijou qui se balançait devant ses yeux.

Son frère le lui attacha autour du cou, puis fit la même chose avec sa petite sœur.

– Qu'est-ce que c'est, exactement ? demanda Paul.

– C'est une médaille ronde avec une étoile et des symboles à l'intérieur, répondit le jeune homme en déposant celui de sa mère dans la main de cette dernière.

– J'ai des yeux pour voir, Matthieu. Ce que je veux savoir, c'est ce qu'elle signifie.

– C'est une sorte de protection.

– Est-ce qu'on pourra les porter avec nos costumes de Pâques ? demanda Magali.

– Évidemment, puisque vous ne pourrez plus jamais les enlever !

– Vous allez même les porter pour faire vos lits, ce matin, les taquina Louise.

– Oh, maman... geignirent en chœur les fillettes.

– Allez mettre un peu d'ordre dans vos chambres avant de vous asseoir devant la télévision.

– Ça sert à quoi, de faire son lit quand il faut se recoucher dedans le soir ? grommela Magali.

– Ça vous donne de bonnes habitudes, ça fait plaisir à votre mère et ce n'est pas négociable, trancha Paul.

Puisqu'elles avaient fini de manger, les petites quittèrent la table en continuant à gémir.

– À quoi servent réellement ces pendentifs ? voulut savoir Louise.

– Il serait préférable que vous ne le sachiez pas et que vous fassiez confiance aux Kalinovsky, répondit Matthieu en remettant une chaînette à son père.

– À moi aussi ? s'étonna Paul. Ça doit être vraiment grave.

– Nous avons tous besoin d'être protégés, même toi.

– Contre quoi, au juste ?

– Une créature qui ressemble à une gargouille.

Les parents échangèrent un regard surpris.

– Comme celles qu'on voit sur les toits des vieilles églises ? s'enquit la mère.

– Ouais, mais plus grosse et avec des ailes de chauve-souris, apparemment.

– Mais ce sont des créatures imaginaires, Matthieu ! lui rappela le père.

– Plus maintenant. Celle qui rôde autour de la maison des Kalinovsky est bien vivante.

– Que leur veut-elle ? s'alarma Louise.

– Elle les espionne pour le compte du procureur Desjardins.

– Te rends-tu compte que ce que tu nous dis n'a aucun sens ?

– Si vous ne voulez pas me croire, portez les médaillons juste pour me faire plaisir.

Matthieu se dirigea vers la porte et prit son manteau, suspendu à un crochet.

– Tu ne manges rien ? insista la mère.

– Je n'ai plus faim.

Le jeune homme sortit sans plus d'explication. Paul s'empressa de le suivre en attachant sa veste en laine. Il le rattrapa dans la rue. Il faisait froid, même si le printemps était arrivé et que les bourgeons avaient commencé à éclater.

– Matthieu, attends, implora le père.

Son fils se retourna en soupirant.

– Dis-moi ce qui se passe vraiment chez les Kalinovsky, et pourquoi le père Collin y est mêlé.

– La police n'a pas encore capturé le procureur, qui s'est échappé de prison.

– Il est revenu dans le coin ?

– Personne ne peut l'affirmer parce qu'il se venge à distance sur les gens qui ont fait condamner le Jaguar.

– À distance ?

– Apparemment, il utilise une bestiole volante pour les surveiller et il est capable de piéger leur esprit par son seul pouvoir de persuasion. Il a déjà attaqué l'inspecteur Pelletier, l'avocat Perron et même Danielle Léger. Ils ont décidé de former une équipe pour se défendre.

– En fais-tu partie ?

– Alexanne préfère que je reste loin de tout ça et que je porte un talisman de protection.

– C'est frustrant de ne pouvoir rien faire, n'est-ce pas ?

– J'ai l'impression que je ne ferai jamais vraiment partie de leur famille.

– Je pense plutôt que c'est parce qu'Alexanne veut que tu en fasses partie un jour, qu'elle t'écarte en ce moment. Si les fées préfèrent qu'on ne s'en mêle pas, c'est sûrement mieux ainsi. Qu'on le veuille ou non, Matthieu, nous ne sommes que de simples mortels.

– Donc, il est irréaliste de penser que j'épouserai Alexanne un jour ?

– Ce n'est pas ce que j'ai dit, fiston.

– Je sais bien qu'elle est spéciale et que sa famille est remplie de personnes étranges, mais je l'aime tellement… J'ai peur de ne pas être à la hauteur, parce que je suis quelqu'un de bien ordinaire.

– Depuis quand est-ce un défaut ?

– Ça doit en être un, puisqu'elle me met de côté chaque fois qu'elle a des ennuis. Elle ne me croit pas capable de l'appuyer ou même de comprendre ce qu'elle vit.

– Je t'en prie, arrête de te diminuer.

– Tu ne me comprends pas, toi non plus.

Matthieu plongea ses mains dans les poches de son manteau et poursuivit son chemin seul en direction du lac. Même si la neige avait fondu presque partout, il restait encore de la glace à la surface de l'eau. Le jeune homme s'arrêta sur la berge et regarda au loin. Il aimait profondément ce coin de pays et il rêvait d'y passer le reste de sa vie, mais pas avec des loups-garous, des vampires ou des gargouilles vivantes. Il voulait fonder une famille normale comme la sienne. « Comment vais-je dire ça à Alexanne ? » s'attrista-t-il. Après l'épisode de l'oncle qui se changeait en bête et le procès du chef de la secte, Matthieu avait cru que le calme reviendrait à Saint-Juillet.

Il repensa aux paroles de sa petite amie et finit par se demander si elle ne s'était pas payé sa tête en inventant cette histoire de monstre ailé. Il passa le reste de la journée dans sa chambre, à jouer ses dernières compositions sur sa guitare. Ses parents vinrent lui dire au revoir et lui recommandèrent de veiller sur ses petites sœurs. Le jeune homme les accompagna jusqu'à leur voiture, heureux de les voir partir en amoureux pour Saint-Jérôme, où ils mangeraient dans un restaurant chic et assisteraient à une pièce de théâtre.

– Si tu as le moindre doute concernant votre sécurité à l'extérieur de la maison, restez ici, recommanda Louise.

– Cessez de vous inquiéter. J'ai bien réfléchi à cette histoire de gargouille et j'y crois de moins en moins.

– Je sais que je peux compter sur toi, mon grand.

Paul et Louise montèrent dans la voiture et s'éloignèrent. Matthieu attendit que le véhicule disparaisse au bout de la rue et rentra. Magali se planta devant lui, dans le vestibule, les mains sur les hanches.

– Ce n'est pas toi qui fais le dîner, j'espère ? grommela-t-elle.

– Tu as de la chance, puisque je vais seulement réchauffer ce que maman a déjà préparé, répliqua-t-il en se donnant un air d'autorité.

– Alors, j'ai faim.

Le grand frère l'envoya se laver les mains et installa les couverts sur la table. « Vive les fours à micro-ondes », songea-t-il en y plongeant les assiettes. Viviane et Magali mangèrent avec appétit, puis filèrent dans leur chambre pour se costumer. Matthieu les attendit en écoutant des vidéoclips.

– Je suis prête ! annonça Viviane en sautillant sur place dans son costume de lapin rose.

Il s'attendait à voir arriver la benjamine en poussin tout noir, ce qui aurait merveilleusement bien reflété sa personnalité. Quelle ne fut pas sa surprise de constater qu'elle était déguisée en ange !

– Mais qu'est-ce que tu fais habillée comme ça ? laissa-t-il tomber.

– J'en ai assez d'être un lapin, un poussin ou un bébé cygne !

– Mais c'est Pâques, Magali.

– Il y a des anges toute l'année, pas juste à Noël !

Le visage de la petite fille commençait à s'empourprer, alors avant qu'elle ne commence à tout casser dans la maison, il remit à ses sœurs leurs paniers en osier. Il tendit également à Magali son manteau.

– On ne verra pas que je suis un ange si je le porte.

– Il fait froid dehors, l'avertit son grand frère.

– Ça m'est égal.

– Si tu ne le mets pas, nous resterons ici.

– Il va cacher mon beau costume ! Pourquoi tu n'obliges pas Viviane à mettre le sien ?

– Parce qu'elle a eu la bonne idée de porter un costume en peluche qui la gardera au chaud.

Voyant que les efforts de Matthieu ne parvenaient à rien, Viviane décida de s'en mêler.

– Je viens d'avoir une idée ! s'écria-t-elle. Magali, tu

pourrais porter ton manteau pour marcher d'une maison à l'autre et l'enlever quand nous arrivons devant une porte !

« Pourquoi n'ai-je pas pensé à ça ? » songea le jeune homme, dépité.

– Est-ce une solution qui te convient ? demanda-t-il.

Magali hocha vivement la tête pour indiquer son accord. Une fois habillée, elle prit les devants, suivie de sa sœur. Matthieu marcha derrière elles en se disant que ce calvaire ne durerait qu'une heure tout au plus. Les petites rejoignirent les autres lapins et poussins qui déambulaient dans la rue principale.

Il les garda à l'œil jusqu'au bout de la rue, lorsqu'elles bifurquèrent sur une route en terre qui menait à deux maisons en retrait du village.

– Revenez ici ! ordonna Matthieu. Papa vous a dit de ne pas vous éloigner !

Voyant qu'elles ne réapparaissaient pas, l'adolescent s'élança à leur poursuite avec la ferme intention de les ramener par l'oreille et l'auréole. Il vit alors qu'elles s'étaient immobilisées devant une sombre silhouette qui leur barrait la route, et ne comprit de quoi il s'agissait que lorsque celle-ci ouvrit ses ailes de chauve-souris. « Misère ! Alexanne m'a dit la vérité », s'alarma-t-il intérieurement.

N'écoutant que son courage, il hâta le pas et saisit les petites par les bras pour les faire reculer.

– Vous portez un drôle de costume, monsieur, déclara Magali.

– Courez jusqu'à la maison ! ordonna Matthieu sur un ton qui fit comprendre à ses sœurs qu'il ne plaisantait pas.

– C'est un homme méchant qui empoisonne le chocolat ? s'horrifia Viviane.

– Oui !

L'aînée des deux filles comprit aussitôt la gravité de la situation. Elle serra très fort la main de Magali dans la sienne et rebroussa chemin.

– Ne vous arrêtez pas ! Verrouillez toutes les portes !

L'énorme chauve-souris fit un arc-de-cercle avec son bras. La pointe de ses longues griffes effleura la joue de Matthieu. La douleur fit reculer le jeune héros.

– Je ne sais pas ce que vous êtes ou ce que vous voulez, mais vous n'êtes certainement pas le bienvenu ici !

La gargouille poussa un cri perçant en se ruant sur lui. Matthieu tomba à la renverse et vit les dents pointues de la bête s'approcher dangereusement de son visage. « Le talisman ! » se rappela le pauvre garçon. Il glissa une main à l'intérieur de son manteau et en ressortit la chaînette et le pendentif. Le monstre fit un mouvement en arrière en grondant de façon menaçante. Matthieu en profita pour se relever en continuant à lui montrer le pentagramme. Sans avertissement, la chauve-souris prit son envol.

– Non ! hurla le jeune homme en voyant que la bête suivait la route qui menait chez lui.

Il courut à en perdre haleine afin d'arriver à la maison de ses parents avant le prédateur.

* * *

Les petites venaient de s'engager dans l'allée de dalles qui menait à la maison lorsqu'elles entendirent des cris perçants au-dessus d'elles. Viviane ouvrit la porte et projeta sa sœur dans le vestibule. Comme le lui avait demandé son frère, elle poussa le loquet et se précipita sur la porte arrière pour faire la même chose.

– Est-ce qu'on a gagné ? demanda la plus jeune.

– Ce n'est pas un jeu, Magali.

– On n'a presque pas de chocolats.

– Papa nous en apportera.

Elle poussa sa sœur jusqu'au salon et ferma tous les rideaux.

Dehors, Matthieu venait de s'arrêter à quelques mètres de la demeure, le regard levé vers le ciel. La créature couleur pierre volait en rond autour du toit. Le jeune homme était si concentré qu'il n'entendait même pas les cris des parents qui fuyaient dans la rue en emmenant leurs enfants.

– À nous deux, sale bête ! cria Matthieu.

Il ramassa des cailloux dans le jardin zen de sa mère et bombarda la bête infernale. Il ne pourrait jamais la tuer de cette façon, mais tout ce qui comptait, c'était de l'éloigner de ses sœurs. Puisqu'il avait joué au base-ball lorsqu'il était plus jeune et qu'il avait occupé la position de lanceur à l'occasion, Matthieu visait juste. Il réussit donc à atteindre la gargouille dans le dos, sur les ailes et finalement à la tête. Ayant reçu le dernier projectile sur la tempe, la créature perdit de l'altitude.

Cet animal possédait certainement un cerveau gros comme un petit pois, puisqu'il avait déjà oublié que le jeune humain qui le tourmentait portait une amulette qui pouvait lui être fatale. Il piqua sur lui à la manière d'un avion de chasse.

– C'est ça, suis-moi !

Matthieu conserva des cailloux dans ses mains et courut en direction de la rive inhabitée du lac, qui appartenait au gouvernement. Enfant, il l'avait explorée avec ses amis et y avait découvert plusieurs cavernes. Certaines communiquaient entre elles par une série d'étroits tunnels, dans lesquels une bête munie d'ailes ne pourrait pas passer.

Il n'entendit pas la créature se poser derrière lui, mais ressentit une douleur aiguë dans sa cheville droite lorsqu'il se jeta à plat ventre dans une des petites grottes. Il se retourna vivement sur le dos et utilisa l'autre jambe pour assener un coup violent sur la gueule de la gargouille, qui lâcha sa proie en couinant. Matthieu ne demanda pas son reste. Il s'enfonça dans l'obscurité, mais ne trouva pas le passage qu'il cherchait. « Je me suis trompé de caverne », songea-t-il, paniqué.

Il se recroquevilla contre la paroi, au fond du trou, et serra son pendentif entre son pouce et son index, en tremblant de tous ses membres. Il pouvait entendre le souffle et les grondements de la créature, mais il ne pouvait plus la voir. Matthieu ne sut pas combien de temps dura cette attente. Lorsque le silence régna enfin dans sa cachette, il n'osa pas bouger.

* * *

Ravis de leur soirée, Louise et Paul Richard ne rentrèrent à Saint-Juillet qu'après minuit. En descendant de la voiture, ils furent plutôt surpris de constater que toutes les lampes de la maison étaient encore allumées.

– Matthieu ne penserait quand même pas à faire la fête en notre absence, tenta de se rassurer la mère.

Paul glissa la clé dans la serrure et jeta un coup d'œil prudent dans le vestibule. Il n'y avait pas un bruit dans la maison. Il continua jusqu'au salon, suivi de Louise. Dès qu'ils y pénétrèrent, Viviane et Magali se mirent à hurler de terreur, affolant leurs pauvres parents. Déguisées en lapin et en ange, elles s'étreignaient sur le canapé en continuant à pousser des cris à crever les tympans. Revenu de sa surprise, Paul les prit dans ses bras.

– Doucement, c'est moi.

Reconnaissant leur père, les fillettes se calmèrent aussitôt.

– Mais que faites-vous dans le salon à une heure pareille ? demanda Louise en lui prêtant main-forte.

– C'est un jeu... hoqueta Magali.

– Non, ce n'en est pas un, rétorqua sa sœur. Nous avons été attaquées par un monstre.

– Où est Matthieu ? s'enquit la mère.

– Il n'est pas encore arrivé.

– Je ne comprends pas... s'inquiéta le père.

– Il nous a dit de courir et il est resté pour tuer le dragon, expliqua Magali.

Paul dirigea un regard interrogateur vers Viviane.

– C'était comme une grosse chauve-souris, aussi grande que toi, ajouta-t-elle.

– Je suis certain que votre frère l'a fait fuir, affirma Paul en s'efforçant d'adopter un ton rassurant même si, au fond de lui, il craignait le pire. Maman va vous emmener vous changer et prendre un bain chaud. Cette nuit, je vous donne la permission de coucher dans notre lit avec maman.

– Pas avec toi ?

– Il faut bien que quelqu'un aille chercher Matthieu.

Pour mettre fin à l'interrogatoire en règle des fillettes, Louise leur prit la main et les entraîna vers les chambres en adressant à son mari un regard suppliant.

– On n'a presque pas eu de chocolat à cause du monstre, geignit Magali en disparaissant dans le couloir.

Paul ouvrit l'armoire où il gardait ses carabines. Il y prit sa meilleure arme et la chargea. Louise le rejoignit quelques minutes plus tard.

– Dis-moi que c'est un cauchemar, réclama-t-elle.

– Il n'y a rien que j'aimerais davantage, mais je crains que les Kalinovsky aient encore eu raison. Espérons que le médaillon l'a protégé.

– S'il est arrivé malheur à Matthieu...

– Je connais bien mon garçon. Il a sûrement éloigné la créature de la maison pour protéger ses sœurs. Je suis prêt à parier qu'il a tenté de l'égarer dans les grottes du lac.

Louise sortit une grosse lampe de poche de l'armoire et la lui remit.

– Ramène-le-moi.

Elle l'embrassa sur les lèvres et recula de quelques pas.

– Si je ne suis pas de retour dans une heure, appelle les Kalinovsky et raconte-leur ce que tu sais. Verrouille la porte derrière moi.

La carabine dans une main et la torche électrique dans l'autre, Paul se rendit directement à l'endroit où son fils aimait jouer quand il était petit. Il suivit le sentier et, grâce à son instinct d'ancien chasseur, il découvrit la piste encore fraîche d'une paire de tennis et de pattes munies de griffes. Il avança avec prudence vers l'entrée de la grotte en écoutant les sons de la nuit. Si cette bête avait des ailes, il pourrait certainement en entendre les battements avant qu'elle ne soit sur lui.

Ne percevant aucun danger immédiat, Paul se mit à quatre pattes et éclaira l'intérieur de la caverne. Son fils se trouvait tout au fond, appuyé contre la paroi, en position de fœtus !

– Matthieu, réponds-moi !

Le jeune homme cligna des yeux, aveuglé par le puissant faisceau lumineux.

– Papa ?

– Es-tu capable de ramper jusqu'à moi ?

Matthieu ne se fit pas prier. Tout ce qu'il voulait, c'était retrouver la chaleur et la sécurité de leur maison. Dès qu'il fut près de l'entrée de la cavité, Paul l'agrippa par son manteau et le tira à l'extérieur. La lumière de la lampe révéla aussitôt le sang séché sur son visage et ses vêtements.

– Es-tu gravement blessé ?

– Non… enfin, je ne le crois pas. J'ai été griffé au visage.

Paul le hissa sur ses pieds. Le jeune homme ne fit pas deux pas qu'il poussa une plainte sourde.

– Et la cheville aussi… j'avais oublié ma cheville.

Son père éteignit la torche. Il la déposa avec sa carabine dans les bras de son fils et prit ce dernier dans ses bras.

Chapitre 25

Un nouveau membre

Alexanne était déjà assise devant son ordinateur lorsque Danielle lui apporta un verre de jus d'orange. Il était sept heures du matin, et les habitants de la maison commençaient à peine à se réveiller. La travailleuse sociale déposa le verre sur le bureau. Ne l'ayant pas entendue entrer dans la pièce, l'adolescente sursauta.

– Je suis désolée, Alexanne. Je croyais que tu pouvais sentir l'approche des gens.

– J'étais perdue dans mes pensées.

– On dirait que tu n'as pas beaucoup dormi, toi non plus.

– J'ai fait des cauchemars toute la nuit.

– Tu veux m'en parler ?

Alexanne ne voulait surtout pas l'effrayer.

– Tu as rêvé à cet affreux rôdeur, n'est-ce pas ? la devança Danielle.

– Ouais... et il était encore plus gros dans mes rêves que dans la réalité.

– Ton oncle a fait des cauchemars, lui aussi. Il m'a presque fait tomber du lit.

– Ce n'est pas la créature en tant que telle qui me fait peur, mais le fait qu'elle nous garde prisonniers ici sous les ordres du Faucheur.

– Tu parles comme Alexei.

La jeune fée tourna vivement la tête vers l'entrée.

– Que ressens-tu ? s'inquiéta Danielle.

– C'est Matthieu et son père. Je lui ai pourtant dit de ne pas venir ici.

Alexanne s'empressa d'aller à leur rencontre. Justement, Alexei descendait l'escalier. L'adolescente ouvrit la porte et étouffa un cri de surprise en apercevant les lacérations sur le visage de son ami.

– Il faut qu'on se parle, déclara Paul sur un ton grave.

Elle les fit passer au salon et n'eut pas besoin d'aller chercher le reste du groupe. Tatiana, Sylvain et Simon descendaient l'escalier. Ils prirent place en cercle sur les fauteuils et le canapé. La guérisseuse examina les blessures de Matthieu.

– Ce n'est pas mon visage qui me fait le plus souffrir, avoua-t-il.

– C'est ta cheville, fit Tatiana, qui l'avait déjà deviné.

– Je l'ai emmené à l'hôpital cette nuit, et on lui a fait une piqûre contre le tétanos.

Alexanne aurait bien aimé soigner elle-même son petit ami, mais elle ne savait pas encore comment s'y prendre. Elle observa donc le travail de sa tante. Tatiana demanda à Matthieu de placer sa jambe sur un pouf et lui enleva son soulier et sa chaussette. La peau du jeune homme était parsemée de petits trous enflés.

– Comment t'es-tu fait ça ? lâcha Alexanne, stupéfaite.

– Il a été attaqué par un démon avec des ailes de chauve-souris, répondit Paul à la place de son fils.

– Portais-tu ton pendentif ?

– Oui, fit Matthieu d'une voix faible. Ça m'a sauvé de la première attaque, mais dans la grotte, je rampais sur le ventre, alors il m'a saisi la cheville. Je ne me rappelle plus si c'était avec ses dents ou avec ses griffes.

– Je croyais que le rôdeur ne s'attaquait pas aux gens et que son rôle n'était que de les espionner, fit remarquer Simon.

– C'est ce que nos ancêtres ont écrit, monsieur Perron, affirma Tatiana en appliquant doucement ses paumes sur les plaies circulaires. Apparemment, les sorciers d'autrefois n'étaient pas aussi diaboliques que le procureur Desjardins.

Assis près de Danielle, Alexei observait le traitement en silence, cherchant à déterminer si la bête avait transmis le mal à ce jeune homme.

– C'est ce Desjardins qui a fait sortir cette bête de l'enfer ? demanda Paul, mécontent.

– Il est la source de tous nos problèmes actuels, confirma Sylvain. C'est pour cette raison que nous sommes tous ici : pour faire équipe contre lui.

– Alors, je veux en être. Débarrassons-nous de ces bêtes avant que nous y passions tous.

– La seule façon, c'est d'éliminer le Faucheur, laissa tomber Alexei, et il n'y a que moi qui y arriverai.

– Mais nous ne pouvons pas laisser Alex l'affronter avant qu'il soit fin prêt, ajouta Sylvain.

– Dites-moi comment vous aider, insista Paul.

– Il faut lui procurer des occasions de créer à volonté son bouclier de protection, répondit Alexanne.

– Ne recommence pas avec ça, grommela son oncle.

– Jusqu'à présent, il n'y arrive que lorsqu'il est en colère, ce qui n'est pas bon du tout.

– Je pensais davantage à quelque chose qu'un simple mortel comme moi pourrait faire, précisa Paul.

– Nous avons tous l'obligation de radoucir le cœur d'Alexei, fit Tatiana. Pour le reste, je fais des recherches dans mes vieux livres, tandis que monsieur Paré utilise des moyens plus modernes pour arriver au même résultat. Monsieur Perron, et aussi monsieur Pelletier quand il peut se libérer, s'assurent que nous demeurions dans les limites de la loi.

– En fait, j'ai déjà un plan, annonça Sylvain. Vous connaissez bien la région, n'est-ce pas, monsieur Richard ?

– Comme le fond de ma poche. J'ai chassé dans toutes ces forêts autrefois.

– Je suis à la recherche d'un endroit qui réunirait certaines conditions bien précises.

Davantage concernée par la santé de Matthieu, Alexanne prit son soulier et sa chaussette et lui tendit la main. Puisque la guérisseuse avait terminé ses soins, l'adolescent s'accrocha à elle et se laissa conduire jusqu'à la bibliothèque.

– Tu ne veux pas que je connaisse leurs projets ?

– Il est plus important pour moi que tu me dises ce que tu as sur le cœur.

Elle le fit asseoir dans une bergère et le chaussa en faisant extrêmement attention.

– En ce moment, j'ai très peur, avoua-t-il.

– Il est normal de paniquer quand on se retrouve face à une bête pareille.

– J'ai peur d'elle, mais aussi de toi.

– Crois-tu que c'est moi qui l'ai invoquée ?

– Je ne sais plus quoi penser…

Des larmes se mirent à couler sur les joues du jeune homme.

– Je ne suis pas une servante de Satan, Matthieu, malgré tous les pouvoirs que m'ont légués mes ancêtres. Je suis une fée.

– Mais tu vis dans un monde différent du nôtre, un monde où il se passe toujours quelque chose de dangereux.

– Me croiras-tu si je te dis que c'est temporaire ?

Matthieu ne répondit pas.

– Lorsque j'ai demandé aux anges de délivrer mon oncle du mal, je me doutais que ce serait un long processus. Il ne suffisait pas de faire sortir le loup qui vivait dans son corps, mais de l'exorciser également du Jaguar, qui hantait toujours son esprit. Alexei l'a dénoncé à la police, et cet homme a été condamné à la prison. Maintenant, la dernière personne dont il faut débarrasser mon oncle, c'est de ce Faucheur qui terrorise tout le monde depuis bien trop longtemps.

– Pourquoi n'es-tu pas morte de peur comme moi ?

– Parce que je dois rester forte dans cette épreuve, et parce que la peur chasse l'amour.

Matthieu baissa honteusement la tête.

– Je comprends ce que tu ressens, poursuivit la jeune fée.

– Alexanne, je ne serai jamais à la hauteur des hommes qui ont épousé tes ancêtres.

– Ils ont tous dit ça, le taquina-t-elle.

Elle alla chercher un baiser sur ses lèvres et sentit sa réticence. Tenace, elle insista jusqu'à ce qu'il cède. Matthieu émit une plainte sourde qui fit aussitôt reculer la fée.

– Je suis désolé. Ma joue est très sensible.

– Me permettrais-tu de soigner ces plaies ?

– C'est certain que j'aimerais arrêter de souffrir.

Alexanne prit une profonde inspiration et exprima intérieurement le désir d'utiliser ses dons de guérison. Sur-le-champ, une douce lumière apparut dans ses paumes. Elle les plaça sur les joues de Matthieu en lui souriant. Lorsqu'elle les retira, quelques secondes plus tard, les lacérations étaient beaucoup moins enflées.

– Est-ce mieux ainsi ?

– J'ai moins mal. Comment faites-vous ça ?

– Je n'en sais rien.

– C'est un pouvoir qui n'appartient qu'aux guérisseurs, ajouta Alexei en entrant dans la pièce.

Sans cérémonie, l'homme-loup marcha jusqu'au jeune blessé, lui agrippa les poignets et le remit sur ses pieds pour l'étreindre contre sa poitrine. Matthieu était si surpris qu'il ne se débattit même pas.

– Je te jure que c'est la dernière fois qu'un rôdeur te fait du mal.

Alexei le libéra, l'obligea à se rasseoir et sortit du salon.

– Qu'est-ce qui lui prend ? balbutia Matthieu.

– Je pense que c'est sa façon de te dire qu'il tient à toi.

– Vraiment ?

– Et moi aussi, d'ailleurs. Ça me fendrait le cœur de te perdre, mais je respecterai ta volonté. Aussi j'aimerais vraiment que tu domines ta peur.

– Si ta tante et toi êtes capables de soigner les blessures de démons à volonté, alors j'imagine que ce ne sera pas dramatique si je me fais encore attaquer.

– Nous ne savons malheureusement pas rattacher les têtes décapitées sur leurs corps.

– Quoi ?

– Je plaisante, Matthieu. À mon avis, ton pendentif devrait décourager les prochains assauts de la bête.

Le jeune homme demeura silencieux quelques minutes. Alexanne ne le pressa pas. Elle savait qu'il avait de la difficulté à prendre une aussi importante décision.

– Je n'y survivrais pas si j'arrêtais de t'aimer… murmura-t-il finalement.

Émue, l'adolescente se faufila entre ses bras et le serra avec force.

– Tu ne le regretteras pas, je te le promets.

Matthieu l'informa alors qu'il devait retourner à Québec le soir même.

– Non, ce n'est pas une bonne idée. Personne ne pourra te protéger là-bas.

– Je ne peux pas me permettre de couler mon année, Alexanne. Pour revenir vivre à Saint-Juillet, je dois terminer mes études. Je serai prudent.

– Tu devras m'appeler trois fois par jour.

– D'accord.

Les jeunes amoureux restèrent longtemps blottis l'un contre l'autre. Ils ne se mêlèrent à leurs aînés que lorsque l'équipe fut au grand complet.

Chapitre 26
L'expérience

Sylvain commença à expliquer son plan à Tatiana, Simon, Paul, Alexei et Danielle. Il était en train de faire des recherches sur les symboles positifs qui auraient le même effet que ceux des pentagrammes sataniques de Desjardins, soit retenir prisonnière toute entité négative qui les découvrirait.

– Chaque opération alchimique doit tenir compte des quatre éléments, leur apprit le journaliste.

– Le feu, l'eau, l'air et la terre, se souvint Simon.

Ils se tournèrent vers lui sans cacher leur surprise.

– Je ne lis pas que des livres de droit, se justifia-t-il.

– Je dois procéder au rituel des pentagrammes positifs dans un endroit qui réunit ces éléments, poursuivit Sylvain.

– Il y a une sorte de cercle de pierres dressées en l'air non loin de la rivière, à environ une demi-heure d'ici, se rappela Paul.

– Nous aurions donc trois des éléments. Les pierres représenteraient la terre.

– Et la rivière serait l'élément de l'eau, ajouta Danielle.

– Mais pour l'air ? demanda Simon.

– Les fées sont des créatures de l'air, leur fit remarquer Sylvain.

– Donc, les pentagrammes doivent être créés dans le

cercle de pierres, près de la rivière, en présence d'une fée, reprit Paul. Mais le feu, lui ?

– Je crois qu'une flamme ferait l'affaire, proposa Tatiana.

– Des lampions, donc ? voulut savoir Paul.

– Ce serait suffisant, affirma le journaliste.

Alexei, qui n'avait aucune envie de participer à ce type de cérémonie, qui lui rappelait un peu trop les pratiques du Jaguar, embrassa la main de Danielle et quitta le salon.

– Je croyais qu'il faisait partie de l'équipe ? s'étonna Paul.

– Son rôle sera bien différent du nôtre, répondit Tatiana. À mon avis, il serait préférable qu'il ne soit pas mêlé à la création de ces pentagrammes. C'est lui que cherche le sorcier, alors il y a de fortes chances que ce dernier tente de lire dans ses pensées.

– Et nous ne voulons pas que notre plan échoue, renchérit Danielle.

Après un crochet à la bibliothèque, Alexei sortit sur la galerie et prit place sur le fauteuil à bascule. Il ne voulait pas s'éloigner, mais il avait besoin d'être seul pour permettre à son esprit de patrouiller dans la région. C'est alors qu'il ressentit l'approche de son ami policier. Il n'y avait personne avec lui. Christian arrêta son VUS derrière la voiture de Simon et en descendit.

– Comment vas-tu, Alex ? fit-il en s'approchant de la maison.

– J'irai mieux lorsque tout sera terminé.

– Comme nous tous.

– Tu n'es pas rentré à l'hôtel, hier soir.

Christian grimpa les trois marches qui menaient à la galerie et s'immobilisa devant l'homme-loup.

– Mon péché est-il inscrit sur mon front ?

– C'est quoi, un péché ? voulut savoir Alexei.

– C'est quelque chose que notre religion nous défend de faire.

– Elle ne veut pas que tu couches avec Mélissa ?

– En quelques mots, elle nous recommande fortement de ne pas avoir de relations intimes avec une femme avant de l'avoir épousée. Sur le plan professionnel, c'est même préférable de ne pas le faire avec une femme avec qui on travaille. Malheureusement, il est parfois difficile de résister à la tentation.

– Est-ce que tu aimes Mélissa ?

– Tu sais bien que j'aime tout le monde.

– Est-ce que tu l'aimes comme j'aime Danielle ?

– Pourquoi me poses-tu toujours des questions compliquées ?

– Parce que je veux tout savoir.

– Dans ce cas, tu ne t'adresses pas à la bonne personne, Alex. Pourquoi ne pas en discuter avec des hommes normaux comme Sylvain ou Simon, par exemple ?

– C'est toi que j'essaie de comprendre, parce que tu es différent.

– On risque de tourner en rond, tous les deux, parce que la moitié du temps, je ne me comprends pas moi-même.

– Comment arrives-tu à coucher avec autant de femmes que tu n'aimes pas ?

– Alex, pitié…

Christian s'assit sur la balustrade, accablé.

– Je veux juste savoir pourquoi tu fais ça, insista l'homme-loup.

– Ne répète surtout pas ça à qui que ce soit, mais j'éprouve beaucoup de réticence à m'engager sérieusement dans une relation. J'ai besoin de me sentir libre.

– Tu y arrives en fréquentant beaucoup de femmes ?

– Il n'y a que les psychologues qui ont le droit de poser des questions pareilles ! ironisa le policier.

– Pourquoi ?

– S'il te plaît, arrête de me torturer. Tu possèdes le don de lire dans les pensées, alors va chercher directement dans ma tête les réponses que tu cherches, d'accord ?

– C'est difficile, parce que tes émotions ne sont pas claires à ce sujet.

Christian perdit son sourire.

– Je vais faire un marché avec toi, Alex. Je vais t'ouvrir mon cœur, mais après, tu cesseras de m'interroger au sujet de mes habitudes amoureuses.

– Je veux ajouter une condition.

– Tu apprends un peu trop rapidement, toi ! Dis-moi ce qui te ferait plaisir, mon homme.

– J'aimerais que tu m'aides à faire une expérience de persuasion.

– Tout dépend de ce que tu veux m'obliger à accomplir.

– Si je te le dis avant, je ne saurai jamais si j'ai réussi.

– Tu as raison. Alors, en ce qui concerne les femmes, je suis certain qu'il y en a eu qui m'aimaient vraiment. C'est moi qui panique quand elles se mettent à parler de mariage et d'enfants. Il est plus important pour moi de faire ce dont j'ai envie quand je le veux, que de m'établir de façon permanente. Je suis né ainsi et, pour tout t'avouer, je ne veux pas faire d'efforts pour changer. Toutefois, je respecte ceux qui sont heureux dans leur petite maison clôturée avec leur femme et leurs enfants. Je suis tout simplement différent.

– Lequel des deux comportements est le plus normal ?

– La séance de psychanalyse est terminée. Passons plutôt à ton expérience. Tu peux me faire faire tout ce que tu veux, sauf tomber amoureux.

Alexei, toujours assis sur le fauteuil à bascule, respira très profondément et fixa Christian dans les yeux. Le policier commença par sourire, car il ne croyait pas être influençable, mais au bout d'un moment, son visage devint impassible. Il glissa lentement la main dans son veston et retira le revolver de son étui, pour ensuite l'appuyer contre sa tempe droite.

Sylvain et Simon, qui avaient suivi la scène de la fenêtre du salon, se précipitèrent dehors.

– Christian, arrête ! s'écria le journaliste.

Le policier et l'homme-loup sursautèrent, ce qui mit fin au puissant lien télépathique qui s'était créé entre eux.

– J'ai réussi, se réjouit Alexei.

– Mais qu'est-ce que… s'étonna Christian en apercevant l'arme dans sa main.

– Je t'ai persuadé, en n'utilisant que mon esprit, de faire un geste que tu n'aurais jamais accepté de faire autrement.

– Ce revolver est chargé !

– Je ne t'aurais pas demandé de tirer.

– Tu es donc capable, toi aussi, d'influencer les gens, constata Sylvain, qui ne savait pas si c'était une bonne chose.

– Et je n'ai même pas utilisé de pentagrammes, précisa Alexei.

– Mais Christian n'est pas un sorcier, leur rappela Simon. Nous ne savons pas si ça fonctionnerait aussi sur Desjardins.

– À mon avis, la seule façon de le savoir serait de l'essayer sur une fée, suggéra Sylvain.

– Plus tard, fit Christian en remettant l'arme dans son étui. Moi, je suis venu ici pour aider Alex à renforcer son bouclier.

– Il n'est pas question qu'on me lance des pommes, protesta l'homme-loup.

– Nous trouverons une autre méthode, déclara Sylvain, mais tu dois apprendre à te protéger, Alex. Nous ne voulons pas que tu perdes la vie durant cet affrontement.

– Je n'ai pas peur de la mort.

– Moi non plus, mon homme, lui apprit Christian, mais pense à ce que Desjardins pourrait nous faire s'il t'éliminait dès le départ.

– Oui, tu as raison.

Les hommes contournèrent la demeure pour pratiquer cet exercice dans le jardin. Paul en profita pour aller conduire Matthieu à Saint-Jérôme, après l'avoir arraché aux interminables adieux qu'il faisait à Alexanne.

La jeune fée referma la porte avec tristesse, car elle aurait aimé garder Matthieu auprès d'elle jusqu'à ce que toute cette histoire soit terminée. Il était si vulnérable, seul à Québec. Pourtant, Matthieu était un garçon habituellement prudent. Il ne se mettrait pas délibérément en situation de danger. Afin de s'assurer qu'il reste en vie, Alexanne décida d'accélérer les choses. Elle alla donc retrouver sa tante dans la cuisine. Cette dernière était debout devant la porte grillagée et observait le travail de Christian, Sylvain, Simon et Alexei.

– S'il arrive à ériger son bouclier invisible suffisamment longtemps, Alex sera-t-il capable d'échapper au pouvoir de suggestion du sorcier ? voulut-elle savoir.

– J'ignore l'étendue des facultés de monsieur Desjardins, répondit Tatiana. Toutefois, j'ai senti que quelqu'un utilisait son don de guérison un peu plus tôt dans cette maison.

– Je ne savais pas vraiment ce que je faisais quand j'ai mis la main sur le visage de Matthieu, mais cela l'a grandement soulagé.

– Guérir devient un procédé aussi automatique qu'écrire. Lorsque nous prenons une plume pour écrire à quelqu'un, les mots se mettent à apparaître sur la feuille devant nous grâce à une série de commandes complexes que notre cerveau envoie à nos doigts.

– Êtes-vous en train de me dire que c'est aussi facile que de composer une lettre ?

– Pour les fées, c'est exactement la même chose.

– J'aimerais en devenir une, déclara Danielle en entrant dans la cuisine.

– Ce n'est pas aussi facile que ça semble, répliqua Alexanne.

– Puis-je préparer du thé, madame Kalinovsky ?

– Vous n'avez pas à me le demander, Danielle. Faites comme chez vous.

Dans le jardin, n'ayant trouvé d'autres munitions que des pommes rassemblées dans un panier, les hommes s'en servirent pour obliger Alexei à repousser leurs attaques. Au début, ils ne lui en lancèrent qu'une à la fois, mais puisqu'il les déviait sans difficulté, ils le mitraillèrent impitoyablement.

– Tu m'impressionnes, Alex, avoua le policier lorsqu'il n'eut plus de projectiles sous la main.

– Reste à savoir si ce bouclier résistera aux pouvoirs de Desjardins, fit observer Sylvain.

– Christian, tire sur moi, réclama l'homme-loup.

– Ça, non.

– J'ai besoin de savoir si je peux me défendre contre des objets qui arrivent à une grande vitesse.

– Il n'est pas question que je risque ta vie pour satisfaire ta curiosité.

– Il a raison, Alex, l'appuya Simon. Il suffirait d'un seul instant de distraction de ta part pour qu'une balle traverse ton bouclier.

– Nous referons cette expérience plus tard, quand tu auras acquis une plus grande maîtrise de cette technique, d'accord ? trancha Sylvain.

– Quoi ? s'exclama Christian. Je ne tirerai pas sur lui, ni tout de suite, ni jamais !

– Oublies-tu que je peux te faire faire tout ce que je veux, désormais ? fit Alexei.

D'un geste rapide, le policier dégaina son revolver et en retira le chargeur.

– Je vais même le laisser chez moi.

– Si je réussis à te convaincre par la pensée de l'apporter, ce sera une belle victoire, indiqua Alexei avec un sourire moqueur.

– Là, tu vas vraiment trop loin.

– Qu'est-ce qu'on fait, maintenant ? demanda Simon.

– J'ai un autre pouvoir que vous ne connaissez pas, confessa Alexei.

Toutes les pommes éparpillées autour de lui s'élevèrent dans les airs en même temps et filèrent vers ceux qui les lui avaient lancées.

Buvant du thé à petites gorgées, Danielle s'était jointe à Alexanne et à Tatiana et observait les progrès de l'équipe à travers la large fenêtre de la cuisine.

– De vrais enfants… soupira-t-elle.

Alexanne sortit dans le jardin.

– Allez-vous lui lancer quelque chose de plus dangereux ? demanda-t-elle en s'approchant des hommes.

– Ils ont refusé, l'informa son oncle.

– Je vais plutôt dresser la liste des pouvoirs que possédait le chef de la secte britannique que Desjardins semble vouloir copier.

Le groupe se réunit dans le salon. Le journaliste s'installa devant l'ordinateur et se mit à pianoter sur le clavier.

– Qui prend des notes ? demanda-t-il.

– Les avocats sont habitués à faire ça, non ? indiqua Christian en se tournant vers Simon.

– Je croyais que les policiers gardaient toujours de petits calepins sur eux, rétorqua le procureur.

– Arrêtez de vous chamailler comme des gamins, les avertit Alexanne. Je vais le faire.

Assis près de Danielle, Alexei aurait bien aimé se porter volontaire, mais il n'écrivait pas encore assez rapidement.

– C'est parti, annonça Sylvain en promenant le bout de l'index sur l'écran. Tout d'abord, ce sorcier, mort depuis plus de deux cents ans, portait le nom de Seamus Strang. Il pouvait plier les autres à sa volonté.

– Le pouvoir de persuasion, donc, commenta Alexanne en écrivant sur son bloc-notes.

– Il pouvait aussi se mouvoir dans les airs et ainsi devancer ses ennemis.

– Si Desjardins sait faire ça, les choses vont se compliquer, laissa tomber Christian.

– Il faisait obéir les bêtes de la nuit, faisait sortir des flammes de la terre et se déplaçait où bon lui semblait en n'utilisant que la force de son esprit.

– Nous ne nous sommes donc pas matérialisés sur un autel au milieu de nulle part, avança Simon. C'est Desjardins et l'autel qui sont venus jusqu'à nous, dans notre tête.

– Ce qui explique pourquoi nous sommes revenus à nous à l'endroit même où nous avions perdu connaissance, ajouta Christian.

– Ce sorcier utilisait-il des pentagrammes ? s'enquit Danielle.

– J'y arrive, répondit Sylvain.

Des symboles apparurent à l'écran, causant une réaction de panique parmi la troupe. Ils détournèrent tous le regard, sauf Alexei et Tatiana.

– Fais disparaître ces images ! s'exclama Simon.

Le journaliste s'exécuta aussitôt.

– Du calme, tout le monde, dit-il pour les rassurer. J'ai changé de page, mais ce n'est pas vous qu'ils visaient.

Ils risquèrent un œil vers l'ordinateur.

– Strang n'a pas inventé ces symboles. Il a seulement commencé à les utiliser d'une façon différente. Apparemment, certains d'entre eux sont toujours sculptés dans les pierres de certains édifices de Londres.

– Peuvent-ils encore faire du mal aux gens ? s'enquit Danielle.

– Je n'en sais rien.

– Nous ne sommes pas en Angleterre, mais au Québec, leur rappela Christian. Dis-nous à quoi servaient les gribouillis de monsieur Strang.

– Ce ne sont pas tous des pièges comme ceux que vous avez vus, affirma Sylvain, et je trouve ça bien inquiétant. Certains servaient à changer les victimes en animaux, à garantir l'obéissance des créatures inférieures, à influencer le temps et même à faire tomber la foudre.

– Je suis capable de faire ça sans pentagramme, assura Alexei. Voulez-vous le voir ?

– Non ! s'exclamèrent-ils tous en chœur.

– Si ce sorcier était aussi puissant, comment les Anglais ont-ils réussi à s'en débarrasser ? s'enquit Simon.

– Il a été éliminé par un Vengeur, répondit Sylvain, qui continuait à lire le texte.

– Comme si on avait besoin qu'il se rajoute d'autres fous dans cette histoire, ronchonna Christian.

– Qu'est-ce qu'un Vengeur ? demanda Alexanne.

– C'est un magicien, un sorcier blanc. On dit ici que dans la nature, tout est polarisé. Tout ce qui existe possède son contraire. Le Vengeur a ainsi les mêmes pouvoirs que les sorciers, mais ils émanent de la lumière plutôt que de l'obscurité.

– Où pourrait-on trouver un sorcier blanc, de nos jours ? s'enquit Simon.

– J'imagine qu'ils ne s'annoncent pas dans les journaux, fit Christian.

– Le dernier Vengeur connu est mort en 1819, en Espagne, les informa Sylvain.

– Dommage, il aurait pu capturer Desjardins pour nous, soupira Alexanne.

– Ces magiciens ne capturent pas leurs proies, jeune fille, affirma Tatiana en se mêlant de la conversation pour la première fois. Ils les exécutent.

– Mais cela contredit les grands principes d'amour qui guident la vie des êtres de lumière, non ? s'étonna sa nièce.

– Ce sont, avec les anges guerriers, les seules créatures de Dieu dont la mission est de combattre activement le mal.

– Ne perdons pas de temps avec cette théorie, puisqu'il n'y en a plus sur cette Terre, fit Christian pour les rappeler à l'ordre.

– Je crains de devoir corriger les données que vous avez trouvées sur l'ordinateur, monsieur Paré, signala la guérisseuse. Il existe encore des Vengeurs, du moins en Europe. Malheureusement, ce sont eux qui choisissent leurs sorciers. On ne peut pas les embaucher.

– D'où tenez-vous cette information, madame Kalinovsky ? demanda le journaliste.

– De ses livres en russe, répondit Alexei.

– Lorsque nous serons enfin délivrés de cette menace, pourrais-je vous persuader d'en traduire quelques-uns ?

– Nous en reparlerons à ce moment-là, monsieur Paré. Si vous n'y voyez pas d'inconvénient, je vais aller préparer le repas.

Tatiana quitta le salon sans son enthousiasme habituel.

– Je pense que cette histoire sans fin commence à lui peser sur le cœur, murmura tristement Danielle.

– Elle n'est pas la seule, confessa Simon. J'ai l'impression de me trouver au beau milieu d'un film d'horreur.

– J'aimerais moi aussi croire que je vais me réveiller dans mon lit et découvrir que tout ça n'était qu'un cauchemar, grommela Christian.

– Mais c'est la réalité, les secoua Alexei. Le Faucheur existe et il a tué beaucoup de disciples du Jaguar qui se sont enfuis de la forteresse.

– Mais cette fille qui a témoigné lors du procès ? se rappela Danielle.

– J'ignore comment elle a pu lui échapper.

– Quand construirons-nous le piège ? s'enquit Simon.

– Dès que les conditions astronomiques seront idéales, répondit Sylvain, soit le 7 mai.

– Que ferons-nous en attendant ?

– Rester en vie, répondit Alexei.

– Moi, je vais en profiter pour faire quelques appels, décida Christian en se levant.

Le policier leur adressa son plus beau sourire pour les rassurer et sortit sur la galerie pour appeler Mélissa.

Chapitre 27
Valéri

Après le dîner, les membres de l'équipe travaillèrent chacun de leur côté. Simon réquisitionna l'ordinateur du salon pour communiquer avec sa famille, alors qu'Alexei et Danielle s'isolèrent dans leur chambre pour discuter. Pour faire plaisir à Sylvain, Tatiana alla chercher le livre en russe qui parlait des Vengeurs et s'installa avec lui à la cuisine. Alexanne prit place sur la chaise à bascule et écouta la traduction spontanée de sa tante. Assise sur l'épaule de l'adolescente, Coquelicot écoutait elle aussi, car toutes les fées sont curieuses, peu importe leur taille. Heureusement, le journaliste ne pouvait pas la voir.

– Tout sur Terre est divisé entre la lumière et l'obscurité, commença Tatiana.

Assis devant elle, de l'autre côté de la table, Sylvain avait mis son petit magnétophone en marche.

– Dans les deux camps, se retrouveront des mortels et des gardiens qui assureront l'équilibre du monde. Lorsque l'un d'eux empiétera sur le territoire de l'autre, un Vengeur devra rétablir l'ordre.

– Est-ce qu'on dit dans cet ouvrage d'où viennent les Vengeurs ? demanda Alexanne.

– Contrairement aux fées, qui naissent avec leurs pouvoirs, même si elles doivent les développer un par un, les

Vengeurs ne reçoivent les leurs qu'au moment où ils se voient confier leur première mission.

– Ce peut donc être n'importe qui et il peut avoir n'importe quel âge, comprit Sylvain.

– C'est exact.

Alexanne perçut alors l'abattement de sa tante sous forme d'un brouillard dans son énergie.

– Vous craignez qu'un Vengeur n'intervienne si Alexei continue à utiliser ses pouvoirs de façon négative, n'est-ce pas ?

La guérisseuse posa sur sa nièce un regard infiniment triste.

– Il a fait tellement de progrès, ces derniers mois, voulut la rassurer Alexanne. Je suis certaine que ce ne sera pas nécessaire. Par contre, si un Vengeur voulait bien régler le cas du procureur, il serait le bienvenu.

– Très sincèrement, je suis étonnée que ce ne soit pas encore arrivé, avoua Tatiana.

– Et si un Vengeur avait déjà été dépêché à notre insu ? lança Sylvain.

– Nous le saurions déjà, monsieur Paré, car ces individus dégagent une énergie particulière.

Pour chasser ses pensées accablantes, Tatiana poursuivit la traduction du livre en russe. Dans le salon, Simon venait de mettre fin à sa conversation électronique avec Annick, lorsque Christian vint s'asseoir près de lui.

– Courage, voulut le réconforter le policier.

– Toute ma vie, j'ai étudié des textes de loi, des arrêts de jurisprudence et des articles de doctrine, afin de bien faire mon travail. Jamais une seule seconde, je n'aurais imaginé que des gens répertoriaient des documents sur les sorciers et les démons pour gagner leur vie.

– Il faut toutes sortes de gens pour faire un monde, Simon. Très franchement, je suis bien content qu'un journaliste comme Sylvain se soit penché sur ces sujets qui nous font peur, parce que sans lui, nous serions bien désemparés, en ce moment.

– Je ne me suis pas joint à votre groupe pour aider Alexei à assassiner Desjardins. Je tiens à ce que ce criminel soit traduit en justice.

– Ça fait aussi partie de mon travail, rappelle-toi. La différence entre ta profession et la mienne, c'est que sur le terrain, les choses ne se passent pas toujours comme on le souhaiterait. La seule chose qui compte, c'est que justice soit finalement rendue.

– Si ce prétendu Vengeur venait à tuer Desjardins à la place d'Alexei, il rendrait un fier service à la communauté, mais nous n'aurions pas d'autre choix que de l'arrêter.

– Je suis d'accord avec toi, mais qu'allons-nous faire si c'est un messager divin ou une créature du même genre ?

– À moins qu'il ait un halo et des ailes, il devra être traité comme n'importe quel autre citoyen qui a commis un crime.

– Et si nous attendions d'avoir tué l'ours avant de vendre sa peau ?

Simon baissa piteusement la tête.

– Sais-tu jouer aux échecs ? demanda Christian.

– Évidemment !

– J'ai vu un jeu très ancien sur le buffet de la salle à manger.

À l'étage, après avoir pris un bain chaud, Danielle s'était assise sur son lit, enroulée dans son peignoir, et tenait les mains d'Alexei dans les siennes.

– Je suis contente que tes amis soient venus t'aider à affronter Frédéric, avoua-t-elle.

– Le malheur, c'est qu'ils ne pourront rien faire. Le Faucheur est un être magique qui doit être vaincu par un autre être magique. Même s'il s'est attaqué à eux, c'est moi qu'il vise et il ne s'arrêtera pas avant de m'avoir affronté en duel, surtout après ce qui s'est passé dans nos autres vies.

– Au moment du procès, tu m'as parlé d'une incarnation pendant laquelle il avait été mon père. Tu m'as dit qu'il m'avait même enfermée dans une tour pour nous empêcher de nous aimer.

– Ce n'est pas la seule fois qu'il l'a fait. Au lieu de se réjouir du bonheur des autres, il sombre de plus en plus dans la jalousie.

– Comment mettre fin à ce cercle vicieux ?

– Il faudrait qu'il essaie de te rendre heureuse, au lieu de te forcer à l'aimer.

– Autrement dit, il doit t'accorder ma main avec un grand sourire.

– Je ne veux pas juste ta main...

– C'est une façon de parler, Alex.

Ils s'embrassèrent tendrement comme pour chasser la malédiction qui pesait sur eux depuis des milliers d'années, mais ce nouveau sentiment de bien-être ne dura pas longtemps. Alexei recula sur le lit, tous ses sens en alerte.

– Que ressens-tu ? demanda Danielle.

– Une énergie que je n'arrive pas à identifier.

– Bonne ou mauvaise ?

– Je n'en sais rien.

Dans la cuisine, Tatiana et Alexanne venaient d'avoir la même réaction que l'homme-loup.

– Qu'est-ce que c'est ? s'alarma la jeune fée.

– Un visiteur.

– Ce ne sont pas les vibrations du père Collin.

– Non, affirma la guérisseuse en se dirigeant vers le vestibule.

– Elle semble les reconnaître, indiqua Sylvain à Alexanne.

Juste pour s'assurer qu'il ne s'agissait pas d'une autre ruse du Faucheur, le journaliste et l'adolescente se précipitèrent pour la rattraper. Ils arrivèrent juste au moment où Tatiana ouvrait la porte à un homme aux cheveux argentés qui portait une petite valise à la main.

– Tu as beaucoup changé, fit la guérisseuse d'une voix étranglée.

– Et toi, tu es encore plus belle que dans mes souvenirs, rétorqua l'étranger avec un fort accent russe.

Sylvain et Alexanne échangèrent un regard interrogateur.

– Je suis content de te revoir, Tatiana. Qui sont tous ces gens avec toi ?

La guérisseuse le fit entrer. Pour la protéger, Christian, Simon, Sylvain et Alexanne l'entouraient. Tatiana fit les présentations.

– Et voici Valéri Sonolovitch, termina-t-elle.

– Pourquoi nous rendez-vous visite, tout à coup ? voulut savoir l'adolescente, suspicieuse.

– Les circonstances me l'ont finalement permis, mademoiselle.

– Vous avez vraiment choisi le mauvais moment pour quitter la Russie.

– Alexanne… l'avertit doucement sa tante.

– Je suis vraiment désolé d'arriver aussi tard, Tatiana, s'excusa Valéri.

– Ce n'est pas ce que je voulais dire, ajouta Alexanne.

– Nous vivons des moments difficiles depuis quelque temps, mais il y a toujours de la place pour un ami chez moi. Viens, je vais te montrer ta chambre.

Valéri la suivit lentement dans les marches.

– Que sais-tu sur cet homme, Alexanne ? demanda Christian à voix basse.

– Il a été le premier amoureux de ma tante. Ils ont été séparés quand mon grand-père a décidé de s'installer au Canada. Ma tante m'a dit qu'il n'avait pas eu une vie facile. Elle est toujours triste lorsqu'elle reçoit une lettre de lui.

– Je pense, comme toi, qu'il aurait dû attendre avant de rendre visite à ta tante, acquiesça Simon.

– Le pauvre homme arrive de Russie, leur rappela Christian. On ne peut tout de même pas lui claquer la porte au nez.

– À mon avis, on devrait lui laisser le choix de partir ou de rester, s'entêta Simon.

– En le mettant au courant de la menace qui plane sur nous, ajouta Sylvain.

– Non ! s'opposa Alexei en dévalant l'escalier. Il ne peut pas rester ici !

– Donne-moi une bonne raison et je le ferai conduire à l'aéroport par la police, lui dit Christian.

– Son énergie est indéchiffrable !

– Je ne crois pas que ce soit un motif valable pour l'expulser.

– Je suis capable de voir l'âme de tout le monde, expliqua l'homme-loup au bord de la panique, mais pas la sienne. Vous n'auriez pas dû le laisser entrer dans la maison.

– Alex, calme-toi, exigea Christian. Alexanne nous dit que c'est un vieil ami de ta sœur.

– Elle ne l'aurait pas invité à coucher s'il était du côté des méchants, ajouta l'adolescente.

– C'est peut-être une illusion créée par le Faucheur, s'entêta Alexei.

– Est-ce possible ? s'inquiéta le policier.

– Après tout ce que j'ai vu depuis le début de cette affaire, c'est une hypothèse à ne pas écarter, admit Sylvain. Toutefois, il me semble que Tatiana l'aurait senti.

– Je ne reviendrai pas avant qu'il soit parti, les menaça Alexei.

– Tu es en train de laisser la peur s'emparer de toi, le gronda sa nièce. Que Valéri soit ou non une création du sorcier, tu dois conserver ton sang-froid.

– Elle a raison, l'appuya Sylvain.

Constatant qu'ils refusaient de l'écouter, Alexei marcha vers la porte et sortit dans la nuit.

– Qu'est-ce qu'on fait ? demanda Christian.

– Quand il est dans un tel état, le mieux, c'est de le laisser tranquille, suggéra Alexanne. Au moins, ses plantes n'ont pas encore eu le temps de pousser, alors il n'essaiera pas de mâcher les feuilles de celles qui engourdissent le mal.

– Il cultive de la drogue ?

– Non. Ce sont des analgésiques.

– Où est-il allé ? s'inquiéta Simon.

– Il se réfugie dans la forêt quand il est contrarié, répondit l'adolescente. Ne vous en faites pas pour lui. Il y a survécu pendant près de dix ans sans aucune aide. Bonne nuit, tout le monde.

Alexanne grimpa à sa chambre, comme si rien ne s'était passé.

– Gardons l'œil ouvert, recommanda Christian. Quelque chose ne tourne pas rond, ici.

Pendant ce temps, Tatiana installait son vieil ami dans la seule chambre qui n'était pas occupée.

– Je ne savais pas que tu avais un petit frère, fit Valéri en posant sa valise sur le lit. Pourquoi ne m'as-tu jamais parlé de lui ?

– Tu sais très bien pourquoi.

– Te crois-tu assez forte pour l'empêcher d'aller jusqu'au bout de la prophétie ?

– Oui, et Alexanne m'aide beaucoup. Elle a plus d'influence sur lui que moi. As-tu traversé l'Atlantique uniquement pour cette raison ?

– Je voulais également te revoir.

– Il se fait tard, Valéri. Nous poursuivrons cette conversation demain, si tu le veux bien.

– Bonne nuit, ma belle amie.

Le cœur tourmenté, Tatiana le quitta en refermant la porte derrière elle.

Chapitre 28
Le Vengeur

Au matin, lorsqu'ils constatèrent qu'Alexei n'était pas rentré, Christian, Sylvain et Simon décidèrent de partir à sa recherche dans la forêt avoisinante. Danielle exprima le vœu de les accompagner, car elle était très inquiète pour son amant, mais ils parvinrent à la convaincre de rester à la maison avec Tatiana, car elle avait eu un lien un peu trop intime avec Desjardins qui, d'ailleurs, cherchait toujours à la reconquérir. Alexanne, elle, fut impossible à dissuader.

– Je sais où il est allé, répliqua-t-elle. Je vous éviterai des heures de fouille.

Les trois hommes obtempérèrent et la laissèrent prendre les devants. Elle les guida sur un sentier qui menait à une petite rivière coulant sur un lit rocheux. Alexei était effectivement assis sur une grosse pierre, au bord de l'eau.

– Laissez-moi tranquille, gronda l'homme-loup.

– J'ai parlé à tante Tatiana, ce matin, déclara Alexanne en faisant fi de sa mauvaise humeur. Elle dit que tu ne peux pas déchiffrer l'énergie de monsieur Sonolovitch parce qu'il est très fort psychiquement.

Alexei pivota vers ses amis.

– Il est venu au Canada pour qu'elle le soigne, ajouta l'adolescente.

– Il y a encore des fées en Russie qui auraient pu le faire.

– Ce sont de vieux amis. Ils n'ont jamais cessé de s'écrire.

– Pourquoi as-tu peur de lui ? demanda Christian.

– Il n'est pas comme les autres.

– Nous redoutons tous ce que nous ne connaissons pas, lui rappela Sylvain, mais si des hommes comme toi et moi n'avaient pas pris de risques par le passé, nous n'aurions rien inventé.

Simon crut alors comprendre ce qui effrayait l'homme-loup.

– Les Vengeurs ont-ils une énergie que les fées sont incapables d'identifier ? demanda-t-il.

– Monsieur Sonolovitch est bien trop vieux pour exécuter qui que ce soit, protesta Alexanne.

– Dans le livre de ta tante, il est dit qu'ils peuvent avoir n'importe quel âge, se rappela Sylvain.

– Cela expliquerait sa soudaine envie de visiter le Canada, en tout cas, ajouta Christian.

– S'il est un Vengeur, Alex, il est certainement ici pour mettre un terme aux crimes du procureur Desjardins, tenta de le rassurer l'adolescente.

– Avant d'aller plus loin, je suggère que nous posions directement la question à monsieur Sonolovitch, les arrêta Sylvain.

– Il est hors de question que je m'approche de lui, les avertit Alexei.

– Bon, d'accord, accepta Alexanne. Nous le ferons sans toi.

Les trois hommes et la jeune fée retournèrent à la maison. Ils y trouvèrent Tatiana en train de boire du thé avec son invité russe et Danielle dans la petite cuisine.

– Où est ton oncle ? s'inquiéta la travailleuse sociale.

– Il ne veut pas rentrer, répondit Alexanne.

– Il craint que monsieur Sonolovitch soit un Vengeur, précisa Sylvain.

Tatiana se contenta de les regarder. Son silence en disait long.

– Êtes-vous ici pour exécuter Alexei ? s'enquit Simon, qui n'aimait pas tourner autour du pot.

– J'ai quitté la Russie pour m'assurer qu'une vieille prophétie ne s'accomplisse pas, répondit le vieil homme avec un calme désarmant.

– Alex ne représente aucun danger pour les autres fées ! le défendit véhémentement Alexanne. Les anges l'ont débarrassé de l'obscurité. Le procureur Desjardins est le sorcier que vous cherchez.

– Je ne fais qu'obéir aux ordres, ma petite.

– Dans ce cas, je vais devoir vous demander de partir, car nous ne vous le livrerons jamais.

– Alexanne, je t'en prie, calme-toi, exigea Tatiana.

– Comment pouvez-vous rester aussi impassible quand cet homme, qui prétend être votre ami, a l'intention de tuer votre frère ?

– Le dénouement de cette affaire est encore obscur.

– En attendant que nous sortions de cette impasse, intervint Sylvain, je propose de conduire monsieur Sonolovitch au village, chez le père Collin, pour qu'Alexei puisse revenir chez lui et dormir dans son lit.

Danielle approuva aussitôt d'un signe de la tête.

– Si cela peut faire baisser la tension dans cette maison, je ne m'y oppose pas, leur fit savoir Tatiana. Le père Collin sera ravi d'avoir un peu de compagnie.

– Je vais aller chercher mes affaires, annonça Valéri.

Il se leva avec beaucoup de difficulté, ce qui fit penser à Christian qu'il n'arriverait jamais à exécuter un jeune homme aussi agile qu'Alexei. Il laissa Sylvain et Simon accompagner le vieil homme à Saint-Juillet. Furieuse, Alexanne était allée s'enfermer dans sa chambre, pour ne plus être en présence de celui qui risquait de lui ravir son âme jumelle.

Sous le porche, Christian regarda partir la voiture du journaliste. Danielle s'approcha alors de lui, pour savoir où elle pourrait trouver son amant. Ne voulant surtout pas la voir s'aventurer seule dans la forêt, le policier la mena jusqu'à la rivière, mais la laissa se rendre seule auprès d'Alexei, qui observait la surface de l'eau, immobile. Danielle s'agenouilla derrière lui et passa ses bras autour de son torse.

– Qu'as-tu fait à cet homme pour qu'il t'en veuille à ce point ? murmura-t-elle à l'oreille d'Alexei.

– Rien du tout. C'est juste ainsi que ça se passe.

– Je ne comprends rien à cette histoire...

– Depuis des siècles, chaque fois qu'une fée mâle naît dans une famille de guérisseuses, un Vengeur l'exécute avant qu'il ait l'occasion de détruire toutes les femmes de sa lignée.

– As-tu l'intention de faire du mal à Tatiana et à Alexanne ?

– Certainement pas, car je leur dois la vie.

– Qu'en est-il des autres fées de ta famille ?

– Je ne sais même pas qui elles sont.

– Est-ce à dire que le Vengeur s'est trompé sur ton compte ?

– Il n'est pas ici pour me juger, Danielle. Son travail est de rétablir l'équilibre entre le bien et le mal.

– Alors il ne peut être ici que pour Frédéric, qui tue à tort et à travers.

– Le procureur n'est pas une fée mâle.

– Alex, je tiens à toi...

Elle l'obligea à pivoter vers elle, mais il baissa la tête pour qu'elle ne voie pas la terreur dans ses yeux pâles.

– Je suis certaine que ta sœur trouvera un compromis.

– Elle ne pourra rien faire.

Alexei tourna vivement la tête vers la maison, au-delà de la futaie.

– Ne me dis pas que c'est Frédéric... s'étrangla Danielle, effrayée.

– Le Vengeur s'éloigne.

– C'est bon signe, non ?

L'homme-loup demeura muet.

– Alex, regarde-moi, exigea la jeune femme.

Il s'exécuta avec beaucoup de réticence.

– Que pouvons-nous faire pour éviter le pire ? demanda-t-elle, toute tremblante.

– Je dois tuer le Faucheur avant que le Vengeur fasse son travail. Je ne veux pas mourir sans que vous soyez tous en sécurité.

Danielle éclata en sanglots amers.

– C'est mon destin... souffla-t-il, ému par ses larmes.

Il la serra contre son cœur et se mit à pleurer avec elle.

– Je n'aurais pas dû tomber amoureux de toi en sachant ce qui m'attendait, murmura l'homme-loup, contrit. Tu vas encore souffrir à cause de moi.

– Si c'est ton destin de mourir de la main de cet homme, alors je mourrai avec toi.

– Depuis la création de nos âmes, c'est toujours moi qui perds la vie pour toi.

– Mettons fin à ce karma en quittant cette vie ensemble, dans ce cas.

Pour ne pas lui laisser le temps de protester, elle s'approcha de lui, posa délicatement ses lèvres sur les siennes en le regardant droit dans les yeux et l'embrassa avec passion. Jamais elle ne laisserait le Faucheur ou le Vengeur lui ravir l'homme qui faisait battre son cœur.

* * *

Pendant ce temps, Alexanne après avoir longuement tourné en rond au milieu de sa chambre sous le regard découragé de Coquelicot et de ses deux chiens, se jeta finalement à plat ventre sur son lit.

– C'est tellement injuste... geignit-elle.

– Peut-être que les anges sauraient comment régler cette impasse, suggéra la minuscule fée assise sur la boîte de mouchoirs en papier.

– Tu es géniale, Coquelicot.

– Pas toujours, mais...

Alexanne s'empara de son cahier. Elle vit alors que les anges avaient répondu à sa question sur la façon de se débarrasser des rôdeurs : *Ceux qui ont le cœur pur les élimineront.* « Ne sont-ils jamais capables de donner des noms ? » se désespéra Alexanne. Elle se mit à écrire une nouvelle requête.

Mes chers anges,

Il est très important que vous écoutiez ma prière et que vous intercédiez auprès de Dieu, car apparemment, c'est lui qui dépêche les Vengeurs sur Terre pour éliminer les plus grandes menaces de l'humanité. Il y a eu erreur et vous devez le prévenir le plus rapidement possible. Mon oncle Alexei n'est pas une mauvaise personne. Jamais il ne ferait de mal à qui que ce soit. Même lorsqu'il était possédé par le mal, il n'a jamais cherché à tuer un autre être humain. Ce n'est pas sa faute s'il est né dans une famille de fées qui croient aux vieilles prophéties. Je vous en prie, sauvez-le.

Alexanne

Elle referma le cahier et éclata en sanglots. Les deux chiens grimpèrent aussitôt sur le lit pour lui lécher le visage.

– Ils t'aideront, voulut la rassurer Coquelicot.

– S'il meurt, une partie de mon cœur mourra avec lui… hoqueta Alexanne.

La sonnerie du téléphone les fit sursauter.

– Réponds, ordonna la petite fée blonde. C'est Matthieu.

Alexanne ne prit même pas le temps d'essuyer ses larmes et décrocha le combiné. La seule personne qui pouvait lui redonner un peu de courage se trouvait à l'autre bout du monde…

Chapitre 29

Un choix à faire

Tandis qu'ils se rendaient au village, Simon observa attentivement le vieil homme russe assis sur le siège du passager devant lui. On lui avait dit que Valéri était dans la cinquantaine, mais il semblait avoir au moins soixante-dix ans. Son visage était parcheminé, et ses mains tremblaient légèrement. Jamais il ne rattraperait Alexei si ce dernier prenait la fuite…

– Qui est le procureur Desjardins ? demanda Valéri à brûle-pourpoint.

– Cet homme faisait partie d'une secte établie non loin d'ici, répondit Sylvain. Toutefois, il n'habitait pas avec le reste de la communauté. Tout en travaillant pour le bureau du procureur général, il se chargeait aussi d'exécuter des gens pour le compte du chef de la secte.

– Pourquoi Alexanne a-t-elle dit que c'était un sorcier ?

– Il se sert de pentagrammes pour piéger ses victimes et il utilise les services d'une créature sortie tout droit de l'enfer pour surveiller leurs gestes avant de les tuer.

– Quelle est la relation entre cet homme et Alexei ?

– Ils sont devenus des ennemis mortels depuis qu'Alexei a dénoncé le chef de la secte et que son témoignage l'a fait emprisonner.

– Et vous, là-dedans ?

– Nous sommes les amis d'Alexei.

– Vraiment ?

– Si nous sommes tous chez sa sœur, en ce moment, ajouta Simon, c'est pour aider Alexei à mettre la main sur Desjardins avant qu'il nous tue tous.

Sylvain lui parla ensuite du père Collin, et de son lien avec les Kalinovsky à la suite de l'exorcisme qu'il avait pratiqué sur Alexei. Lorsqu'ils s'arrêtèrent finalement devant la petite maison qu'il habitait au bord du lac, Valéri connaissait presque tout le parcours de l'ancien jésuite.

Simon se chargea de la valise du vieux Russe tandis que Sylvain aidait ce dernier à sortir de la voiture. Le père Collin vint immédiatement à leur rencontre.

– Je suis désolé de m'imposer ainsi, monsieur Collin, s'excusa Valéri.

– Vous me faites plaisir en acceptant mon hospitalité, monsieur Sonolovitch. Il y a fort longtemps que je n'ai pas eu de compagnie.

Le jésuite se tourna alors vers le journaliste et l'avocat.

– Dites à Tatiana que je prendrai bien soin de lui.

– Elle le sait déjà, père Collin, affirma Sylvain.

Les deux hommes entrèrent dans la maison, afin de faire davantage connaissance. Alors qu'ils étaient en route pour Saint-Juillet, la guérisseuse avait téléphoné au père Collin pour lui expliquer pourquoi elle ne pouvait pas garder son vieil ami chez elle.

Après avoir déposé les affaires de Valéri dans la chambre d'invités, le jésuite lui offrit du café et bavarda avec lui près de l'âtre du salon.

– Je parie que Tatiana vous a déjà mis au courant de la situation.

– C'est exact, affirma le père Collin. J'imagine que vous n'aurez pas besoin d'un pendentif.

– Je reçois déjà toute la protection dont j'ai besoin directement du Créateur.

– C'est lui qui vous a envoyé ici ?

– Lui ou l'un de ses lieutenants. Je ne saurais le dire exactement. Une voix a murmuré à mon oreille : « Valéri, tu dois partir et servir ton seigneur au Canada. Ses brebis ont besoin que tu les protèges d'un sorcier. »

– Il ne vous a pas révélé le nom de cet homme ?

– Il a dit que les Ivanova pourraient me renseigner. J'ai écrit à Tatiana pour lui demander s'il s'agissait de son frère Vladimir, mais elle m'a appris qu'il avait récemment péri dans un accident de voiture. Elle ne m'a jamais parlé d'Alexei. Je sais bien qu'il est naturel de protéger les membres de sa famille, mais malgré la grande amitié qui nous unit, elle et moi, je dois faire mon travail.

– Êtes-vous bien sûr que c'est Alexei que vous cherchez ?

– En arrivant dans la région, j'ai tout de suite senti son énergie.

– Tatiana adore son petit frère. Elle ne vous laissera pas l'exécuter.

– Elle n'y peut rien, pas plus que moi. Cette décision ne nous appartient pas.

– Ne pourriez-vous pas expliquer à votre patron céleste qu'Alexei ne mérite pas la mort uniquement parce qu'il est né dans une famille de fées ? C'est un homme bon qui ne cherche qu'à faire le bien, même s'il le fait souvent de façon maladroite.

– Il ne cessera jamais d'être un sorcier pour autant, monsieur Collin. Mon devoir est de m'assurer qu'il ne mette pas en péril le travail des guérisseuses reliées aux Ivanova.

– Si Tatiana ne vous a jamais parlé de lui, alors vous ignorez qu'il a mené jusqu'à présent une vie tragique et qu'il mérite d'être récompensé pour ses efforts des dernières années. Il apprend à aimer les autres et tout ce qu'il désire, c'est de les sauver des plans meurtriers du procureur.

– En tuant cet homme ?

– C'est ce qu'il dit sous le coup de la colère, mais je suis certain que lorsqu'il sera enfin face à face avec le sorcier, il se rappellera les leçons d'amour et de charité de sa sœur.

– On m'a demandé de neutraliser un seul sorcier.

– Alors, je vous en conjure, monsieur Sonolovitch, choisissez le bon. Rappelez-vous que Desjardins a froidement assassiné de nombreuses personnes, tandis qu'Alex ne l'a jamais fait.

– Je demeurerai à l'affût des messages du Seigneur. C'est tout ce que je peux faire.

* * *

Lorsque Sylvain et Simon revinrent chez les Kalinovsky, ils furent accueillis par l'arôme appétissant d'une lasagne végétarienne, mais ils ne trouvèrent que Christian et Tatiana dans la salle à manger.

– Où sont les autres ? s'inquiéta Sylvain.

– Je crains qu'ils n'aient pas beaucoup d'appétit, en ce moment, répondit Tatiana.

– Je n'en aurais pas non plus si j'étais condamné à mort, avoua Simon en s'asseyant.

– L'avenir d'Alexei est encore nébuleux, monsieur Perron.

– Les intentions de votre ami m'ont plutôt semblé explicites.

– Depuis que le nom du procureur a été évoqué, Valéri n'est plus certain de l'identité du sorcier qu'il cherche. Il attendra un signe du ciel avant de frapper.

– Auquel cas, je devrai l'arrêter, lui rappela Christian.

– Comme si c'était possible, soupira la guérisseuse.

Intrigué, Sylvain la pria d'étoffer sa réponse.

– Les légendes prétendent que les Vengeurs n'ont pas besoin de toucher leurs victimes pour les exécuter.

– Ce n'est pas tellement plus clair dans mon esprit, avoua Christian en fronçant les sourcils.

– Leur seule présence suffit, poursuivit donc Tatiana. Que je sache, la loi ne prévoit rien concernant la combustion spontanée.

– C'est donc pour ça qu'Alex ne voulait pas s'approcher de lui ! comprit Sylvain.

– Quelqu'un pourrait-il me dire ce que c'est ? s'enquit Christian.

– C'est lorsqu'une personne brûle de l'intérieur vers l'extérieur sans cause apparente, expliqua le journaliste. On ne sait pas ce qui provoque ce phénomène, mais certaines victimes ont été retrouvées calcinées dans leur fauteuil qui, lui, n'avait pas été touché par le feu.

– Mais c'est impossible, voyons ! s'exclama Simon.

– Ces cas ont pourtant été répertoriés par des pompiers dans plusieurs pays du monde.

– S'agissait-il d'exécutions de la part de Vengeurs ? se troubla Christian.

– C'est possible, répondit Tatiana, car c'est ainsi qu'ils opèrent.

Ils mangèrent en silence. Toutefois, l'esprit du policier était en ébullition. Quelque chose ne tournait pas rond dans cette explication farfelue. Il avala son repas en étudiant tout ce qui s'était passé depuis l'arrivée de Sonolovitch.

– Je te montrerai des images sur l'ordinateur, tout à l'heure, chuchota Sylvain à son oreille.

Christian douta qu'elles lui apportent les réponses qu'il cherchait, mais il voulait voir ce phénomène de ses propres yeux.

Chapitre 30
Le cromlech

Alexanne ne quitta sa chambre que le lendemain matin, toujours fâchée, mais surtout affamée. Elle se risqua dans la cuisine et fut soulagée de constater que les autres n'étaient pas encore levés. Elle prépara un bol de céréales et y versa du lait. Lorsqu'elle referma la porte du réfrigérateur, elle aperçut Tatiana, immobile à l'entrée de la pièce.

– Je comprends ta colère, mais avant de me juger, attends la suite des événements.

– Que mon oncle soit mort, vous voulez dire ?

– Apprends à faire davantage confiance au ciel, jeune fée.

L'adolescente sortit avec ses céréales pour ne pas être obligée de poursuivre cette conversation inutile. Elle ressentit aussitôt l'énergie turbulente d'Alexei. Il s'était réfugié dans le garage qui lui servait de serre durant la saison froide. Tout en avalant son déjeuner, elle s'y rendit. Elle passa la tête dans l'embrasure de la porte et vit que son oncle méditait, les yeux fermés, assis en tailleur, sur un petit tapis.

– Va-t'en, grommela Alexei.

– Je suis venu te dire que je te protégerai.

– Tu ne peux rien faire.

– J'ai des pouvoirs, moi aussi.

L'homme-loup ne jugea pas nécessaire de répliquer.

– Monsieur Sonolovitch est un vieil homme. Tu peux certainement courir plus vite que lui.

– Il finira par me retrouver, peu importe où j'irai.

– Est-ce que tu comprends ce que je te dis ? Je ne laisserai personne te faire de mal.

– J'en ai assez de me battre pour survivre… pour me faire comprendre… pour me faire aimer…

– Surtout, ne me tiens pas ce genre de langage, Alexei. Tu n'es pas le monstre dont parle cette vieille prophétie russe. Tu as un grand cœur, même si tu ne sais pas toujours comment t'en servir.

Alexei n'ouvrit qu'un œil.

– Tu es mon âme jumelle, poursuivit sa nièce. Ce que tu ressens, je le ressens aussi. Ce que tu vis, je le vis aussi. Et si tu devais mourir…

– Tais-toi ! hurla-il en bondissant sur ses pieds.

Autrefois, son éclat de voix aurait terrifié Alexanne, mais elle avait appris à connaître cet homme qui ne maîtrisait pas toujours ses émotions.

– Personne n'a le même destin !

– Tu n'as aucune raison de te mettre en colère.

– Je vais régler mes comptes moi-même avec le Faucheur, et gare à toi si tu oses intervenir.

– On verra.

Alexanne sortit du garage pour aller terminer ses céréales sur la balancelle. Coquelicot s'empressa de la rejoindre. Elle s'accrocha par les bras au bord du bol.

– C'était plutôt orageux, dis donc, laissa tomber la minuscule créature.

– J'ai tout de même su garder mon calme.

– Il va encore faire une bêtise, n'est-ce pas ?

– Pas cette fois-ci, Coquelicot. Je tiens à conserver le bonheur que j'ai trouvé ici. Je ne le laisserai pas mourir.

– Tu es aussi têtue que lui.

– Merci.

Dans la maison, n'ayant pas trouvé Alexei près d'elle à son réveil, Danielle s'était mise à sa recherche. Elle arriva finalement dans la cuisine où Tatiana écarquilla les yeux avec émerveillement en l'apercevant.

– Dites-moi que c'est une bonne nouvelle... souffla la jeune femme, pleine d'espoir.

– Venez vous asseoir un instant.

Intriguée, Danielle s'installa sur la chaise à bascule. Tatiana s'approcha d'elle et lui prit les mains.

– Comme vous le savez, les fées possèdent des pouvoirs de perception supérieurs, surtout en ce qui a trait à la détection des maladies et à leur traitement.

– Mon foie est enfin guéri ?

– Ce n'est pas de lui que je veux vous parler, mais je n'y détecte cependant aucun malaise. Je fais plutôt allusion à une addition dans votre corps.

– Une tumeur ? s'effraya la jeune femme.

– Vous êtes enceinte, Danielle.

Au lieu de s'en réjouir, la fée sentit qu'une grande tristesse s'emparait de Danielle.

– Je ne veux pas donner naissance à un enfant qui n'aura pas de père, s'étrangla-t-elle.

– Ne renoncez pas trop vite au bonheur. Les anges n'ont pas encore dit leur dernier mot.

– Où est Alex ?

– Il médite dans le garage.

Danielle quitta la maison en essuyant ses larmes. « Pourquoi la vie s'acharne-t-elle contre moi ? » se découragea-t-elle. Elle aurait préféré ne rien dire à son amant, afin de ne pas le distraire pendant son guet, mais les fées devinaient toujours tout. Lorsqu'elle pénétra dans la serre improvisée, Alexei se leva sans cacher sa surprise.

– Il y a un point lumineux sur ton ventre, s'étonna-t-il en se hâtant vers elle.

– Sais-tu ce qu'il signifie ?

– Viens. Nous allons demander à Tatiana de te soigner tout de suite.

Il la prit par la main, mais elle résista.

– Ce n'est pas une maladie, Alex. C'est une nouvelle vie.

Le regard incrédule de l'homme-loup descendit du visage au ventre de la jeune femme.

– Je pense que nous avons fait ça la nuit dernière, poursuivit Danielle.

– Nous ?

– Va-t-il falloir que je t'explique d'où viennent les bébés ?

– Non... je... mais...

– Je me doutais que tu n'aurais pas la même réaction que les autres hommes, mais là, tu me renverses. Dis-moi au moins si tu es content ou contrarié.

– Je suis profondément inquiet... Tu seras encore plus vulnérable.

Elle sortit le pendentif du père Collin de son corsage.

– À mon avis, il nous protégera tous les deux. Et puis, il est bien connu que les femmes deviennent redoutables lorsqu'elles sont enceintes. Dis-moi exactement ce que tu ressens, Alex.

– Je suis si ignorant...

– C'est une petite fée que je porte. Qui d'autre pourrait lui enseigner ce qu'elle a vraiment besoin de savoir ? Moi, je n'entends pas chanter les arbres ni les rivières. Je ne ressens pas l'approche des gens et je suis incapable de deviner leurs pensées. C'est moi qui suis véritablement ignorante, ici.

Alexei attira Danielle dans ses bras et l'étreignit en tentant désespérément de démêler ses sentiments.

– Je t'aime, murmura la jeune femme.

Ils demeurèrent blottis l'un contre l'autre un long moment, jusqu'à ce que Danielle éprouve l'envie de signaler son nouvel état à toute la planète. Serrant la main du futur papa dans la sienne, elle le força à entrer dans la maison, où le reste du groupe déjeunait. Quant à Alexanne, elle venait de laver son bol et s'apprêtait à retourner dans sa chambre.

– C'est quoi, cette lumière ? s'étonna la jeune fée.

– C'est ta première cousine, répondit fièrement Danielle.

– Génial !

Christian, Simon et Sylvain félicitèrent les futurs parents.

– Mais comment es-tu sûre que ce n'est pas un garçon ? s'enquit Alexanne.

– Je n'en sais rien, en fait, avoua Danielle.

– Le sexe du fœtus n'est pas encore déterminé, mais l'esprit qui tourne autour de vous a envie d'être une fille, lui apprit Tatiana.

– Qui tourne autour d'elle ? s'étonna l'adolescente.

– La vie entre dans le corps au premier souffle et la quitte au dernier souffle. Cependant, les âmes choisissent très tôt leurs futurs parents et elles accompagnent leurs mamans jusqu'à la naissance.

– Il est donc faux de dire que les bébés entendent tout ce qu'elles leur disent tandis qu'ils sont dans leur ventre ?

– Au contraire. Ils entendent tout, mais pas avec leurs organes incomplets. Ce sont leurs âmes qui voient et enregistrent tout ce que vivent leurs mères.

– Je ne pourrais donc pas vous le cacher, si la même chose m'arrivait...

– Pas dans cette famille, non.

– Peut-on annoncer la nouvelle à nos proches ? demanda alors Simon.

– Non, s'empressa de répondre Alexei. Le Faucheur pourrait l'apprendre.

– Il a raison, l'appuya Christian. Il ne faut lui fournir aucune information qu'il pourrait utiliser contre Alex.

– Moi aussi, j'ai une bonne nouvelle, lança alors Sylvain. J'ai terminé les pentagrammes dont nous nous servirons contre Desjardins.

– Quand comptes-tu aller les dessiner sur les menhirs ? se réjouit Simon.

– Les conditions seront parfaites dans trois jours. J'aurais aimé voir le cromlech avant la soirée fatidique, mais monsieur Richard ne pourra se joindre à nous que pour le rituel.

– Je sais où ils sont, affirma Alexei.

– Moi aussi, lui fit écho Alexanne.

– Qu'attendons-nous pour y aller ? s'enthousiasma Sylvain.

– Il faut que l'un d'entre nous reste ici avec Tatiana et Danielle, les avertit Christian.

– Alors, ce sera moi, décida Simon.

Christian lui remit son revolver.

– Sais-tu t'en servir ?

Simon hocha affirmativement la tête. Le petit groupe se mit donc en route, guidé par Alexei.

– Tes dessins pourront vraiment retenir le Faucheur ? demanda-t-il à Sylvain sans s'arrêter de marcher.

– Il s'agit du même stratagème qu'il aime utiliser lui-même, mais avec des symboles divins, qui sont, à mon avis, beaucoup plus puissants, affirma le journaliste.

– Pourrait-il les déjouer ? voulut savoir Alexanne.

– C'est impossible à prévoir, puisque nous ne connaissons pas vraiment l'étendue de ses pouvoirs.

– Pourrai-je lui passer les menottes sans qu'il me change en crapaud ? plaisanta Christian.

Alexei s'arrêta net et se retourna pour faire face à ses amis.

– C'était une farce… sauf pour les menottes.

– À quoi servirait-il de le remettre dans une cellule d'où il s'évadera encore ? s'enquit l'homme-loup en recommençant à marcher.

– S'il a un puissant pouvoir de persuasion comme le prétend Sylvain, il obligera encore une fois ses gardiens à le laisser sortir et il effacera tout souvenir de sa fuite de leur mémoire.

– On pourrait dessiner d'autres pentagrammes sur les murs de sa cellule, suggéra Alexanne.

– Qu'il aura tôt fait d'altérer, se démoralisa Sylvain.

– J'entends très bien ce que vous vous efforcez de ne pas me dire, les avertit Christian. Sachez tout de suite que je ne suis pas devenu policier pour jouer de la gâchette.

– Ce qu'il nous faudrait, c'est une incantation pour l'envoyer directement en enfer sans le tuer, fit innocemment Alexanne.

– Dans les grimoires sur lesquels on peut mettre la main, il n'y a que de pâles imitations de ce que nous croyons être des formules magiques, avoua le journaliste.

– Le Vengeur les connaît peut-être ? suggéra Christian.

Personne ne jugea nécessaire de répondre à sa question. Ils suivirent le sentier en silence pendant quelques minutes.

– Peut-être que Desjardins se suicidera quand il se sentira coincé, laissa tomber Sylvain, au bout d'un moment.

– On peut toujours rêver, soupira Christian.

Ils arrivèrent finalement au cromlech. Sylvain marcha tout autour en comptant les pierres droites.

– Plus besoin d'aller en Angleterre pour voir des enclos à druides ! s'exclama Christian.

– Monsieur Richard m'a dit qu'il y en avait huit, mais j'en vois dix.

– Ça pose un problème ? hasarda Christian.

– Les pentagrammes forment un tout. Il ne doit pas y avoir de brèches entre eux. Si je n'en trouve pas d'autres d'ici trois jours, cela pourrait avoir des résultats désastreux.

– Comme ?

– Créer d'autres gargouilles volantes ?

– Nous ne voulons pas ça.

– Le cromlech pourra-t-il quand même servir de trappe à sorcier ? voulut savoir Alexanne.

– Il est parfait, approuva Sylvain.

– Que comptes-tu utiliser pour attirer Desjardins jusqu'ici ? l'interrogea Christian.

– Moi, répondit Alexei.

– Non, sérieusement ?

– À moins que tu te portes volontaire, Christian.

– Évidemment que je le ferai à la place d'Alexei. Je suis ici pour l'arrêter.

– Ce n'est pas toi qu'il veut, lui rappela l'homme-loup.

– Tu vas te tenir au milieu de cette arène scellée par de la magie en présence de ton pire ennemi ?

– Je ne le crains pas.

– As-tu pensé qu'il pourrait te tuer avant que tu n'aies remué le petit doigt ?

– Il ne viendra pas jusqu'ici si je n'y suis pas.

– Alex, écoute-moi, fit Christian en posant les mains sur les épaules de l'homme-loup. Si tu tues Desjardins, je devrai t'arrêter et, sincèrement, je n'en ai pas du tout envie, surtout que tu auras bientôt un bébé. Promets-moi que tu te contenteras de l'immobiliser, le temps que je lui passe les menottes.

Alexei soupira bruyamment, afin d'indiquer qu'il n'aimait pas cette façon de procéder.

– Promets-le-moi, insista le policier.

– À une condition. S'il réussit à s'échapper, tu me laisseras le traquer sans me barrer la route.

– J'accepte, fit Christian, qui espérait secrètement que le plan de son ami Sylvain fonctionnerait.

Une fois que le journaliste eut dessiné les menhirs sur son bloc-notes, le groupe entreprit de rentrer.

– Est-ce que tu as peur de devenir père, Alex ? lui demanda le journaliste qui marchait directement derrière lui.

– Je ne me sens pas suffisamment instruit pour élever un enfant. Je sais à peine lire et écrire.

– Tu pourrais apprendre en même temps que lui. Et puis, il y a Danielle, aussi.

– Ça ne sert à rien de parler de tout ça, s'apitoya Alexei, puisque je ne vivrai peut-être pas assez longtemps pour le connaître.

– S'il te plaît, reste positif, sinon tu vas t'attirer exactement ce que tu redoutes, l'avertit Christian.

– Mais qu'est-ce que j'entends ? fit Sylvain en se moquant. Une parole de sagesse dans la bouche du grand délinquant Pelletier ?

Le policier éclata de rire, ce qui détendit immédiatement l'atmosphère au sein du groupe.

– Tu dois connaître Christian depuis longtemps pour lui parler ainsi, remarqua Alexei.

– Nous habitions dans le même quartier lorsque nous étions gamins, expliqua le journaliste.

– Et puisque nous nous retrouvions toujours dans les mêmes classes, il a bien fallu que je lui parle, ajouta Christian en riant.

– Nous nous sommes séparés au cégep, car il était fort en sciences et moi, en lettres, poursuivit Sylvain. Mais nous sommes restés copains.

– Jusqu'à ce qu'il se marie, nous allions prendre une bière au moins deux fois par semaine. C'est un rituel de célibataires.

– C'est quoi, de la bière ?

Tout le reste du trajet, Christian tenta de le lui expliquer, pour finalement en venir à la conclusion que c'était une boisson débilitante qui leur faisait passer la moitié de leurs soirées aux toilettes. C'est donc en riant qu'ils revinrent vers la propriété de Tatiana.

Chapitre 31
La prière

Tandis qu'Alexei conduisait ses amis au cromlech, Tatiana bavarda avec Simon. Il lui parla de sa femme et de ses filles, qui lui manquaient beaucoup. Il avait rencontré Annick en première année du secondaire à Québec. Ils avaient étudié le droit ensemble, mais elle était devenue notaire, alors qu'il avait poursuivi une carrière de plaideur. Ils s'étaient mariés et avaient attendu un peu avant d'avoir des enfants. Annick avait mis son travail de côté pour les élever. C'était une mère formidable qui ne rabaissait jamais les petites, même lorsqu'elles faisaient des bêtises, et qui se faisait un devoir de leur faire vivre autant d'expériences qu'elle le pouvait pour bien les préparer à la vie.

Tout en écoutant Simon, la guérisseuse scrutait régulièrement les alentours. Non seulement elle savait où était rendu le petit groupe d'explorateurs dans la forêt, mais elle gardait également un œil sur Danielle, qui s'était retirée dans le salon. Lorsqu'ils entendirent les éclats de rire au fond de la propriété, Simon prit congé de son hôtesse et alla au-devant du groupe. Tatiana en profita donc pour rejoindre sa belle-sœur. Elle la trouva agenouillée devant le canapé, les mains jointes.

– Danielle, est-ce que ça va ? demanda la fée.

– Oui. Je priais.

Tatiana s'assit près d'elle, le regard débordant de tendresse.

– Je demandais moi aussi au ciel de protéger Alexei, parce que je veux que ma fille connaisse son père et parce que je voudrais avoir d'autres enfants avec lui. Les anges peuvent-ils vraiment nous entendre ?

– Ils nous entendent, Danielle, et ils font tout ce qu'on leur demande, lorsqu'on leur adresse nos requêtes de la bonne façon. Je suis persuadée, au plus profond de mon être, qu'ils ne laisseront pas tomber Alexei, parce qu'il marche maintenant sur le bon sentier. Ils arriveront à convaincre les hautes autorités célestes qu'il ne représente aucun danger pour les autres fées.

– Il n'a jamais fait de mal à personne, même lorsqu'on le persécutait...

– Vous avez raison. Toutefois, il n'arrive pas encore à dominer sa colère. C'est ce qui a mené le Vengeur jusqu'ici. Vous voyez, la vie ressemble à une énorme toile d'araignée sur laquelle nous évoluons. Ceux qui ont le pied léger n'éprouvent jamais d'ennuis, mais ceux qui martèlent le réseau de fils en marchant attirent l'attention des prédateurs invisibles et sont victimes d'incessants malheurs.

– Dites-moi ce que je dois faire pour qu'il ne se fâche plus. Alex est intelligent. Il finira par comprendre qu'il doit maîtriser son tempérament s'il veut survivre.

– Je crains qu'il ne faille le lui répéter jusqu'à ce qu'il l'entende. Me permettez-vous de prier avec vous ?

– Mais bien sûr.

Tatiana prit les mains de Danielle et ferma les yeux. Au même moment, dans le village de Saint-Juillet, Valéri faisait exactement la même chose, à genoux devant le crucifix suspendu contre le mur de sa chambre. En silence, le jésuite l'observait de la porte.

– Priez-vous encore, monsieur Collin ? demanda le vieux Russe.

– Tous les jours, monsieur Sonolovitch.

– Recevez-vous des réponses à vos prières ?

– Toujours. Et vous ?

– Non, pas toujours.

Le père Collin s'avança dans la pièce.

– Et aujourd'hui ? voulut-il savoir.

– Rien du tout. Je ne sais pas encore ce que je ferai et je suis certes trop vieux pour donner la chasse à un jeune loup comme Alexei.

Valéri se releva et alla s'asseoir sur le fauteuil de lecture de sa chambre. Son hôte préféra rester debout.

– Il pourrait donc vous échapper ? avança le jésuite.

– C'est possible. Dans un tel cas, j'imagine que je recevrai de plus amples instructions.

– J'ai beaucoup de difficulté à concevoir un dieu cruel et vengeur envers ses créatures, monsieur Sonolovitch.

– Il n'est ni l'un ni l'autre. La seule chose qui le préoccupe, c'est la justice. Il a créé les fées pour soigner les hommes et il ne désire pas les voir périr de la main d'un jeune sorcier troublé. Moi, je suis d'avis que le Créateur nous rend un fier service en choisissant des Vengeurs parmi ses meilleurs serviteurs.

– Avez-vous fait ça toute votre vie ?

– Non. Ce n'est pas un poste permanent, vous savez. Les Vengeurs n'apparaissent que lorsqu'il y a un danger.

– Donc, si je comprends bien, lorsque vous aurez éliminé Alexei, vous redeviendrez un homme ordinaire et vous retournerez en Russie ?

– J'aurai rempli ma mission, mais je ne retournerai pas dans mon pays natal. J'épouserai plutôt Tatiana, ce que j'aurais dû faire il y a fort longtemps.

– Croyez-vous sincèrement qu'elle acceptera de partager votre vie une fois que vous aurez pris celle de son frère ?

– Elle sait depuis longtemps que c'est le destin d'Alexei.

Ne partageant pas l'opinion de son invité, le jésuite lui souhaita une bonne nuit et regagna sa chambre.

* * *

Simon rejoignit Alexei, Sylvain, Christian et Alexanne à l'orée de la forêt et les ramena à la maison en écoutant leurs commentaires sur l'endroit où ils tendraient le piège.

– Je vais aller mettre mes pentacles en ordre et en trouver deux autres pour fermer le cercle, déclara le journaliste.

– Surtout, ne te trompe pas, le taquina Christian.

Sylvain s'installa dans le salon et fit des recherches supplémentaires sur l'ordinateur, puis se mit à dessiner les deux éléments magiques manquants. Lorsqu'il eut terminé, il se rendit compte qu'il était seul. Il écrivit à sa femme pour prendre des nouvelles d'elle et de leur bébé, puis se mit à la recherche des autres. Simon fut le premier qu'il trouva. Il était assis dans la bibliothèque, profondément concentré sur le vieux livre qu'il tenait avec précaution entre les mains.

– Tu lis le russe ? s'étonna Sylvain.

– Certains de ces livres sont en anglais, répliqua l'avocat en levant les yeux de l'ouvrage.

– De quoi parle celui-là ?

– C'est un bouquin qui résume les manifestations du mal dans le monde. Si ce qu'il raconte est vrai, alors nos problèmes sont bien insignifiants en comparaison de ceux que connaissent certains pays. As-tu maintenant tout ce dont tu as besoin ?

– Je suis tombé sur d'autres symboles presque par enchantement. Je suis prêt à procéder au rituel.

– J'ai encore quelque difficulté à admettre que de simples dessins aient le pouvoir de nous transporter instantanément dans un autre monde. Mais si tu peux rendre à Desjardins la monnaie de sa pièce en utilisant le même stratagème, j'en éprouverai un plaisir malsain.

– Il sera fait comme un rat dès qu'il mettra le pied à l'intérieur du cromlech. Non seulement mes pentagrammes l'empêcheront de s'échapper, mais ils neutraliseront aussi ses facultés maléfiques.

– En es-tu certain ?

– J'en suis absolument certain.

Pendant qu'ils discutaient de la façon de capturer ensuite le sorcier, Christian se balançait sur la galerie en écoutant les bruits de la nuit. Même s'il avait toujours travaillé à Montréal, il aimait la campagne. Il avait d'ailleurs toujours acheté ses maisons en banlieue, si possible au bord de l'eau, car elle avait un effet apaisant sur lui. Son téléphone sonna dans sa poche.

– Pelletier, répondit-il sans même regarder qui l'appelait sur l'écran.

– Comment te débrouilles-tu, grand exorciste ? demanda Mélissa.

– Je suis content de te parler, Dalpé.

– Tu n'es pas obligé d'attendre que je t'appelle, tu sais.

– J'ai passé la journée dans la forêt.

– Moi, j'ai trouvé d'autres informations sur ton cas.

– J'écoute.

– Tu ne sauras rien à moins de venir dîner avec moi, ce soir.

– Je suis à l'autre bout du monde, Dalpé ! Saint-Juillet se trouve à au moins deux heures de ton appartement.

Sa collègue raccrocha sans rien ajouter.

– Dalpé ? Dalpé ?

Christian émit un grondement de mécontentement et vit qu'Alexei l'observait, quelques pas plus loin.

– Elle m'a raccroché au nez !

– Rappelle-la.

Le policier s'exécuta.

– D'accord, tu gagnes, soupira-t-il.

– Je t'attends à vingt heures.

Elle raccrocha à nouveau.

– Pourquoi les femmes nous font-elles toujours faire ce qu'elles veulent ? intervint Alexei.

– Je crains que ce ne soit ainsi depuis la nuit des temps. Nous ne pouvons pas nous passer d'elles, alors nous continuons à nous plier à leurs quatre volontés.

– J'aime ta façon de parler, Christian.

– Je parle comme tout le monde, voyons.

– Non. Tu utilises des images différentes, exagérées.

– Oh, ça. C'est bien la première fois qu'on me complimente à ce sujet. En général, mes hyperboles irritent les autres.

Tatiana sortit alors de la maison et leur tendit des tasses de thé.

– Ça va vous réchauffer un peu.

– C'est gentil, mais je vais devoir me mettre en route dans quelques minutes, fit Christian en prenant l'une des tasses.

Alexei refusa l'autre et entra dans la maison. Tatiana prit place sur la deuxième chaise à bascule.

– Il est fâché contre vous, nota le policier.

– Je sais, mais je ne peux rien y faire. Ses prochains gestes décideront de son destin.

– Comme nous tous.

Christian termina son thé. Il informa la guérisseuse qu'il retournait à Montréal et qu'il ne rentrerait que le lendemain.

Chapitre 32
Mélissa

Puisque Christian possédait la clé de l'appartement de sa collègue, il ne prit pas la peine de frapper et entra dans son superbe loft, malheureusement situé au milieu de la ville. Il poussa la porte et s'étonna de trouver l'endroit plongé dans l'obscurité. Seules deux bougies éclairaient le coin où se dressaient la table et les chaises.

– Dalpé ?

Il glissa la main à l'intérieur de son veston et se rappela qu'il avait confié son arme à Simon.

– Je suis là. Entre et referme la porte.

Christian fit ce qu'elle demandait, de plus en plus intrigué.

– Y a-t-il une panne d'électricité ? demanda-t-il.

Mélissa sortit de l'ombre. Elle portait une robe rouge moulante et tenait deux verres de vin à la main.

– Est-ce que j'arrive à un mauvais moment ? hasarda-t-il.

– Non. Tu es même à l'heure, ce qui m'étonne et m'enchante à la fois.

– Êtes-vous l'inspecteur Mélissa Dalpé ?

Il accepta la coupe qu'elle lui tendait.

– À notre avenir, proposa-t-elle.

Christian but une première gorgée de vin en se demandant où elle voulait en venir.

– Viens t'asseoir. C'est prêt.

Il la suivit jusqu'à la table.

– Je me sentirais mieux si on allumait des lampes, avoua-t-il.

– Tu es vraiment le moins romantique de tous les hommes que j'ai connus.

– Je suis venu jusqu'ici pour apprendre ce que tu as découvert sur la suppléante, pas pour manger dans le noir.

– Nous en parlerons après le repas.

Christian déposa son verre, mais n'eut pas le temps de s'asseoir. Mélissa l'enlaça et l'embrassa. Malgré son envie de résister et d'en revenir à des relations plus professionnelles, il s'abandonna à son étreinte jusqu'à ce qu'elle y mette fin elle-même.

– C'était l'entrée, annonça-t-elle en s'éloignant.

– Si nous menions toutes nos séances d'informations de cette façon, nous attirerions beaucoup plus de recrues dans les forces policières, laissa-t-il tomber.

Mélissa revint avec deux assiettes de poisson, de riz et de légumes.

– Je n'arrive pas à croire que tu t'es donné tout ce mal pour moi.

– Tes autres petites amies ne cuisinent jamais pour toi ?

– Quelles autres petites amies ?

– Tu seras content d'apprendre que nous avons enfin une piste sérieuse.

– Revenons aux petites amies, si tu le veux bien.

– C'est parfaitement inutile, puisque j'ai décidé que ce serait maintenant plus sérieux entre toi et moi.

– Pourquoi ? Tout se passait très bien comme ça.

– Et si tu veux que ça continue, il va falloir me promettre que tu ne coucheras qu'avec moi.

– Mais…

– Et ne me cite pas les articles de la Charte des droits et libertés de la personne. J'y suis parfaitement insensible.

– Mélissa, as-tu bu ?

– Es-tu en train de me dire que pour t'aimer, il faut être ivre, Christian ?

– Pas du tout. Pourquoi les femmes sont-elles toutes si compliquées ?

– Parce qu'elles ne peuvent pas s'assurer autrement de la fidélité des hommes.

– Tu veux vraiment qu'on sorte ensemble ?

– Va-t-il falloir que je te fasse un dessin en plus ?

– Pourquoi ne commences-tu pas par me demander si j'ai envie de m'engager à ce stade-ci de ma vie ?

– Parce que je ne veux pas t'entendre répondre que tu ne le seras jamais.

Christian s'adossa contre sa chaise, fâché de s'être fait piéger ainsi.

– Ne fais pas cette tête-là. Qu'est-ce qu'il y a de si terrible à ne coucher qu'avec une seule femme à la fois, Pelletier ? Je ne t'ai pas demandé de m'épouser. Je veux seulement que nous nous fréquentions comme des gens normaux.

Il se mit à manger pour ne pas avoir à répondre à sa question.

– La suppléante n'a pas de permis de conduire, mais elle possède un véhicule, lâcha sa collègue. C'est un camping-car que son père lui a légué à sa mort.

– Où l'as-tu appris ?

– J'ai interrogé sa tante pendant que tu chassais les sorciers. Elle m'a donné une bonne description du véhicule, qui porte sans doute une plaque d'immatriculation volée. J'ai averti toutes nos unités sur la route.

– Excellent travail… et excellente cuisine. Je suis impressionné.

– Tu n'as encore rien vu.

Elle lui fit un clin d'œil, pour qu'il comprenne qu'il ne sortirait pas du loft avant le lendemain.

Chapitre 33

Magie noire

Entouré de cierges noirs, dans une pièce sombre, Frédéric Desjardins était assis en tailleur, le dos très droit. Parfaitement immobile, son regard était absent. Rien de ce qui s'était passé chez les Kalinovsky ne lui avait échappé. Le rassemblement des amis de Mikal à cet endroit allait lui permettre de tous les tuer d'un seul coup. Il ne pouvait évidemment pas voir ce qu'ils faisaient lorsqu'ils se trouvaient à l'intérieur de la maison de la fée, mais dès qu'ils en sortaient, il suivait tous leurs gestes grâce aux yeux des rôdeurs. Il ne comprenait pas encore pourquoi ils avaient visité un vieux cercle de pierres au bord de la rivière, mais il devinait que quelque chose allait certainement s'y passer, à moins qu'il ne les tue avant...

Frédéric portait le nom de sa mère, mais il était bel et bien le fils d'Hugues Robin, qu'on appelait aussi le Jaguar. Le chef de la secte avait eu de nombreux enfants en trente-cinq ans, mais c'était à son aîné qu'il avait réservé le rôle du Faucheur, cet assassin furtif qui lui assurait la soumission de ses disciples. À l'adolescence, il l'avait confié à un nécromant qui se terrait à Laval afin qu'il devienne son apprenti. Puisqu'il lui fallait aussi une couverture derrière laquelle Frédéric pourrait procéder à l'exécution des déserteurs, Robin lui avait payé des études de droit.

Excellant en tout, le jeune homme avait rapidement grimpé les échelons de sa profession et était même devenu substitut du procureur général à Montréal. Puisqu'il avait juré obéissance à son père, Frédéric mettait tout de côté chaque fois que ce dernier lui rapportait la disparition d'un membre de la secte. S'il n'avait pas eu recours à la magie noire, le jeune avocat aurait mis des mois à retrouver les fautifs et il n'aurait pas pu faire naître autant d'effroi dans le cœur des disciples qui vivaient toujours à l'intérieur des palissades. C'était justement parce qu'il exécutait ses proies dans les quarante-huit heures de leur évasion que tous le craignaient tant… tous, sauf Mikal.

Alexei venait à peine d'arriver à la forteresse lorsque le Jaguar en avait exilé Frédéric. À cette époque, l'adolescent ne comprenait pas encore ce que son père attendait de lui, alors il avait voué une profonde haine au nouveau venu. Au fil des ans, les rares fois où il avait parlé au Jaguar, Frédéric avait entendu ce dernier maugréer contre son rival, qui était de plus en plus rebelle même si le gourou lui offrait de poursuivre un jour sa grande œuvre sur la montagne. Le Faucheur avait patiemment attendu son heure, car il savait que Mikal finirait par s'enfuir, mais il avait encore une fois été privé de sa vengeance. Le récalcitrant, qui avait survécu aux tirs des sentinelles de la forteresse, avait mystérieusement sombré dans un état second qui l'avait soustrait à ses recherches.

Le nécromant lui-même ne comprit pas pourquoi le jeune Russe, que certains disciples disaient avoir aperçu dans la forêt des mois après sa disparition, échappait à ses pouvoirs maléfiques. Tout comme Frédéric, il ignorait qu'Alexei était sous l'emprise d'un sortilège et que le mal ne voulait pas le partager avec eux. Heureusement, le vent avait tourné.

Le seul regret du jeune avocat avait été de ne pas avoir tué Mikal avant qu'il fasse condamner Hugues Robin. Pourtant, il en avait eu l'occasion au cours des semaines qui avaient précédé le procès. Trop sûr de lui, Frédéric avait tenté de disculper son père avant de s'en prendre à cet ingrat de Kalinovsky.

– Tu ne m'échapperas pas cette fois-ci, démon… murmura le Faucheur, en transe.

Afin de lui permettre de retracer rapidement les fuyards, le Jaguar avait fait prélever de fines touffes de cheveux sur chacun de ses disciples. Il les avait conservées dans de petits sacs en plastique bien identifiés, au fond d'un coffre dissimulé dans ses quartiers personnels. Dès qu'une évasion se produisait, il faisait parvenir au Faucheur la mèche de cheveux du fugitif, ce qui lui permettait de le retrouver instantanément.

La police avait emporté toutes les affaires personnelles du Jaguar, mais elle n'avait pas déniché ses cachettes. Frédéric était donc retourné à la forteresse et les avait vidées de leur contenu. Il possédait maintenant tout ce dont il avait besoin pour punir Mikal. Puisque les portes des palissades étaient cadenassées, le Faucheur y avait élu domicile. Personne ne viendrait l'importuner. Comme le lui avait enseigné son vil maître, il avait passé de longues semaines à préparer sa salle de sacrifices, traçant des pentagrammes sur le plancher et sur les murs avec son propre sang. Ce ne fut que lorsqu'il parvint à invoquer les rôdeurs et à les lancer aux trousses de ses victimes qu'il comprit qu'il était enfin prêt à mettre à mort ses ennemis.

Sans se presser, Frédéric prit le petit sac placé au milieu d'un pentagramme dessiné au centre du pentacle géant qui occupait toute la pièce. Il contenait une mèche de cheveux noirs.

– Tu viendras à moi, et tes amis te suivront… puis ils perdront la vie à cause de toi…

Il déposa les cheveux dans un cratère en pierre du diable et prononça un très ancien mantra condamné par les anges. Il les saupoudra ensuite d'une fine poudre noire qu'il matérialisa à partir de rien au bout de ses doigts.

– Viens à moi, Mikal… commanda-t-il avec un rictus cruel.

La voix qui sortait de cet être déformé par la haine n'était plus celle qui avait fait condamner des criminels pendant plus de dix ans dans les cours de justice. Elle était plus rauque, plus primitive, et ressemblait aux grondements d'un prédateur.

Une petite flamme s'éleva du vase antique et atteignit une vingtaine de centimètres. Le visage de l'homme-loup apparut soudain dans sa partie la plus élevée.

* * *

Alexei se réveilla en sursaut et s'assit brusquement dans son lit, couvert de sueur.

– Que se passe-t-il, mon amour ? s'inquiéta Danielle en se redressant à son tour.

– N'entends-tu pas cette voix ?

La jeune femme tendit l'oreille.

– Non, Alex. La maison est tout à fait silencieuse.

Son amant repoussa les draps et marcha jusqu'à la fenêtre. Il appuya les mains sur la vitre, attentif.

– Que te dit-elle ? voulut savoir Danielle.

– Elle prononce mon nom…

Craignant que ce soit une ruse du sorcier, elle enfila son peignoir et courut jusqu'à la chambre de la guérisseuse.

– Tatiana, j'ai besoin de vous ! implora Danielle en frappant à la porte.

La fée ne mit que quelques secondes pour ouvrir.

– Venez vite !

La future maman lui prit la main et la tira jusqu'à sa propre chambre. Alexei était toujours là, immobile et obnubilé par les paroles du sortilège.

– Il entend quelque chose, mais il n'y a rien, précisa Danielle, prise de panique.

– Laissez-moi m'occuper de lui, fit la guérisseuse d'une voix très calme.

Tatiana s'approcha de son petit frère et posa lentement la main sur son épaule pour explorer ce que lui rapportaient ses sens de fée. Alexei se tourna vers elle, les yeux chargés d'interrogation.

– Je ne reconnais pas cette voix, Tatiana...

L'odeur de la fumée chatouilla les narines des deux femmes.

– Ses cheveux ! s'exclama Danielle. Ils brûlent !

La fée obligea Alexei à s'agenouiller devant elle et tenta d'éteindre la petite flamme en frappant sa tête du plat de la main. Voyant que le geste ne donnait aucun résultat, Danielle annonça qu'elle allait chercher de l'eau. Profitant de l'absence momentanée de la jeune femme, Tatiana, qui avait fort bien compris la provenance du phénomène, décida plutôt d'utiliser sa magie pour repousser cette attaque pernicieuse de l'ombre.

Elle plaça une paume sur le front d'Alexei et l'autre sur sa nuque et prononça de douces paroles en russe. Un léger brouillard doré se forma à partir du milieu de son corps et enveloppa les deux fées. Un verre d'eau à la main, Danielle se figea à l'entrée de la chambre. Alertée par l'odeur du feu, Alexanne arriva près d'elle.

– Que se passe-t-il ? demanda l'adolescente.

– Je n'en sais rien... avoua la travailleuse sociale, stupéfaite.

Tatiana et Alexei baignaient dans un cocon ambré où de petites étincelles multicolores semblaient flotter au ralenti.

– Les fées ne supportent pas l'obscurité ! s'exclama alors la guérisseuse. Retourne d'où tu viens, suppôt de Satan !

Les petites étoiles se mirent à tourner autour des deux créatures magiques, comme si elles venaient d'être capturées par une tornade. Le vent qui s'en échappa repoussa tous les objets contre les murs et obligea les deux spectatrices à s'agripper à l'encadrement de la porte. Puis, d'un seul coup, la lumière fonça vers la fenêtre. Alexanne craignit que le verre ne vole en éclats, mais il n'en fit rien. La substance éthérée passa à travers sans l'altérer.

Alexei battit des paupières comme s'il venait de se réveiller.

– Que fais-tu dans ma chambre ? demanda-t-il à sa sœur.

– Tu étais sous l'emprise du sorcier, Alex.

– Moi ?

– Il tentait subtilement de t'attirer jusqu'à lui.

– Je nous croyais saufs ici, s'étonna Danielle.

– Nous le sommes, mais le procureur semble posséder un lien quelconque avec Alexei.

– C'est impossible, se défendit l'homme-loup.

– Vous êtes tous les deux sorciers, lui rappela Alexanne.

Son oncle lui décocha un regard meurtrier.

– Vous n'avez plus rien à craindre, fit Tatiana en poussant sa nièce dans le corridor et en refermant la porte derrière elle.

– Qu'y avait-il dans cette lumière ? demanda Alexanne. Qu'avez-vous fait à Alexei ?

– J'ai expulsé de ma maison l'énergie qui s'était emparée de lui, un geste offensif que les fées ne devraient jamais faire.

– Pourquoi ?

– Nous sommes sur cette planète pour soulager la maladie et la misère, pas pour repousser les attaques des sorciers.

– On ne peut tout de même pas laisser le procureur tuer Alexei sans rien faire, protesta Alexanne. Je suis certaine que les anges le comprennent.

– Le ciel n'enregistre que le bien et le mal, ma soie. L'agression ne fait pas partie de la première catégorie, surtout lorsqu'elle est perpétrée par une fée. C'est ce type d'intention ou de comportement négatif qui attire les Vengeurs.

– Et puisque mon oncle ne réagit que par la colère...

– J'ai bien tenté de le rendre aussi inoffensif que nous et j'ai même cru réussir lorsqu'il s'est mis à cultiver des plantes médicinales, mais il nous est arrivé tant de choses depuis.

– Moi, je suis persuadée qu'il deviendra doux comme un agneau dès que le procureur sera derrière les barreaux.

– S'il parvient à échapper au Vengeur.

Alexanne soupira de découragement.

– Je ferai tout ce que je pourrai pour garder mon oncle en vie. Vous êtes vraiment très pâle, tout à coup, tante Tatiana. Pourrais-je vous préparer une tisane qui redonne de l'énergie ?

– Il va me falloir quelque chose d'un peu plus fort, cette fois.

Elles descendirent à la bibliothèque, puis pénétrèrent dans la pièce secrète de la fée. Alexanne garda le silence tandis qu'elle préparait dans un petit verre une boisson couleur de rubis. Dès qu'elle en eut bu la moitié, la guérisseuse reprit son aplomb.

– Qu'avez-vous mis dans la lumière pour qu'elle parvienne à expulser le sorcier ? redemanda l'adolescente.

– J'ai fait appel à l'énergie des anges guerriers sous la gouverne de saint Michel. Cela m'a permis d'extraire le mauvais sort du corps d'Alexei et de le renvoyer vers le Faucheur.

– J'ignorais que les fées possédaient un tel pouvoir.

– Elles en possèdent bien d'autres dont elles ne doivent jamais se servir. Celles qui font fi de cet avertissement deviennent des sorcières. J'ai dérogé à nos règles, ce soir, dans l'unique but de délivrer mon frère et de faire savoir à notre ennemi que nous n'avons pas l'intention de nous laisser malmener sans riposter. Ce n'était pas digne d'une fée, mais ça nous permettra de gagner un peu de temps jusqu'à ce que monsieur Paré soit prêt à poser son piège.

Tatiana but le reste de la potion et déposa le verre sur sa table de travail. Alexanne se faufila alors entre ses bras et l'étreignit avec affection.

– Si j'étais le sorcier, j'aurais très peur de vous, la taquina l'adolescente.

– Ne te moque pas de moi, jeune fille.

– Vous êtes vraiment terrible quand vous vous mettez en colère.

– Ça suffit. Retournons nous coucher. Nous aurons besoin de toutes nos forces pour traverser les prochains jours.

Elles remontèrent l'escalier et se séparèrent sur le palier. Alexanne retourna dans sa chambre et alluma le plafonnier.

– Il est impossible de dormir, ici, grommela Coquelicot, couchée dans la plante suspendue devant la fenêtre.

– Si tu n'es pas contente, je vais t'ouvrir la fenêtre pour que tu trouves un coin tranquille dans le jardin.

La petite créature rabattit la plus proche feuille pardessus sa tête en grognant. Sans se préoccuper d'elle, Alexanne alla chercher son cahier d'anges sur sa commode.

Sous sa requête concernant le Vengeur, elle trouva cette réponse :

Le ciel ne vous l'envoie que lorsque l'équilibre magique de votre planète est menacé. Ne mettez pas en doute ses intentions ou sa mission. C'est Dieu lui-même qui la lui confie.

Découragée, l'adolescente mit l'album de côté et éteignit la lampe.

– Enfin… laissa échapper Coquelicot.

Alexanne n'eut même pas le cœur de répliquer. Elle remonta les couvertures jusqu'à son menton et sanglota en silence.

Chapitre 34

De justesse

Lorsqu'ils arrivèrent, chacun dans leur véhicule, devant l'immeuble où se situaient les locaux de la police provinciale, Christian et Mélissa s'arrêtèrent un moment devant la porte d'entrée.

– Je veux bien faire un essai de sédentarisme, mais je préférerais qu'on n'en parle pas tout de suite au bureau, d'accord ? fit le célibataire endurci.

– Ça me va.

En adoptant son air préoccupé habituel, Christian traversa la grande salle où les agents répondaient au téléphone et s'occupaient des affaires quotidiennes. Exauçant son souhait, sa collègue le suivit quelques secondes plus tard. Malgré leurs efforts pour dissimuler leur nouvelle relation, tous souriaient sur leur passage. Mélissa entra dans son bureau, mais Christian s'arrêta net devant la porte du sien. Tous les murs étaient couverts de pentagrammes rouges ! Furieux, le policier pivota vers ses hommes.

– Qui est le plaisantin qui a refait ma décoration ? lança-t-il sur un ton qui ne prêtait pas à rire.

Le silence tomba sur l'étage. Christian dirigea son regard vers ceux qu'il croyait capables de lui jouer un tour aussi cruel. Il n'y avait pourtant aucun sourire sur leur visage. Ils semblaient plutôt aussi surpris que lui. L'un d'eux alla même jusqu'à s'approcher de l'inspecteur et jeter un œil par-dessus son épaule.

– Je te jure que ce n'était pas là quand j'ai déposé ton courrier sur ton bureau, il y a à peine une heure, affirma-t-il, interloqué.

– Qui est arrivé après toi ?

– La plupart d'entre nous.

– Aucun étranger ?

– Personne n'a mis le pied dans ton bureau, Christian, affirma le plus vieux des agents.

Intriguée par la soudaine absence de bruit, Mélissa vint voir ce qui se passait.

– Écoutez-moi bien, lâcha son collègue en faisant de gros efforts pour rester calme. Je ne sévirai pas contre le farceur qui a barbouillé mes murs. Je veux juste savoir qui c'est. S'il ne veut pas se faire connaître devant les autres, j'apprécierais qu'il m'envoie un courriel m'expliquant le but de cette blague de mauvais goût.

– Et si c'était... commença Mélissa.

– Quelqu'un de l'extérieur ? la coupa Christian pour qu'elle ne se mette pas en plus à parler de sorcellerie devant ses subalternes.

La jeune femme comprit qu'il voulait la faire taire et se contenta de passer sous son bras pour entrer voir elle-même l'étendue des dommages dans le bureau. Christian la suivit et referma la porte pour que les autres n'entendent pas ce qu'ils avaient à se dire.

– Je ne voudrais surtout pas te faire peur, fit Mélissa, mais ces dessins sont absolument semblables à ceux qu'on a photographiés sur ta maison.

– Quoi ? Il faut sortir d'ici tout de suite !

Il saisit sa collègue par le bras et voulut ouvrir la porte. Elle refusa de bouger ! Il lâcha Mélissa et s'attaqua à deux mains à la poignée, la secouant de toutes ses forces. Il tenta donc d'enfoncer la porte avec son épaule, puis avec ses pieds, pendant que Mélissa cherchait un objet capable de défoncer le bois. Voyant bien qu'il n'arrivait à rien, Christian se tourna vers sa compagne.

– Mets ta main sur mes yeux ! ordonna-t-il, au bord de la panique.

– Pourquoi ?

– Fais ce que je te dis !

Elle obtempéra. À son tour, Christian masqua les yeux de Mélissa.

– À quoi joues-tu ?

– Il ne faut pas regarder ces symboles, même si on ne les comprend pas. Je n'ai pas envie qu'on se retrouve tous les deux sur un autel de sacrifices.

– Combien de temps conserverons-nous cette position palpitante ?

– Jusqu'à ce que quelqu'un nous délivre.

– Mais personne n'ose te déranger quand tu fermes ta porte. Pis encore, ils savent que tu travailles souvent jusqu'aux petites heures de la nuit.

– Alors, essayons autre chose. Je veux que tu cries à pleins poumons.

– Pourquoi pas toi ? s'étonna Mélissa.

– Parce qu'ils vont réagir beaucoup plus rapidement si c'est toi.

De la fumée commença à monter du plancher.

– Est-ce que tu sens la même chose que moi ? s'alarma Christian.

Mélissa, qui n'avait envie de mourir ni de la main de Desjardins, ni brûlée vive sur son lieu de travail, se mit à pousser des hurlements de terreur. Les agents réagirent sur-le-champ et foncèrent pour ouvrir la porte. Non seulement ils constatèrent qu'elle était bloquée, mais de la fumée s'échappait par le seuil. L'un d'eux eut la présence d'esprit d'aller chercher la hache enfermée dans une boîte de verre accrochée au mur. Il se mit aussitôt à l'abattre sur la paroi en bois qu'il défonça en quelques secondes.

Une dense fumée envahit immédiatement la grande salle et déclencha le système d'alarme. Couvrant son visage, un des agents plongea à l'intérieur et en sortit avec les deux inspecteurs, qui toussaient violemment. Des flammes jaillirent du bureau en même temps que les extincteurs automatiques se mettaient à arroser l'endroit. Les policiers se hâtèrent vers la sortie et attendirent les pompiers de l'autre côté de la rue.

Voyant que Christian et Mélissa avaient du mal à respirer, deux policiers parmi les plus expérimentés les firent monter à bord d'une voiture de patrouille et les conduisirent de toute urgence à l'hôpital. Mélissa laissa les urgentistes faire leur travail, tandis que son collègue ne cherchait qu'à descendre de la table d'examen.

– Si vous ne me laissez pas terminer cet examen, je vous ferai ligoter, monsieur Pelletier, l'avertit le médecin.

Christian s'immobilisa et scruta le visage de l'intimidateur : ce n'était pas Desjardins.

– J'ai seulement avalé un peu de fumée…

– Au lieu de vous débattre, dites-moi plutôt ce qui vous est arrivé.

– Le satané sorcier a mis le feu à mon bureau pendant que j'étais dedans ! s'exclama Christian en regrettant aussitôt son choix de mots.

– Vous ne présentez aucune lésion ou détresse des voies respiratoires. Avez-vous eu des vertiges ou des vomissements avant d'arriver ici ?

– Non…

– Des convulsions ou des douleurs à la poitrine ?

– Non plus…

– N'a-t-on pas également incendié votre maison, il n'y a pas longtemps ?

– Les flammes l'ont consumée jusqu'au sol.

– Étiez-vous à l'intérieur de votre bureau ?

– J'ai été secouru juste à temps.

Le médecin examina ses yeux et lui fit deux prises de sang.

– À quand remonte votre dernier examen psychologique, monsieur Pelletier ? demanda-t-il tandis qu'il collait un petit pansement sur son bras.

– Êtes-vous en train d'insinuer que je suis un pyromane ?

– Je n'ai rien dit de tel.

– Alors sachez que quelqu'un essaie de me tuer, en ce moment.

– Un sorcier ? C'est bien ça ?

Christian se mordit la langue, pour ne pas lui dire crûment sa façon de penser.

– Vous pouvez vous rhabiller, monsieur Pelletier.

– Je n'ai pas besoin d'un psychologue, mais d'un garde du corps, grommela le policier tandis que l'urgentiste quittait la salle d'examen.

Irrité, Christian remit sa chemise et son veston, puis sortit de la pièce. Mélissa l'attendait, assise sur une chaise droite. Elle était pâle et abattue.

– Est-ce que ça va ? s'inquiéta son nouvel amant.

– La fumée n'a pas fait de dommage.

– Le médecin t'a-t-il posé des questions sur ta santé mentale ?

– Seulement sur la tienne.

Le visage de Christian s'empourpra.

– Desjardins est vraiment doué. S'il ne réussit pas à avoir ma peau, il va certainement me faire perdre mon emploi.

– Le service ne peut pas se passer d'un bon enquêteur. Il se pourrait, par contre, qu'on t'enlève tes dossiers pour t'en confier d'autres en prétendant que cette histoire de secte t'a atteint un peu trop personnellement.

– Est-ce de ma faute si nous avons affaire à un sorcier rancunier ?

– Ils n'aimeront pas non plus que tu t'associes à une bande d'amateurs qui se prennent pour des policiers.

– Une bande d'amateurs ? explosa Christian.

Mélissa lui saisit la manche et le tira à l'extérieur des urgences.

– Tu n'as aucune raison de te fâcher, l'avertit la jeune femme. Nous sommes tous inquiets de te voir agir de façon irrationnelle.

– Et toi ? Ça ne te trouble pas de fréquenter un homme qu'on juge instable mentalement ?

– Pas du tout. Je te connais mieux que toi-même. Mets-toi un peu à la place de nos patrons. Ils se posent de plus en plus de questions sur ton emploi du temps et sur ton implication dans cette affaire, qui ne regarde que les Kalinovsky.

– Quoi ? Ça fait deux fois que j'échappe de justesse à la mort ! Je ne suis pas un Kalinovsky, que je sache !

– Calme-toi.

– Si je leur explique que je traque une gargouille volante et un assassin capable de piéger ses victimes en barbouillant leurs murs, je vais passer pour un fou.

– Et si tu prenais quelques semaines de vacances ?

– Je vais faire mieux que ça. Je vais donner ma démission.

– Ne sois pas stupide. Desjardins ne vaut pas la peine que tu ruines ta carrière de policier pour lui. Allez, viens.

Nous allons marcher un peu avant d'appeler un taxi. Ça te donnera le temps de te défouler.

– Pour ça, il faudrait que je frappe sur quelque chose.

Elle l'obligea à avancer sur le trottoir, malgré ses grognements de mécontentement.

Chapitre 35
Félix

Pendant que son mari aidait les Kalinovsky à capturer Frédéric Desjardins, Maryse Dubois s'était installée chez sa mère avec son bébé. Sylvain ne lui avait évidemment pas parlé des tentatives de meurtres, des monstres volants et des pièges tendus par le fugitif, car sa femme avait une certaine propension à l'hystérie lorsqu'elle était confrontée à l'étrange.

Marie-Rose Dubois était une femme énergique et en pleine forme, malgré ses soixante ans passés. Elle avait pris sa retraite après la naissance de son petit-fils, afin d'être disponible chaque fois que Maryse aurait besoin d'elle. Le petit Félix était devenu le point central de sa vie.

Il était un peu plus de neuf heures du matin lorsque Marie-Rose rejoignit sa fille dans la cuisine.

– Où est notre petit prince ? s'étonna-t-elle.

– Il est paresseux comme son père, se moqua Maryse.

– En parlant de lui, quand reviendra-t-il ?

– Il m'a dit hier qu'il avait presque terminé ses recherches. J'imagine qu'il sera ici d'un jour à l'autre.

– Où chasse-t-il des fantômes, cette fois-ci ?

– Quelque part dans les Laurentides.

– Quand il t'a épousée, il m'a promis qu'il deviendrait un vrai journaliste, et pourtant, il travaille encore pour un magazine de trucs insensés.

– Cela ne l'empêche pas d'être un remarquable reporter. Il n'a tout simplement pas trouvé de journal qui lui convienne.

– Parce que les bonnes entreprises ne veulent pas entendre parler de spectres, de monstres du lac Champlain ou de loups-garous, ma chérie.

– Il a quand même un bon salaire.

– Je vais aller réveiller Félix, décida la grand-mère pour mettre fin à cette conversation qui, une fois de plus, n'allait nulle part.

Marie-Rose trouva étrange, en mettant les pieds dans la chambre du bébé, que le store en plastique sur la fenêtre soit tout de travers. Elle le replaça et le fit rouler vers le haut. La moustiquaire était déchirée !

– Félix ! s'alarma la grand-mère.

Elle se précipita vers le berceau et se détendit en l'apercevant au milieu du matelas, paisiblement endormi.

– Il est temps de te réveiller, mon trésor.

Elle secoua doucement sa petite main, mais il demeura inerte. Inquiète, Marie-Rose le prit dans ses bras : il était mou comme une poupée de chiffon !

– Maryse ! hurla la grand-mère, terrifiée.

Elle déposa le petit sur la table à langer et posa l'oreille contre sa poitrine.

– Que se passe-t-il ? s'alarma la mère en se hâtant près de son fils.

– Il ne respire plus !

Maryse entreprit aussitôt des manœuvres de réanimation.

– Appelle le 9-1-1 !

Les ambulanciers arrivèrent, quelques minutes plus tard. Ils prirent en charge l'enfant et laissèrent les deux femmes monter dans le véhicule d'urgence avec eux.

Dans la salle d'attente de l'hôpital Pierre-Boucher, Maryse se mit à tourner en rond en se rongeant les ongles. Des larmes coulaient sur son visage et elle n'écoutait aucune des paroles de réconfort de Marie-Rose ou du personnel hospitalier. Sylvain entra en trombe dans les urgences.

– Où est mon fils ? rugit-il comme un lion.

Maryse lui sauta dans les bras. Il n'eut cependant pas le temps de la rassurer, car le médecin sortait de la salle d'examen. Son air affligé planta un poignard dans le cœur des parents.

– Non... s'effondra Maryse.

– Nous avons fait tout ce que nous avons pu. Je suis vraiment désolé.

– Comment est-ce arrivé ?

– Je ne peux rien vous révéler avant l'autopsie.

Inexplicablement, Sylvain poussa sa femme dans les bras de Marie-Rose et entra dans la pièce où on avait constaté le décès de son fils.

– Monsieur Paré... voulut le retenir l'urgentiste.

Sylvain s'approcha du petit corps inerte. Sa gorge bleuie lui fit comprendre qu'il avait été étouffé. Par qui ? Avant de trouver le coupable, il fallait d'abord lui procurer un miracle.

– Accroche-toi, mon ange.

Le père pressa le bébé contre sa poitrine et referma son veston sur son petit corps, ce qui lui donnerait une longueur d'avance sur tous ceux qui tenteraient de l'empêcher de quitter l'hôpital. Il sortit de la salle d'examen, passa outre Maryse et sa belle-mère et se dirigea d'un pas rapide vers la sortie.

– Sylvain ! le rappela sa femme.

– Il a pris l'enfant ! s'exclama l'infirmière qui avait été chargée de transporter le bébé à la morgue.

Maryse s'élança et rattrapa son époux dans le parking, au moment où il entrait dans sa voiture.

– Sylvain, tu ne peux pas faire ça !

– Monte ou laisse-moi partir.

Elle sauta sur le siège du passager et eut à peine le temps de refermer la portière qu'il démarrait en catastrophe.

– Je souffre autant que toi, mais nous ne pouvons plus rien faire… pleura la pauvre femme.

– Il n'est pas encore trop tard pour lui.

– Il est mort, Sylvain ! Mort !

Elle s'époumona à le convaincre de faire demi-tour pendant une demi-heure, puis, voyant qu'elle n'arrivait à rien, lui demanda de lui remettre le corps. Sylvain refusa.

– Dis-moi où nous allons.

– Chez les Kalinovsky.

– Chez l'homme qui faisait partie d'une secte ? s'horrifia-t-elle.

– Sa sœur est une guérisseuse.

– As-tu perdu la raison ? Personne ne peut plus rien faire pour Félix.

* * *

Alexei se balançait avec Danielle sur la galerie lorsqu'il flaira l'approche du véhicule, bien avant qu'il ne s'engage dans le rang.

– Sylvain est de retour, annonça-t-il. Il n'est pas seul. Il y a beaucoup de tristesse dans leurs cœurs.

Ressentant la même chose que lui, Tatiana et Alexanne sortirent de la maison.

– Il est arrivé malheur à Félix, devina l'adolescente.

La voiture s'immobilisa dans un horrible grincement de freins. Le journaliste en sortit comme s'il avait été propulsé d'un siège éjectable.

– Aidez-moi ! implora-t-il.

– Ne touchez pas à mon bébé ! hurla Maryse en arrivant derrière lui.

Sylvain déposa le petit cadavre dans les bras de l'homme-loup. Simon, alerté par les cris, comprit d'un seul coup d'œil, en mettant le pied sous le porche, la menace que représentait la femme hystérique. Il fonça et l'empêcha de s'en prendre à Alexei, recevant à sa place une volée de poings. Danielle se précipita pour lui prêter main-forte. Tandis que l'avocat tentait d'immobiliser Maryse, la travailleuse sociale se mit à la rassurer.

– Je ne veux pas que vous utilisiez mon bébé dans vos messes noires !

– Mais de quoi parlez-vous ? s'étonna Simon.

– Je vous en prie, calmez-vous, réclama Danielle. Ces gens ne vous veulent aucun mal.

Afin de rétablir un climat dans lequel les fées pourraient faire usage de leurs merveilleux talents, Tatiana n'y alla pas par quatre chemins. Elle plaça ses mains sur les tempes de Maryse, lui insufflant suffisamment d'énergie anesthésiante pour faire cesser ses cris.

– S'il faut que tu prennes ma vie pour ranimer mon fils, fais-le, déclara Sylvain à Alexei.

L'homme-loup commença par hésiter, car l'utilisation d'une aussi grande quantité d'énergie l'affaiblirait considérablement et permettrait au Vengeur de le surprendre. Il tourna la tête vers sa sœur aînée, sollicitant son avis.

– Tu sais ce que tu risques, répondit Tatiana.

– Je te protégerai, Alex, promit Alexanne.

Alexei déposa l'enfant sur la chaise à bascule et s'agenouilla devant lui. Il posa doucement les mains sur sa petite poitrine et ferma les yeux. Une éclatante lumière jaillit aussitôt de ses paumes. Le phénomène ne dura que quelques secondes, puis l'homme-loup chancela et faillit tomber à la renverse. Alexanne amortit sa chute sur le plancher, tandis que le bébé éclatait en sanglots.

– Mais comment est-ce possible ? murmura Maryse, que Simon tenait toujours en équilibre.

– Ce sont des fées, s'étrangla Sylvain qui pleurait de joie.

En tremblant, il cueillit son fils et embrassa son visage et ses petites mains, puis il l'apporta à sa femme stupéfaite qui, elle, n'était nullement en état de le prendre dans ses bras. Tatiana les conduisit alors au salon et les fit asseoir sur le canapé. Elle revint ensuite sur la galerie pour voir comment s'en sortait son frère. Danielle et Simon avaient réussi à le remettre sur pied, mais il était en bien piteux état.

– Nous allons l'aider à monter dans sa chambre, annonça l'avocat.

– Non, s'opposa catégoriquement Tatiana. Allez le coucher sur le plancher de ma chambre secrète. C'est le seul endroit qui lui permettra de reprendre rapidement des forces.

Alexanne les suivit, au cas où ils auraient besoin d'elle. Danielle s'agenouilla près de son amant et caressa ses cheveux.

– Tiens bon, mon amour...

Le sauveteur de l'enfant avait tellement de mal à respirer qu'on entendait siffler l'air qui tentait de se frayer un chemin jusque dans ses poumons. Alexanne allait se risquer à utiliser ses nouveaux dons de guérison sur lui lorsqu'elle pressentit un grand danger. Alexei ouvrit les paupières juste assez grandes pour qu'elle entrevoie l'insistance dans ses yeux pâles.

– Je m'en occupe, répondit l'adolescente en quittant précipitamment la chambre secrète.

Elle croisa sa tante dans le vestibule.

– Alexanne, non, ordonna Tatiana.

– Je suis une fée, moi aussi, répliqua sa nièce en se dirigeant vers la cuisine.

Elle sortit dans la cour et planta fermement ses pieds dans le sol, laissant son esprit scruter la région. Alerté par la guérisseuse, Simon la rejoignit.

– Contre quoi nous battrons-nous, cette fois ? s'enquit-il.

– Le rôdeur ! s'exclama-t-elle.

La bête ailée tomba du ciel sans avertissement. À la manière d'un joueur de football, Simon fonça sur la fée et la plaqua au sol. Les griffes de la gargouille fendirent l'air.

– Ça ne se passera pas comme ça ! s'écria Alexanne en se relevant.

Elle plongea les mains dans le panier de pommes et se mit à bombarder la chauve-souris. N'ayant aucune autre arme à sa disposition, l'avocat en fit autant. Toutefois, au lieu de décourager leur assaillant, ils ne firent que l'irriter davantage. En poussant un cri assourdissant, le rôdeur plongea sur les humains à la manière d'un boulet de canon. Simon saisit le poignet d'Alexanne et l'entraîna en courant vers la maison. Au moment où l'animal allait enfoncer ses longues griffes dans leur dos, un coup de feu retentit. Mortellement touchée, la gargouille percuta le sol et roula plusieurs fois sur elle-même avant de s'arrêter.

Consternés, la jeune fée et l'avocat furent d'abord incapables de détourner le regard de la dépouille grisâtre. Puis, convaincus qu'elle ne se relèverait pas, ils se tournèrent d'un côté, puis de l'autre, et aperçurent Christian, l'arme au poing. Ce dernier, immobile, continuait à viser la bête. Le bras tendu, il s'approcha du rôdeur et l'examina pendant de longues minutes. Il ne serait plus jamais capable d'oublier cette silhouette sortie tout droit d'un cauchemar.

– Tu nous as sauvé la vie, articula enfin Simon.

– Il y en a peut-être d'autres dans les parages, fit le policier. Retournez dans la maison.

Ils ne discutèrent pas et se dépêchèrent de grimper les marches qui menaient à la porte de la cuisine. Tatiana était debout devant la grande fenêtre et observait la scène avec une impassibilité déconcertante.

– Attendez-moi dans le salon, leur dit-elle dans un murmure.

Lorsque Simon et Alexanne eurent quitté la cour, Christian tira une autre balle dans la tête de la gargouille pour être bien certain qu'elle n'attaquerait plus jamais personne, puis il regagna lui aussi la maison. Il trouva Tatiana devant lui dès qu'il eut passé la porte.

– On dirait bien que la guerre est déclarée, laissa tomber le policier.

– Merci d'avoir tiré ma nièce de ce mauvais pas.

– J'ai la ferme intention de tous nous sortir vivants de cette vilaine affaire, madame Kalinovsky. Nous devrions barricader les portes et les fenêtres, cette nuit.

– Je n'ai jamais eu à fermer les volets de cette maison depuis que j'y vis. J'ignore dans quel état ils se trouvent.

– Je les vérifierai avec Simon, tout à l'heure. Ai-je manqué autre chose ?

– Venez.

Christian la suivit au salon où il s'étonna de voir Maryse et Félix en compagnie de Sylvain.

– Cherchez l'erreur... murmura-t-il pour lui-même.

– C'est toi qui as tiré ? voulut savoir son ami journaliste.

– Je viens juste d'obtenir mon permis pour la chasse aux rôdeurs. Mais qu'est-ce qui se passe ici, au juste ?

– Assieds-toi. Nous allons tout te raconter.

Christian s'installa entre Alexanne et Simon, qui reprenaient leur souffle.

Chapitre 36
Cartes brouillées

Valéri était sur le point de s'asseoir dans l'un des confortables fauteuils du salon du père Collin lorsque Alexei avait déchargé la plus grande partie de sa force vitale dans le corps du petit Félix. La secousse dans l'éther avait ébranlé le vieil homme, qui était tombé à genoux. Le jésuite, qui rentrait avec du bois pour le feu, laissa tomber les bûches et se porta à son secours.

– Avez-vous un malaise ? s'alarma-t-il.

– Ce n'est pas moi...

Le père Collin aida son invité à s'asseoir et alla lui chercher de l'eau.

– Alors, qui ? demanda-t-il une fois que son invité eut pris quelques gorgées.

– Alexei...

– Ne me dites pas que le sorcier l'a terrassé !

– Je ne le sais pas. Je crains que les Kalinovsky n'aient de graves ennuis. Me permettriez-vous d'utiliser votre téléphone ?

Le jésuite alla chercher l'appareil sans fil et composa même le numéro de Tatiana pour le vieil homme. Il lui tendit le combiné et s'assit près de lui, désirant lui aussi savoir ce qui avait bien pu se passer chez les fées.

– Père Collin ? répondit la voix anxieuse de la guérisseuse.

– C'est moi, Tatiana. Qu'est-il arrivé ? Alexei est-il mort ?

– Non, mais sa force vitale est très basse.

– Y a-t-il eu une confrontation entre les deux sorciers ?

– Pas encore. Alex a redonné la vie à un poupon qui avait de toute évidence été étranglé par un rôdeur. Je ne l'ai pas encore dit aux parents, mais j'ai tout de suite senti l'énergie maléfique de la bête sur l'enfant. Et comme si ce n'était pas assez, un rôdeur a attaqué Alexanne, tout à l'heure.

– As-tu besoin de mon aide ?

– Non, Valéri. Reste où tu es. Je vais aller m'occuper de mon frère et je te téléphonerai dès qu'il sera hors de danger.

– J'attendrai ton appel.

– Merci de t'inquiéter de nous. À plus tard.

Le vieux Russe redonna le combiné au père Collin et lui répéta les paroles de la fée.

– Vous vous trompez sur le compte d'Alexei, monsieur Sonolovitch. C'est sans aucun doute l'enfant mâle dont parle la prophétie, mais il a été recueilli par Tatiana après avoir souffert entre les mains d'un ignoble chef de secte et avoir été mordu par un loup possédé. Il avait toutes les raisons du monde de se venger sur les autres de son piètre destin, mais il ne l'a pas fait. Il n'a pas été facile à apprivoiser, je vous assure.

– Les choses sont devenues bien compliquées, soupira Valéri. Je vais devoir réfléchir à tout ceci.

– Je vous en prie, faites-le. Voulez-vous que je vous conduise à votre chambre ?

– Si vous n'y voyez pas d'inconvénient, je préférerais attendre l'appel de Tatiana ici.

– C'est comme vous voulez.

Le père Collin alla chercher les bûches éparpillées sur le plancher et raviva le feu dans l'âtre.

Chapitre 37

Repentir

Dans la chambre secrète, Alexei luttait contre la mort, allongé sur le plancher. Danielle avait placé un petit oreiller sous sa tête et ne cessait de l'encourager, même s'il flottait entre deux mondes. « Comment le Vengeur ose-t-il croire que cet homme est une menace pour les fées ? » grommela la jeune femme pour elle-même.

– Tu vas reprendre rapidement des forces grâce aux bons soins de ta sœur, susurra-t-elle.

– Je sais… murmura-t-il faiblement.

– Conserve tes forces, mon amour.

– Le bébé ?

– Il est en vie.

Un léger sourire illumina le visage de l'homme-loup.

– Nous allons veiller sur toi à tour de rôle, jusqu'à ce que tu aies la force de te lever, affirma Danielle.

Elle se pencha et effleura ses lèvres d'un baiser.

– Mais ne t'attends pas à recevoir des baisers de tout le monde, l'avertit Christian en s'agenouillant près de lui.

Danielle embrassa Alexei une dernière fois et céda sa place au policier dans la pièce exiguë. Celui-ci s'assit en tailleur et observa le teint blafard de l'homme-fée.

– Savais-tu que tu risquais de mourir en sauvant le petit Félix ?

– Oui…

– Tu es drôlement brave, Alex.

– Toi aussi…

– Est-ce que tu parles de ma décision de ne fréquenter qu'une seule fille à la fois, ou du fait que je viens de tuer une gargouille dans la cour ?

– Tu sens la fumée…

– Ah, ça. Desjardins est venu exercer ses talents artistiques et pyrotechniques dans mon bureau. On dirait bien que les pièges servent à immobiliser les victimes pour qu'elles brûlent dans l'incendie qui s'ensuit. Le poste de police a flambé tout comme ma maison. En fait, compte tenu de ma poisse actuelle, je ne devrais peut-être pas rester ici.

– Ta main…

– Qu'est-ce qu'elle a, ma main ?

Christian vit qu'Alexei dépliait doucement ses doigts et comprit qu'il voulait la serrer dans la sienne. Le policier fit ce qu'il demandait. Il sentit immédiatement un curieux picotement.

– C'est assez, indiqua l'homme-loup d'une voix plus assurée.

– Si tu as besoin de mon énergie, tu peux tout prendre.

– Plus tard.

Alexei ferma les yeux et dormit jusqu'à ce que Simon vienne relever Christian, quelques heures plus tard. Ce dernier se rendit à la cuisine pour boire de l'eau, mais trouva sur le comptoir un verre rempli d'un liquide jaunâtre et une petite note de la part de Tatiana indiquant que c'était pour lui. Il avala la potion d'un seul trait et se dirigea vers le salon. Sylvain s'y trouvait seul.

– Où sont les autres ?

– Tatiana, Alexanne, Danielle et Maryse sont allées se reposer en haut.

– Pourquoi n'as-tu pas suivi leur exemple ? demanda Christian en s'asseyant dans un moelleux fauteuil. C'est toi qui prendras la place de Simon, tout à l'heure.

– Je ne peux pas dormir quand mon cerveau tourne à plein régime.

– À quoi penses-tu ?

– À plusieurs choses. Je n'arrête pas de remercier le ciel d'avoir sauvé mon fils par l'entremise d'Alexei. Je pense aussi à tout ce qui nous est arrivé depuis que Desjardins s'est échappé de prison, et je repasse les détails de notre propre piège dans mon esprit.

– Moi, je ne serais jamais capable de jongler avec tout ça en même temps. Je suis à mon meilleur niveau quand je ne travaille que sur un seul dossier à la fois. Est-ce que l'état de santé d'Alex retardera tes plans ?

– C'est dans deux jours et il possède une remarquable faculté d'autoguérison, alors attendons de voir ce qui se passera avant de reporter le piège à la prochaine lune.

– Ça ne me plaît pas du tout que Desjardins accélère son offensive. En frappant sur nous de façon individuelle, il finira par nous diviser ou tous nous tuer.

– Ceux qui sont possédés par le mal se retrouvent bien souvent isolés et ne peuvent compter sur personne. Ils ont beaucoup de difficulté à comprendre que ceux qui œuvrent pour la lumière s'unissent pour être plus forts. Desjardins ne peut pas gagner.

– Avec un moral pareil, tu devrais travailler pour la police, toi.

Les deux hommes bavardèrent jusqu'à ce que Sylvain remplace Simon auprès de l'homme-loup. Christian monta à sa chambre en poussant l'avocat, qui avait du mal à garder les yeux ouverts.

Au matin, lorsque le policier eut pris une douche et changé de vêtements, il descendit à la salle à manger et écarquilla les yeux en apercevant Alexei à table en compagnie de Danielle, Simon, Tatiana et Alexanne. La guérisseuse tenait dans les bras le bébé de Sylvain.

– Mais qu'est-ce que tu fais là ? s'exclama Christian sur un ton de reproche.

– Le plancher est trop dur pour le dos, répliqua l'homme-loup avec un sourire moqueur.

– Si tu commences à m'imiter, mon homme, je vais te poursuivre au tribunal pour plagiat.

Alexei ne savait pas ce que cela signifiait, mais puisque la remarque émanait de Christian, ce ne pouvait être qu'une blague.

– Comment te sens-tu ? demanda le policier en prenant place avec tout le monde.

– De plus en plus fort.

– C'est remarquable, compte tenu qu'hier, tu étais à moitié mort.

– J'ai triché.

– Vraiment ?

– J'ai pris un peu d'énergie à tout le monde pour renflouer la mienne.

– Et quand il est arrivé à ma tante et moi, il a été capable de se lever seul, ajouta Alexanne.

– J'imagine que l'énergie d'une fée, c'est comme l'indice d'octane supérieur de l'essence.

Alexei haussa les sourcils d'étonnement.

– Je t'expliquerai ça plus tard, mon homme.

Le policier but un peu de café.

– Où est Sylvain ?

– Il est parti acheter des couches avec Maryse, répondit Simon.

Ils mangèrent en silence pendant un moment, mais ils pensaient tous à la même chose.

– Alors, c'est demain, le grand jour, déclara Christian. À moins que tu ne te sentes pas d'attaque, Alex.

– Je veux mettre fin à toute cette violence.

– Ce sera dangereux.

– Alors, faites en sorte que ça ne le soit que pour moi. Je peux m'en tirer mieux que vous.

– Tu viens en effet de nous le prouver.

Christian mangea un peu de pain chaud recouvert de confiture et se redressa vivement.

– Que fait-on de la gargouille ?

– Je suis allée la voir, ce matin, annonça Alexanne, mais il n'en restait qu'un tas de cendres.

– L'un de vous l'a-t-il fait brûler ?

Ils secouèrent tous la tête pour dire non.

– À mon avis, le sorcier l'a fait disparaître, avança Tatiana.

– Dommage que Sylvain n'ait pas eu le temps de la photographier pour son journal, soupira Christian. On aurait pu avertir les gens de leur existence.

– De nos jours, il est si facile de truquer une image grâce à l'ordinateur, fit remarquer Simon. Personne ne l'aurait cru, de toute façon.

Sylvain et Maryse revinrent deux heures plus tard avec une provision de couches et de nourriture pour bébé. Ce n'était plus la femme hystérique de la veille, mais une nouvelle personne qui accompagnait le journaliste. Les femmes s'empressèrent d'aller changer l'enfant dont on avait emmailloté les fesses avec des torchons, tandis que les hommes prenaient le café dans la salle à manger. Ils révisèrent ensemble le déroulement du rituel au cromlech, puis se séparèrent pour se reposer, tout en demeurant sur leurs gardes.

Alexei était encore faible, mais il insista pour sortir prendre l'air dans le jardin. Accroché au bras de Danielle, il jeta un coup d'œil à la poussière sur la pelouse que reniflaient les deux chiens, et sut que c'était là que le rôdeur était tombé. Ces bêtes pouvaient donc être tuées. Le couple s'installa sur la balancelle.

– Heureusement qu'on n'a pas un printemps pluvieux, se réjouit Danielle.

– Ça compliquerait les choses, mais un peu de pluie n'a jamais tué personne.

Ils virent alors Maryse sortir seule de la cuisine et marcher tout droit vers eux.

– Monsieur Kalinovsky, j'aimerais vous demander pardon d'avoir pensé que vous étiez un dévoreur d'enfants.

– Un quoi ? s'étonna Danielle.

– Puis-je m'asseoir avec vous un instant ?

Alexei accepta d'un mouvement sec de la tête, et Maryse s'assit sur le banc opposé.

– La première fois que vous êtes venu chez moi, au lieu d'essayer de comprendre qui vous étiez et de vous accueillir à bras ouverts, je vous ai repoussé, poursuivit la maman de Félix. La seule chose qui s'est enregistrée dans mon cerveau, c'était que vous apparteniez à une secte. Je voulais tellement protéger mon bébé du reste de l'univers, que mon esprit s'est refermé.

– Quand Sylvain m'a emmené chez vous, je ne faisais plus partie de cette communauté depuis dix ans, rectifia Alexei.

– Je le sais, maintenant, car j'ai pris le temps d'écouter Sylvain, ce matin. Votre but, c'était de faire condamner celui qui la dirigeait. Vous ne savez pas à quel point je regrette de vous avoir laissé dormir dans la cour avec le chien.

– C'était très agréable.

– Si vous le désirez, nous pourrions vous enlever la charge supplémentaire que représentent Yéti et Topaze.

– Alexanne ne sera pas d'accord. Elle s'est attachée à Yéti.

– Et moi, à Topaze, ajouta Danielle en jetant un coup d'œil aux deux bêtes qui se pourchassaient autour des arbres.

– J'aimerais aussi savoir comment vous remercier d'avoir ramené Félix à la vie.

Des larmes se mirent à couler sur les joues de la maman éprouvée.

– Je n'ai pas besoin de merci. Tous ceux qui ont des pouvoirs de guérison devraient agir comme je l'ai fait.

– S'il y a quoi que ce soit que je puisse faire, il faut me le dire.

– Il y réfléchira, répondit Danielle pour son bel ami, qui manquait parfois de tact dans les relations humaines.

– Merci… s'étrangla Maryse en essuyant ses larmes.

Danielle attendit qu'elle soit dans la maison avant de se tourner vers Alexei.

– As-tu trouvé agréable de dormir avec le chien ? le taquina-t-elle.

– Nous avons dormi dans le hamac sous les étoiles en respirant l'air frais.

– Tu es poétique, toi, ce matin.

La jeune femme effleura ses lèvres d'un baiser, mais Alexei l'attira contre lui pour le faire durer plus longtemps.

Chapitre 38
Envoûtement

Lorsque les adultes eurent enfin libéré le salon, Alexanne s'y installa et tenta de joindre Matthieu par courriel. Elle se remit à l'étude en attendant le petit bip caractéristique de l'arrivée d'une réponse, en vain. Ce fut plutôt la cloche de la porte qui finit par la déconcentrer. Elle se précipita dans le vestibule en se demandant pourquoi son pouvoir de localisation ne fonctionnait qu'une fois sur deux. Avant même de tourner le bouton de la porte, elle sut que leur visiteur était nul autre que le père de Matthieu.

– Bonjour, mademoiselle la fée, la salua Paul. J'ai un cadeau pour toi de la part de ton prince charmant.

– Un cadeau ? Qu'est-ce que c'est ?

Sans lui répondre, Paul se rendit à l'ordinateur et y installa une petite caméra.

– Génial ! s'exclama Alexanne, folle de joie.

– Il veut te voir lorsqu'il te parle. Je connais l'électronique, mais je ne suis pas des plus doués en informatique, avoua Paul. Matthieu m'a donné des instructions que je dois suivre à la lettre. Alors, si ça ne fonctionne pas, ce sera sa faute.

Il pianota sur le clavier pendant un petit moment.

– Où sont les autres ?

– Ceux qui ont veillé sur Alexei sont couchés et les autres sont éparpillés dans la maison et dans la cour.

Elle lui raconta ce qui s'était passé la veille. Profondément inquiet, Paul écouta son récit. Il lui fit ensuite faire un essai de caméra avec l'ordinateur de la famille. Le visage de Louise leur apparut.

– Bonjour, vous deux ! fit-elle joyeusement.

– Ça fonctionne ! se réjouit Alexanne.

– Maintenant, vous allez pouvoir vous parler en direct, les amoureux, ajouta Paul. Merci, Louise.

– Est-ce que tout va bien chez les Kalinovsky ? voulut-elle savoir avant de raccrocher.

– Nous maîtrisons parfaitement la situation, assura la jeune fée.

– J'ai bien hâte que la région redevienne aussi sûre qu'avant.

– Demain soir, tout sera terminé.

Louise mit fin à la conversation, et Alexanne s'empressa de taper l'adresse de Matthieu. « Pas question d'écouter aux portes », se dit Paul en pénétrant dans la cuisine. Il y trouva Christian et Tatiana assis à la petite table, devant des tasses de thé fumant.

– Je t'en ai justement préparé une, annonça la guérisseuse.

Paul l'embrassa sur la joue et s'assit entre elle et le policier.

– Alexanne m'a dit que vous aviez eu beaucoup de plaisir, hier soir.

– Ce n'est qu'un prélude à ce qui s'en vient, soupira Christian.

Alexei et sa belle revinrent au même moment du jardin.

– Je suis content de te voir en aussi bonne forme, jeune homme, le salua Paul.

– Nous sommes tous morts de fatigue, mais Alex est incapable de rester tranquille, répondit la future maman.

– J'ai dit à Danielle d'aller faire un somme, ajouta Alexei.

– Ce serait plus prudent, dans votre état, renchérit Tatiana.

– Alexanne nous a annoncé la nouvelle. Je vous transmets donc les félicitations de toute la famille Richard, fit Paul.

– C'est gentil, le remercia Danielle.

Elle embrassa le futur papa sur les lèvres et monta à l'étage.

– Je ne peux pas croire que tu te tiennes debout après t'avoir vu à l'article de la mort il y a à peine quelques heures, avoua Christian.

– C'est comme l'an passé, quand le procureur m'a tiré dessus, lui rappela Alexei. Je ne suis pas fait comme les autres hommes.

– Ça, tu peux le dire.

L'homme-loup poursuivit son chemin jusqu'au salon pour voir ce que faisait son indomptable nièce et s'étonna de voir le visage animé de Matthieu sur l'écran. Il s'approcha en penchant la tête de côté.

– Est-ce qu'il joue dans un film ? demanda innocemment Alexei.

– Bonjour, monsieur Kalinovsky, fit le jeune homme.

– Il me voit ?

– Grâce à la petite caméra fixée ici, lui montra Alexanne.

– Je ne savais pas qu'on pouvait faire ça...

Alexei tendit le bras et toucha la joue de Mathieu du bout d'un doigt.

– Est-ce que tu peux sentir ça ?

– Non, affirma le jeune homme en se retenant pour ne pas rire.

L'homme-loup recula de quelques pas.

– Fais-tu des rêves étranges depuis que la créature t'a griffée ? demanda-t-il.

– Je ne rêve pas beaucoup quand je suis stressé et, en ce moment, je suis en période d'examens.

– Quand tu ne dors pas, est-ce qu'il apparaît des images horribles dans ton esprit ?

– Alex, où veux-tu en venir ? s'alarma Alexanne.

– J'essaie de savoir s'il est possédé comme je l'ai été.

– Quoi ! s'effraya Matthieu.

– Les serviteurs de l'obscurité transmettent souvent le mal qui les habite par des morsures.

– Toutes les fois qu'ils mordent ?

– Je n'ai été mordu qu'une seule fois, puis le loup est mort.

– Alex, arrête, exigea sa nièce. Ne vois-tu pas que tu es en train de le terroriser ?

– Il faut bien qu'il le sache.

L'homme-loup recula, puis quitta le salon, profondément inquiet. Il avertirait le père Collin de la possibilité que Matthieu ait été infecté par la gargouille, afin d'éviter au jeune homme la vie de misère qu'il avait menée dans la forêt.

– Alexanne, jure-moi qu'il se payait ma tête, exigea Matthieu.

– C'est difficile à dire, mou.

– Mou ?

– C'est le diminutif de « amour ».

– N'essaie pas de me distraire. Réponds-moi.

– Le mieux, je pense, serait de parler à ma tante.

Involontairement, Alexanne l'appela à l'aide avec son esprit, tellement elle était désespérée. Quelques secondes plus tard, la guérisseuse venait à elle.

– Qu'y a-t-il, ma soie ?

Alexanne lui fit aussitôt part de son inquiétude que Matthieu se change en gargouille.

– Les rôdeurs ne sont ni des loups-garous, ni des vampires. Ils ne transforment pas les gens pour le compte de Satan. De toute façon, les blessures de Matthieu étaient superficielles et elles ne contenaient aucune substance maléfique. Je l'aurais tout de suite senti.

– En êtes-vous certaine ?

– Absolument certaine. Personnellement, je pense plutôt que cette terrifiante expérience dans la forêt ne t'a apporté que du bien, Matthieu.

– Ah oui ? s'étonna la jeune homme.

– Elle t'a fait vieillir et elle t'a donné une confiance que tu n'avais pas auparavant. Maintenant, tu sais que tu peux éloigner les monstres de ceux que tu aimes. C'est un acte de bravoure exceptionnel, car la majorité des gens ne pensent qu'à sauver leur propre peau.

– Je n'ai même pas réfléchi quand j'ai obligé la chauve-souris à me suivre jusqu'au lac…

– Tu as agi par instinct, ce qui est encore plus à ton honneur. Tu es un héros, Matthieu.

Même à l'écran, les fées le virent rougir. Tatiana leur souffla un baiser et les abandonna à leur tête-à-tête virtuel.

Chapitre 39

L'arsenal

Mélissa avait convaincu Christian de ne pas remettre sa démission, mais ce dernier, persuadé que ses patrons finiraient par le mettre à la porte, avait retiré son coffre d'armes de l'entrepôt de la police, heureusement situé à une autre adresse que le poste qui avait brûlé. Lorsque Simon se réveilla, il lui demanda de l'accompagner dans l'entrée de la maison de Tatiana, afin de lui montrer l'arsenal qui reposait désormais dans son véhicule.

– Puisque tu as choisi de rester avec les femmes demain soir, j'aimerais que tu choisisses des armes que tu maîtrises bien.

– Elles sont toutes à toi ? s'étonna Simon.

– Ouais. Je les ai achetées au fil des ans.

– Dans ce cas, ce sera une carabine.

Christian lui tendit sa Remington préférée.

– As-tu l'intention d'armer tout le monde ?

– Ce serait préférable, mais Sylvain refusera. Il est davantage du genre à apporter une caméra. Quant au père Collin, vu son passé nébuleux, il est bien capable de me demander une mitraillette.

– Tu en possèdes une ?

– Non, mais j'ai un bazooka.

L'avocat écarquilla les yeux, étonné.

– C'est une farce, Simon. Si j'en avais eu un, j'aurais réduit la gargouille en bouillie d'un seul coup.

– Faut-il être cinglé comme toi pour travailler dans la police ?

– Non, mais c'est un atout.

Il lui remit aussi les munitions.

– Je ne crois pas que tu auras à te servir de tout ça, mais puisque Desjardins, lui, est un vrai fou, il pourrait t'envoyer un essaim de grosses chauves-souris à longues dents.

Il lui montra comment charger la carabine et nota son manque d'enthousiasme.

– Courage, Simon.

– Jamais je n'ai pensé que ma petite routine de procureur me manquerait à ce point. Je ne suis pas taillé dans le même bois que toi, Christian.

– Mais une fois qu'on a goûté à l'aventure, il est bien difficile de s'en passer. Je te conseille de ne pas laisser l'arme à la portée d'Alexanne. Tout excite sa curiosité. Maintenant, il ne reste plus qu'à nous reposer pour le grand affrontement.

Simon alla ranger la carabine dans sa chambre et redescendit à la cuisine afin d'offrir son aide à la maîtresse de maison. Chez lui, il préparait souvent les repas les fins de semaine et pendant les vacances. Il trouva Tatiana devant le plan de travail, en train de hacher du chou.

– J'ai remarqué que vous ne mangiez jamais de viande, fit Simon en s'approchant d'elle.

– Nous aimons trop les animaux, répondit la fée.

– Mais où prenez-vous tous ces légumes frais ? Depuis que je suis ici, vous n'êtes jamais allée faire des courses.

– Un de mes voisins me les apporte et je les mets dans une chambre froide. En échange, je m'assure qu'ils conservent leur santé.

– Du troc, comme autrefois. À part la menace que fait planer sur nous Desjardins, c'est un endroit exceptionnel pour élever des enfants.

– Vous vous ennuyez beaucoup de vos filles, n'est-ce pas ?

– Je ne suis jamais resté aussi longtemps loin d'elles. Je leur parle par courriel et au téléphone, mais je ne peux pas les serrer dans mes bras, jouer avec elles, les mettre au lit ou les embrasser. Nous faisons beaucoup de choses en famille : du canot, de la voile, de la bicyclette, des randonnées pédestres, des visites de musée ou de sites historiques.

– Vous serez de retour chez vous avant la fin de la semaine, monsieur Perron.

– Est-ce une prédiction de fée ?

– C'est fort possible.

Simon se mit à peler les légumes avec Tatiana et servit même les plats au repas. Ce n'étaient que de petits gestes, mais qui le rassurèrent grandement. Le groupe mangea d'abord en silence, puis Alexei tourna vivement la tête vers Christian.

– J'ai rêvé de Mélissa et toi, déclara-t-il.

– Ce n'était pas un cauchemar, au moins ? s'inquiéta le policier.

– Vous étiez dans une grande pièce sombre et tu la cherchais, mais tu n'arrivais pas à la trouver.

– Es-tu clairvoyant en plus ?

– C'est quoi, clairvoyant ?

– C'est ainsi qu'on appelle quelqu'un qui voit l'avenir, expliqua Alexanne.

– Mais je dormais…

– Certains médiums peuvent voir l'avenir dans des rêves que l'on qualifie alors de « prémonitoires », ajouta Sylvain.

– Je ne fréquente pas les grandes pièces sombres de toute façon, plaisanta Christian pour qu'il ne recommence pas à le questionner sur sa vie amoureuse.

– Ne repousse pas Mélissa, fit tout de même l'homme-loup. Ton karma avec elle est bon.

– Parce que tu connais aussi mon karma ?

– Elle t'a souvent attendu dans tes autres vies, et tu t'es toujours sauvé, mais elle n'a jamais arrêté de t'aimer.

Christian changea de sujet et demanda plutôt à Sylvain où il en était dans ses préparatifs. Ce ne fut que durant la soirée qu'il rejoignit Alexei sur la galerie.

– Parle-moi de ces vies où j'ai fait attendre Mélissa.

– Je n'en ai vu que quelques-unes et je ne sais pas reconnaître les périodes de l'histoire ancienne.

– Donne-moi autant de détails que tu le peux.

– Il y en a une où tu portais un vêtement en fer et tu montais sur un cheval. Mélissa vivait dans une maison dix fois plus grande que celle de Tatiana. Elle n'était pas en briques, mais en pierres grises. Tu partais pour la guerre, je crois. Tu lui as promis de revenir, mais tu ne l'as pas fait.

– Je suis peut-être mort au combat ?

– Je n'ai rien vu d'autre.

– C'était probablement au Moyen Âge, quelque part en Europe.

– Il y a aussi une autre vie pendant laquelle tu étais un tailleur de pierres. Mélissa habitait dans un autre village. Tu devais l'épouser, mais tu ne l'as jamais fait.

– Et tu ne sais pas pourquoi ?

Alexei hocha la tête à la négative.

– Je suis peut-être mort écrasé sous une pierre.

– Il y a aussi une vie où tu étais le chef d'une grande nation. C'est elle qui avait payé tes études, mais quand tu es devenu important, tu as épousé une femme plus riche.

– Ça, c'était plutôt malhonnête, dis donc.

– Il y a aussi…

– Arrête, Alex. J'ai compris la leçon.

Christian demeura muet quelques minutes. Il se demandait si tous les gens qui l'entouraient avaient eux aussi commis des fautes envers d'autres personnes.

– Nous ne serions pas ici, si nous étions parfaits, laissa tomber Alexei qui suivait ses pensées.

– Même Tatiana ?

– Oui, même elle. Dans certaines de ses vies, elle a refusé d'utiliser ses dons pour sauver des gens, alors elle a dû revenir jusqu'à ce qu'elle accepte ce qu'elle était.

– Et toi, Alex ?

– C'est plus tragique. Je meurs toujours avant d'avoir pu déclarer mon amour à Danielle.

– Il me semble que c'est plutôt bien parti, dans cette incarnation.

– Je n'ai pas encore affronté celui qui nous sépare depuis des siècles.

– Desjardins.

– Il vaudrait mieux pour mon karma que je ne le tue pas, mais il se pourrait que je ne puisse faire autrement.

– Je suis d'accord avec ton karma, et tu sais pourquoi.

– Nous serons fixés demain.

Christian regarda au loin. Le soleil se couchait en colorant le ciel de chaudes teintes.

– Je pense que je vais donner un coup de fil à Mélissa, décida-t-il en descendant les marches qui menaient à l'entrée.

Alexei n'eut pas besoin d'ajouter que c'était une bonne idée.

Chapitre 40
Le piège

Le jour choisi par Sylvain pour procéder à l'installation de son piège magique, Tatiana réunit tout le monde au salon et leur fit ses recommandations. Elle répéta à Christian, Sylvain, Paul et Alexei que seul l'amour pourrait vaincre l'obscurité, et que personne ne devrait se mettre en colère en présence du Faucheur.

Danielle, Maryse et Alexanne étaient assises ensemble sur le canapé et écoutaient les paroles de la fée en se demandant ce qui se passerait. Elles avaient évidemment confiance en ces soldats de lumière, mais personne ne savait vraiment de quoi était capable Desjardins. Simon se tenait en retrait. Il aurait aimé voir le duel, mais quelqu'un devait rester à la maison, au cas où le fourbe procureur en profiterait pour lâcher tous les rôdeurs de l'enfer sur les femmes et le bébé de Sylvain.

Après une longue discussion qui avait duré toute la matinée, l'équipe avait décidé de ne pas emmener le père Collin, afin qu'il reste quelqu'un pour combattre le mal avec Tatiana si le sorcier leur échappait.

La guérisseuse s'adressa ensuite à son jeune frère.

– N'abaisse pas ton bouclier, Alex. Laisse ton adversaire s'épuiser sans réagir. Lorsqu'il se sera suffisamment affaibli, frappe-le pour l'assommer. Cela donnera le temps à l'inspecteur Pelletier de le menotter.

– C'est plus facile à dire qu'à faire, marmonna l'homme-loup.

– Ce ne sont que des recommandations pour t'éviter d'autres dettes karmiques.

– Je tenterai de rester calme, mais si le Faucheur essaie de me tuer, je me défendrai.

– Alors, ferme tes oreilles à ses paroles empoisonnées.

– J'aimerais que tu survives, ce soir, ajouta Alexanne, tendue.

– Je n'ai pas peur de mourir pour protéger ceux que j'aime.

– Nous ne laisserons rien lui arriver, jeune fée, promit Paul.

Portant de gros sacs à dos, auxquels pendaient de petits fanaux, les quatre volontaires se mirent en route. Seuls Christian et Paul étaient armés. Alexanne les suivit jusqu'au fond du jardin.

– Tu restes ici, ordonna son oncle en pivotant vers elle.

– Ouais… je l'ai déjà promis à tante Tatiana. Mais si jamais je sens que tu es en danger de mort…

– Tu restes ici, répéta l'homme-loup sur un ton encore plus dur.

Alexei se retourna et s'enfonça dans la forêt, aussitôt suivi de ses trois amis. Ils marchèrent en silence jusqu'au cromlech, puis se mirent au travail. Chacun savait ce qu'il devait faire. Sylvain s'installa au milieu du cercle de pierres. Il enleva le couvercle du pot de peinture à l'eau blanche et en remua le contenu avec un petit bâton. Pendant ce temps, Paul et Christian installèrent les lampes sur le sol entre les menhirs, afin qu'ils ne soient pas complètement dans le noir lorsque le soleil aurait disparu. Puis, carabines en main, ils montèrent la garde.

Alexei pénétra dans le cercle et observa Sylvain, qui avait commencé à tracer le premier pentagramme au pinceau.

– Pourquoi n'utilises-tu pas du sang comme le Faucheur ? s'étonna-t-il.

– Parce que nous ne sommes pas des sorciers, évidemment. Ta sœur et moi avons concocté cette mixture en suivant les conseils des anges. Les seuls éléments divins qu'elle ne contient pas, ce sont leurs plumes.

Christian remarqua alors le soudain mouvement de tête de l'homme-loup vers la droite.

– Qu'est-ce que c'est, Alex ? s'inquiéta le policier.

– Des elfes…

– Ils ne vivent pas au pôle Nord avec le Père Noël ?

– Avec qui ?

– Je t'en reparlerai plus tard. Dis-moi plutôt ce qu'ils nous veulent.

– Ils protègent la forêt depuis des milliers d'années et ils n'aiment pas que nous salissions les pierres.

– Ont-ils le pouvoir de nous chasser ? voulut savoir Paul.

– Pas tant que je serai ici. Ils pourraient par contre faire tomber de la pluie pour faire disparaître les pentagrammes.

– Quelle mauvaise idée, fit observer Christian.

– Parles-tu leur langue ? s'enquit Sylvain.

– Nous nous comprenons.

– Dans ce cas, explique-leur ce que nous faisons ici. Je n'ai pas envie de recommencer ces dessins deux fois.

Alexei sortit du cromlech.

– Montrez-vous, commanda-t-il.

Faher et son fils s'avancèrent entre les arbres, suivis d'une dizaine de leurs semblables. Au-dessus d'eux, le ciel avait commencé à s'assombrir.

– Si vous faites tomber une seule goutte, je vous pourchasserai jusqu'au dernier, gronda l'homme-loup.

– Personne n'a le droit de profaner les pierres magiques.

– Nous utilisons une substance qui partira avec la pluie.

– Pourquoi n'allez-vous pas faire vos dessins ailleurs ? le piqua le jeune Ayel.

– Parce que c'est le seul endroit où nous pouvons piéger le sorcier.

Ce dernier mot fit frémir les elfes.

– À moins que vous sachiez comment nous en débarrasser autrement, poursuivit Alexei.

– Nous avons vu les créatures ailées, se radoucit Faher.

– Ce sont les serviteurs d'un homme qui tient son pouvoir de Satan lui-même.

– Des symboles ne viendront pas à bout de lui, si sacrés soient-ils.

– Ils l'emprisonneront suffisamment longtemps pour que le policier qui m'accompagne le mette en état d'arrestation.

Alexei n'y croyait pas vraiment, mais il lui fallait donner une bonne raison aux elfes de ne pas rendre inutiles tous leurs préparatifs.

– Combien de temps serez-vous ici ? demanda Faher.

– Seulement cette nuit.

– Demain, nous reviendrons réparer les dommages.

L'homme-loup demeura silencieux. Comment réagiraient les elfes s'ils trouvaient une pile de cadavres à moitié consumés ? Faher fit signe à ses semblables de reculer.

– Tout est arrangé, annonça Alexei en retournant à l'intérieur du cercle de pierres.

– Tu m'en vois soulagé, avoua Sylvain, qui n'avait même pas terminé le premier pentagramme.

L'obscurité envahit la forêt quelques heures plus tard, et Alexei dut tenir une lanterne devant les feuilles en papier à partir desquelles Sylvain reproduisait les symboles.

– Je trouve étrange que les rôdeurs n'essaient pas de nous nuire, laissa tomber Christian, qui surveillait le ciel étoilé.

– J'espère qu'ils ne survolent pas la maison de Tatiana, renchérit Paul.

– Je ne ressens aucune détresse de ce côté, affirma Alexei.

Ils mangèrent les fruits qu'ils avaient apportés et burent un peu d'eau. Pas question d'avoir l'estomac lourd pour affronter le Faucheur.

Finalement, à minuit, Sylvain peignit le dernier symbole et recula pour observer son travail à la lueur des lampes à l'huile.

– Je n'ai rien oublié, déclara-t-il, satisfait. C'est à toi de jouer, Alex.

Le journaliste ramassa ses affaires et alla les porter à l'extérieur du cromlech. Il revint se poster entre deux menhirs, imitant Christian et Paul, mais tout comme l'avait prédit le policier, il choisit de s'armer d'une caméra plutôt que d'une carabine. Il avait passé la veille à répéter avec Alexei les mots en latin qui attireraient le sorcier et espéra que celui-ci s'en souvienne.

L'homme-loup s'assit sur le sol et ralentit sa respiration jusqu'à ce qu'il atteigne l'état méditatif qui lui permettrait de lancer son appel sur plusieurs plans à la fois et non seulement dans cette partie de la forêt. Il remercia le ciel d'avoir mis sur sa route des hommes qui l'accompagnaient pour affronter le mal d'une façon différente, puis se sentit prêt à faire face à celui qui lui ravissait son bonheur depuis des milliers d'années.

– *Divinus patrocinium fata imperare daemon remittere inferi,* prononça Alexei d'une voix forte.

Sylvain lui avait demandé de répéter ce commandement jusqu'à ce que Desjardins, irrité, accoure dans le cromlech, en personne ou en pensée, car une confrontation psychique n'était pas exclue. Si le sorcier avait réussi à s'infiltrer dans la tête de Christian, de Simon et de Danielle, il n'était pas impossible que le combat ait lieu dans l'esprit de l'homme-loup.

Alexei répéta les mots sans se lasser, bien décidé d'en finir avant le lever du soleil.

* * *

Assis devant un large vase rempli de sang, entouré de cierges noirs, Frédéric Desjardins ouvrit subitement les yeux et écouta les menaces que proférait le responsable de l'emprisonnement du Jaguar.

– Alors tu veux jouer dans la cour des grands, Mikal... se réjouit-il.

Il passa lentement la main au-dessus du liquide rouge. Aussitôt, une image y apparut : l'homme-loup était assis au milieu d'un cercle de pierres et récitait des mots vides de sens comme un vieux disque abîmé.

– Tu ne sais même pas ce que tu dis, pauvre imbécile... Tu n'as jamais compris l'importance des rituels et de la hiérarchie. Je vais donc me faire un plaisir de t'inculquer un peu de respect avant que tu rejoignes tes ancêtres dans l'autre monde... et le maître sera fier de moi.

Le Faucheur se redressa et leva les bras devant lui.

– Approchez, mes mignons, ordonna-t-il.

Deux individus aux cheveux sales portant des loques s'approchèrent du sorcier en plissant les yeux, incommodés par la lumière des chandelles.

– Pendant que je m'occupe du casse-pieds, allez me chercher les victimes que j'ai promises à Satan.

Les deux hommes clopinèrent jusqu'à la sortie de la grande salle et se transformèrent en rôdeurs. Ils déployèrent leurs ailes de chauve-souris et s'élancèrent dans la nuit. Lorsqu'ils eurent quitté la forteresse, Desjardins entra en transe.

– Maintenant, à nous deux, Mikal.

* * *

Une fumée noire sortit de terre et prit une forme vaguement humaine à quelques pas d'Alexei. Ce dernier se leva aussitôt, devinant qu'il s'agissait de son ennemi. Christian et Paul pointèrent aussitôt leurs carabines vers le curieux phénomène, tandis que Sylvain le filmait et le photographiait.

– J'ai entendu ta ridicule incantation, Mikal, mais elle ne m'a nullement forcé à me rendre jusqu'à toi. Si je suis ici, c'est que je le veux bien.

La voix de Desjardins semblait provenir de partout à la fois. Alexei n'eut pas le temps de faire un seul geste, que la silhouette sombre devint soudain très nette. Desjardins se tenait maintenant au milieu du cercle de pierres, vêtu d'une longue tunique rouge. Son teint crayeux et ses traits tirés lui donnaient un air cadavérique.

– J'ai honte de le dire, mais mon maître s'est vraiment fourvoyé lorsqu'il a vu en toi son successeur. Tu n'es qu'un imposteur qui s'est trop longtemps amusé à épater la galerie. Si lui n'y a vu que du feu, moi, par contre, je suis lucide et perspicace.

– Je ne ressens pas son énergie, indiqua Alexei à ses amis.

– Tu prétends posséder des pouvoirs surnaturels et tu te fies encore à tes sens physiques ? Tu es encore plus stupide que je ne le pensais. Crois-tu vraiment pouvoir me terrasser dans cette enceinte de vieilles roches barbouillées de symboles qui ne veulent rien dire ?

Pour en avoir le cœur net, l'homme-fée fit un pas vers le sorcier.

– Alex, fais attention ! s'exclama Sylvain.

Il s'arrêta net, s'entourant de son bouclier invisible.

– Depuis quand obéis-tu aux ordres, Mikal ?

– Tu ne terroriseras plus jamais personne, Faucheur.

– Personne ne peut m'arrêter, et surtout pas toi.

Desjardins se mit à marcher autour d'Alexei, qui tourna lentement sur place pour ne pas le perdre de vue.

– Je pense que tu n'as pas saisi ce qui se passe, en ce moment, poursuivit le Faucheur. Cette nuit est un moment de l'année très important pour les vrais sorciers. Contrairement à ce que croit l'amateur qui a peiné sur ces dessins, ce n'est pas le bon jour pour faire de la magie blanche. C'est durant les prochaines heures que Satan recevra de tous ses serviteurs, partout dans le monde, les offrandes qui leur permettront de devenir encore plus forts.

– Ne le laisse pas empoisonner ton esprit, Alex, recommanda Christian.

– Monsieur Pelletier, quel honneur de vous compter parmi nous. Toutefois, ce n'est pas avec vous que je suis venu m'entretenir. Attendez votre tour.

Des flammes d'une impressionnante intensité jaillirent de la circonférence intérieure du cromlech, forçant Christian, Paul et Sylvain à reculer pour ne pas prendre feu.

– Alex ! hurla le policier, fou d'inquiétude.

Il déposa son arme sur le sol et tenta d'escalader le menhir le plus près de lui, afin de pouvoir observer ce qui se passait de l'autre côté du mur incandescent.

– Christian, fais-lui confiance, implora Sylvain. Si tu te casses le cou, tu ne nous seras d'aucun secours.

– Que peut-on vraiment faire contre un homme qui maîtrise le feu ? s'étonna Paul.

– Nous, rien, affirma le journaliste. Mais Alex est différent de nous.

L'homme-loup ne s'inquiéta pas de se retrouver emprisonné dans le cercle de pierres avec son adversaire. En fait, cela lui plaisait énormément, car il pourrait agir à sa guise sans essuyer les protestations de Christian.

– Comme je le disais, cette nuit, moi aussi je devrai renouveler mon serment d'allégeance à Satan. Pour te faire plaisir, j'ai choisi d'immoler tes amis et de lui offrir leurs viscères.

– Ils n'ont rien à voir là-dedans ! s'exclama vivement Alexei.

– Tous ceux qui t'ont aidé à écraser mon maître périront par ta faute. Lorsqu'ils auront tous disparu, les disciples du Jaguar trembleront en entendant mon nom, tandis que les pauvres mortels ne comprendront pas ce qui a bien pu se passer dans cette étrange famille de fées. Toi, tu mourras évidemment le dernier, car je veux que tu entendes les cris et les supplications de ceux que tu aimes.

– C'est plutôt moi que tu affronteras en premier, car je ne te laisserai pas te rendre jusqu'à eux.

– Tu as vraiment un problème d'audition, Mikal. Ouvre plus grand tes oreilles. Je vais d'abord torturer la petite amie du policier, puis j'irai chercher la famille du procureur de Québec. Ensuite, ce sera au tour des jolies fées qui habitent non loin d'ici, et de la femme du journaliste. Puisque j'ai toujours voulu avoir un fils, je garderai son bébé.

– Tatiana, je ne pourrai pas dominer ma colère encore bien longtemps, siffla Alexei entre ses dents.

Il ferma les yeux et sentit tout son corps se mettre à trembler.

Chapitre 41

Tromperie

Assise dans le salon avec Tatiana, Danielle, Maryse et Simon, Alexanne sursauta en entendant la voix de son oncle dans son esprit. Elle se tourna vivement vers sa tante, immobile, qui écoutait ce qui se passait dans le cromlech.

– Nous devons faire quelque chose, la supplia l'adolescente.

– Est-il en danger ? s'alarma Danielle.

– Son amour diminue et sa colère augmente. Il ne pourra pas tenir longtemps.

– Le piège a donc fonctionné, comprit Simon.

– Dites-moi ce que je peux faire pour l'aider, s'entêta Alexanne. Je suis son âme jumelle. Il a déjà utilisé mon énergie pour faire sortir des ossements de terre, alors je peux certainement la lui offrir de nouveau pour combattre le sorcier.

– Si Desjardins le frappe, tu seras frappée aussi, l'avertit Tatiana.

– Ça m'est égal. Je préfère mourir avec lui que de vivre en sachant que j'aurais pu le sauver.

– Ferme les yeux.

La guérisseuse prit les mains de sa nièce pour l'aider à établir un lien solide avec l'homme-loup. Au milieu du cromlech, Alexei ne le sentit pas s'établir, car il suivait son adversaire des yeux. Il était crucial, s'il voulait rester en vie, de ne pas le perdre de vue.

– Quant à la famille Richard, poursuivit le Faucheur, je ne tuerai que les parents et leur fils aîné. Je garderai leurs petites pour moi.

Alexei vit son halo de protection se décupler sans qu'il comprenne tout de suite pourquoi.

– Ils mourront tous sur mon autel, à la gloire de Satan... mais je ne sais pas encore ce que je ferai de Danielle, car la traîtrise exige un bien plus grand sacrifice.

L'homme-loup serra les dents. *Tiens bon, Alex*, fit la voix d'Alexanne dans l'esprit de son oncle. *Ce ne sont que des mensonges.*

– Mais qu'est-ce que j'entends là ? Ta gentille petite nièce est enfin devenue une fée ? Quelle belle sorcière elle ferait...

Incapable de se contenir davantage, Alexei fonça sur le Faucheur à la manière d'un taureau enragé. Au lieu de le plaquer au sol, il fonça à travers l'image de son adversaire, qui n'avait pas plus de consistance que de la fumée. Il heurta l'un des menhirs et tomba à la renverse.

Surpris et chancelant, Alexei se releva et chassa le filet de sang qui coulait dans ses yeux. Desjardins se tenait toujours devant lui et l'observait d'un air hautain.

– Pensais-tu vraiment que j'allais m'exposer volontairement à tes crocs, Mikal ?

Le sorcier s'approcha de l'homme-loup, qui ne broncha pas.

– Même si je n'arrive pas à tous les éliminer ce soir, ce dont je doute, personne ne me retrouvera jamais. Maintenant, prépare-toi à mourir, démon, car c'est tout ce qu'il te reste à faire.

Desjardins disparut sous les yeux d'Alexei comme un mirage. Du même coup, toutes les flammes furent aspirées dans le sol. Christian fut le premier à se précipiter dans le cromlech. Il voulut examiner la coupure sur le front de son ami, mais celui-ci le repoussa brutalement.

– Il n'était même pas ici ! hurla Alexei, hors de lui.

– Mais nous l'avons tous vu, protesta Paul.

– Je suis passé à travers son corps !

– Un hologramme ? avança Christian.

Il sortit une grosse lampe de poche de son sac à dos et éclaira les alentours.

– Il n'y a pourtant aucun endroit où un projecteur aurait pu être installé.

– Comment a-t-il su que nous viendrions ici, ce soir ? s'étonna Paul.

– Nous avons visité cet endroit avec Alexei, l'autre jour, leur rappela Sylvain. Le rôdeur a dû le lui rapporter.

– Je l'ai tué, rappelez-vous, indiqua Christian.

– Je crains qu'ils soient nombreux. Nous allons réviser nos plans.

– Non ! rétorqua violemment Alexei. Il n'y aura plus de plans. Vous allez tous rentrer chez vous et protéger ceux que vous aimez, parce que le Faucheur a l'intention de les immoler cette nuit.

– Quoi ? s'affola Paul.

– Allez-vous-en !

Alexei fonça dans l'obscurité.

– Il a raison, soupira Christian. Nous avons fait bien piètre figure.

Ils ramassèrent leurs affaires en grande hâte et s'empressèrent de rentrer à la maison.

– Le mieux, c'est de mettre ceux qu'on aime à l'abri chez les Kalinovsky, décida Paul.

Ils rentrèrent au pas de course dans la maison et expliquèrent en quelques mots ce qui s'était passé à Simon et aux femmes qu'il protégeait. Alexanne se mit aussitôt à la recherche de son oncle à l'aide de ses sens invisibles, mais n'arriva pas à le localiser.

– Il nous a fermé son cœur et son esprit, lui expliqua Tatiana.

– Pourquoi ?

– Habituellement, lorsqu'il agit ainsi, c'est parce qu'il est sur le point de faire quelque chose que nous lui avons recommandé d'éviter.

– Se mettre en colère ? avança Danielle.

– Non, affirma Alexanne. Ça, c'est déjà fait.

Tandis que Sylvain serrait sa femme dans ses bras, Paul annonça qu'il allait chercher Louise et les filles et quitta précipitamment la maison.

– Je ne veux pas que vous pensiez que je suis un froussard, commença Simon, mais je préférerais rejoindre ma famille et l'emmener quelque part en Europe, jusqu'à ce que cette affaire soit terminée.

– Ce qui est important, cette nuit, indiqua Tatiana, c'est d'agir selon son cœur. Partez maintenant, monsieur Perron et mettez ceux qui vous sont chers à l'abri.

L'avocat étreignit tous ses amis et grimpa chercher ses affaires dans sa chambre.

– Et vous, monsieur Pelletier ? voulut savoir la fée.

– Je vais essayer de persuader Mélissa de venir passer les prochains jours chez vous, mais ce ne sera pas facile, car les histoires de monstres et de vampires ne l'impressionnent pas beaucoup.

– Vous pourriez aller la prendre chez elle.

– Il n'est pas question que je vous laisse sans protection et, de toute façon, mademoiselle Dalpé est ceinture noire de karaté. Si elle décidait de rester dans son appartement malgré les menaces de Desjardins, à moins de l'assommer, je ne vois pas comment je pourrais la persuader de me suivre.

Il sortit sur la galerie, afin de parler à sa nouvelle petite amie au téléphone. Il n'avait pas commencé à composer le numéro, que Simon sortit de la maison avec sa valise et la carabine.

– Garde-la pour ta protection, insista Christian.

– Tu sais bien qu'on ne peut pas prendre l'avion avec une arme à feu.

Le policier n'eut pas d'autre choix que de la reprendre.

– On se donne des nouvelles ? demanda-t-il.

– C'est certain que je vais t'appeler tous les jours.

Les deux hommes se donnèrent une accolade, puis Simon grimpa dans sa voiture. Christian prit une profonde inspiration et fit le numéro de Mélissa.

– Sais-tu quelle heure il est ? grommela la jeune femme.

Malgré la mauvaise humeur compréhensible de sa nouvelle amante, le policier sentit un agréable soulagement s'emparer de lui. « Est-ce que je suis en train de tomber amoureux ? » s'inquiéta-t-il silencieusement.

– Je suis désolé, Mel. Je n'ai pas regardé ma montre avant d'appeler.

– Il est un peu plus de trois heures du matin ! J'espère que tu as une bonne raison de me réveiller.

– En fait, oui. Tu dois quitter ton appartement.

– Maintenant ?

– Tu es la prochaine victime de Desjardins, et je suis certain qu'il sait où tu habites.

– Je sais me défendre.

– Contre une armée de criminels, sans doute, mais cet homme est un fou furieux, capable de faire naître du feu de nulle part et de se projeter sous la forme d'un hologramme. Je veux que tu viennes me rejoindre chez les Kalinovsky.

– Nous reprendrons cette conversation quand tu seras redevenu le Pelletier que je connais, d'accord ?

Elle raccrocha. Après quelques secondes d'inertie, Christian revint de son étonnement et recomposa le numéro de son amie, clairement inconsciente du danger.

– Écoute-moi, Mélissa ! exigea-t-il. Je ne veux pas que tu perdes stupidement la vie, cette nuit.

– Es-tu en train de me dire que tu tiens à moi ?

– Ouais... à ma façon.

– Le fais-tu par amour ?

– C'est un truc de karma compliqué.

– Donc, après les pentagrammes, les sorciers et les pendentifs de protection, nous en sommes au karma ?

– C'est Alex qui m'en a parlé. Il a dit que tu m'aimes depuis des siècles.

– Là, tu y vas un peu fort, Pelletier.

– Au lieu de te moquer de moi, laisse-moi finir. C'est nouveau pour moi aussi toutes ces histoires de vies antérieures et de pouvoirs magiques, mais je ne peux pas nier ce que j'ai vu de mes propres yeux. Même si c'est invérifiable, il semble que je t'ai fait attendre dans un nombre considérable d'incarnations. Je veux mettre fin à cette situation.

– Par amour ou pour te débarrasser d'une dette que tu ne veux plus traîner dans tes prochaines vies ?

– Pourquoi faut-il que tu rendes tout si compliqué ?

– Disons que je préférerais que tu m'aimes pour ce que je suis maintenant, plutôt que parce que tu me dois quelque chose.

– Ces émotions nouvelles sont assez déroutantes...

– Au moins, tu l'admets.

Christian leva les yeux au ciel, car il n'aimait pas discuter de ses sentiments.

– Mettons quelque chose au clair tout de suite, poursuivit Mélissa. Si j'accepte de te rejoindre chez les Kalinovsky, ce ne sera pas pour me cacher, compris ? J'y viendrai uniquement pour passer du temps avec toi et t'aider à démêler ce que tu ressens.

– Entendu, mais pars tout de suite.

– Tu es impossible, Pelletier.

Elle mit fin à la conversation sur ces mots, mais Christian savait qu'elle serait là avant le lever du soleil.

Chapitre 42

Victimaire

Valéri Sonolovitch avait enfin réussi à trouver le sommeil lorsqu'un martèlement persistant lui fit ouvrir les yeux. Quelqu'un lançait des cailloux sur la maison ! Il descendit du lit, enfila son peignoir et sortit de sa chambre en même temps que le père Collin quittait la sienne. Dehors, il pleuvait à verse.

– Qu'est-ce que c'est ? demanda le vieux Russe.

– Je n'en ai pas la moindre idée, mais j'ai déjà vécu dans des pays où le mal se manifestait de cette façon.

Pour en avoir le cœur net, le jésuite alluma la lumière du porche et ouvrit prudemment la porte.

– Alex ? s'étonna-t-il.

L'homme-loup se tenait au milieu de l'allée, haletant et trempé jusqu'aux os.

– Je suis venu voir le Vengeur.

– Est-ce que tu as bu ?

Alexei secoua la tête à la négative.

– Tu sais pourtant ce que tu risques en venant jusqu'ici, s'en mêla Valéri en apparaissant à côté du père Collin.

– Faites ce que vous avez à faire, le supplia Alexei.

– Pourquoi es-tu si pressé de mourir, tout à coup ?

– C'est trop long à expliquer…

– Je veux le savoir, insista le vieux Russe.

– Si je meurs maintenant, le sorcier n'aura aucune raison de tuer ceux que j'aime. C'est la seule façon de les sauver.

– Ce que tu dis m'étonne beaucoup, Alexei. Les fées mâles exécutées par les Vengeurs n'ont jamais éprouvé le moindre sentiment envers leurs semblables, mais toi, tu te soucies de leur survie ?

– Je ne suis pas ici pour bavarder avec vous. Finissons-en.

L'homme-loup marcha résolument à la rencontre de son exécuteur et réussit à se rendre jusqu'à lui sans prendre feu.

– Pourquoi ne suis-je pas mort ? s'étonna-t-il.

– Ce n'est peut-être pas toi que je suis venu punir, après tout… Entre.

Alexei lui obéit, mais resta sur le tapis de l'entrée. Le père Collin déposa un drap de bain sur ses épaules et le laissa sécher un peu. Fatigué, Valéri alla s'asseoir sur la chaise à bascule.

– Ta sœur t'aime beaucoup, jeune homme, déclara-t-il. Elle t'a protégé, même en sachant le danger que tu représentes pour elle.

– Je ne connais pas grand-chose de cette légende, avoua Alexei. Je sais seulement que je finirai mes jours dans les flammes, parce que ma mère me l'a répété pendant toute mon enfance.

– Peut-être es-tu né pour modifier la prophétie. Si tu avais été un véritable sorcier, tu aurais tenté de me tuer à mon arrivée au Canada ou tu serais déjà parti à l'autre bout du monde. Je ne sais plus quoi faire de toi.

– Peut-être aussi que vous êtes trop vieux pour faire brûler quelqu'un.

Valéri éclata d'un rire franc qui surprit l'homme-loup.

– Vous pourriez vous servir d'un fusil, suggéra-t-il, incapable de comprendre la raison du plaisir qu'éprouvait le Vengeur.

– Je ne suis pas un meurtrier, mon petit. Je ne fais qu'exécuter la volonté de Dieu. C'est lui qui se sert de mon corps pour enflammer celui des gens méchants. Il n'est pas question que je le défie en te tuant s'il ne veut pas le faire lui-même.

– Mais je ne veux pas que mes amis soient sacrifiés à cause de moi...

Le père Collin poussa Alexei jusqu'à la table où il le fit asseoir devant une tasse de thé bien chaud.

– Tu es le premier enfant mâle de la lignée des Ivanova à concevoir un enfant, fit remarquer Valéri. Est-ce que tu le savais ?

– Non... je suis si ignorant...

– Les sorciers ne protègent pas leur compagne et leurs futurs bébés comme tu le fais.

Alexei tendit la main vers le plan de travail et le sucrier s'envola jusqu'à lui.

– Et ça ? demanda-t-il, avec un air de défi.

– Ce n'est pas un pouvoir uniquement réservé aux sorciers. Les fées le possèdent aussi.

– Je peux également faire tomber la foudre et forcer les autres à se plier à ma volonté.

– Ne perds pas ton temps à utiliser cette faculté pour m'obliger à te tuer. Dieu m'a immunisé contre les pouvoirs des êtres magiques. Sinon, comment pourrais-je faire mon travail ?

Ne sachant plus que faire, Alexei se mit à boire le thé pour se réchauffer.

– J'aimerais que tu pries avec moi, suggéra Valéri. Dieu nous indiquera le chemin que nous devrons suivre.

– Mais il sera trop tard pour mes amis.

Sans avertissement, l'homme-loup bondit vers la porte et disparut dans la nuit.

– Monsieur Collin, il est temps que nous nous rendions nous aussi chez Tatiana, décida le vieux Russe.

– J'allais justement vous le proposer.

Les deux hommes allèrent s'habiller et quittèrent le village. Il faisait encore nuit lorsqu'ils arrivèrent chez les Kalinovsky, mais le soleil était sur le point de se lever. Tatiana ne cacha pas son étonnement lorsqu'elle leur ouvrit la porte.

– Ton petit frère n'est pas celui que je cherche, Tatiana, la rassura Valéri.

– C'est donc Desjardins que tu es venu punir…

– Je n'en sais rien. Je suis venu prier avec toi, si tu le veux bien.

Elle fit entrer son ancien prétendant, ainsi que le père Collin, et les conduisit dans le salon où Christian, Sylvain, Maryse, Danielle et Alexanne attendaient la suite des événements.

* * *

Pendant ce temps, Paul Richard rentrait chez lui. Tout le village était endormi. Il n'y avait de lumière nulle part. Il descendit de sa voiture et marcha vers sa maison. Dans l'obscurité, il buta contre quelque chose de mou. Croyant que c'était un sac poubelle, il se pencha pour le ramasser.

– Mais c'est le sac à dos de Matthieu ! constata-t-il.

Il s'empressa de rentrer. Louise vint aussitôt à sa rencontre en attachant son peignoir.

– L'avez-vous eu ? se réjouit-elle.

– Non, il nous a trompés. Comment se fait-il que Matthieu soit rentré ? Je croyais qu'il avait des examens cette semaine.

– Mais il n'est pas ici, Paul.

Son mari lui tendit le sac à dos. Louise se sentit défaillir. Elle recula et s'assit sur le banc de l'entrée, tremblant de tous ses membres.

– Je vais appeler à Québec, déclara-t-il. As-tu la force de faire une petite valise pour toi et les filles ? Nous allons passer les prochains jours chez les Kalinovsky.

Elle opina doucement, mais mit un moment avant de se relever. Paul s'empara du téléphone. Il n'eut pas le temps de composer quelque numéro que ce soit qu'il sonnait dans sa main.

– Paul, c'est Martin. Est-ce que Matthieu est chez toi ?

– J'allais justement t'appeler pour te demander s'il était à Québec !

– Il n'est pas rentré après l'école. J'ai pensé qu'il était peut-être sorti avec des copains, mais habituellement, quand il prévoit d'arriver tard, il m'appelle.

– As-tu tenté de le joindre sur son portable ?

– Au moins cinquante fois.

– Je vais faire des recherches de mon côté. Je suis certain que ce n'est rien de sérieux.

– S'il finit par rentrer, je t'appelle.

– Merci, Martin.

Découragé par l'appel de son frère, Paul dut se faire violence pour demeurer calme. Avant de se mettre à la recherche de son aîné, il devait mettre le reste de sa famille à l'abri. Il alla donc porter le sac à dos de Matthieu dans le coffre de sa voiture, puis y ajouta les valises que Louise lui apporta quelques minutes plus tard. Les filles ayant refusé de se lever, elle les avait enveloppées dans leurs couvertures et transportées une par une jusque sur le siège arrière.

Les parents n'osèrent pas parler durant le trajet entre le village et la maison de Tatiana, au cas où Viviane et

Magali les auraient entendus. Sur place, Paul monta ses filles jusqu'à la chambre qu'avait occupée Simon, puis redescendit dans le salon, où Louise était restée avec Tatiana et Christian pour leur résumer la situation. Tous les autres locataires de la maison dormaient.

– J'ai trouvé le sac à dos de Matthieu devant la porte, ajouta Paul. Ce n'est pas dans ses habitudes de le laisser dehors lorsqu'il rentre à Saint-Juillet, même si nous sommes absents.

– Ce sac est-il resté chez vous ? demanda Christian.

– Non, je l'ai mis dans ma voiture.

Paul alla le chercher et laissa le policier l'examiner attentivement. Quant à Tatiana, elle le scruta avec ses propres sens.

– Il a été en contact avec un rôdeur, affirma la fée.

En fouillant à l'intérieur du sac, Christian trouva une note sur la couverture d'un livre.

– Vous n'allez pas aimer ça, soupira-t-il.

– Que dit-elle ? s'enquit Paul, qui s'attendait au pire.

– « Le démon ou l'innocent jeune homme. Choisissez. »

– Desjardins l'a fait enlever ? balbutia Louise.

– Nous n'avons pas pu l'attirer dans notre piège, alors il est temps que nous passions à l'offensive, annonça Christian.

– Je suis d'accord, l'appuya Paul. Allons chercher Matthieu avant qu'il ne lui fasse du mal.

Attiré par les voix dans le salon, Sylvain descendit l'escalier et se joignit au groupe. Quelques secondes plus tard, Mélissa Dalpé arrivait chez les Kalinovsky.

– Il serait vraiment utile que nous sachions où se trouve le Faucheur, fit remarquer Christian à la guérisseuse.

– Il est malheureusement plus facile de retrouver quelqu'un qui fait le bien.

– Il se cache dans la forteresse du Jaguar, annonça Alexanne, à l'entrée du salon.

– Comment le sais-tu ? voulut vérifier sa tante.

– Les anges me l'ont écrit dans mon cahier.

– Allons-y ! lança le policier, qui ne désirait pas perdre de temps à comprendre comment ces fées obtenaient leurs renseignements.

Paul, Sylvain et Mélissa lui emboîtèrent le pas. Ils grimpèrent tous dans le VUS de Christian et foncèrent en direction de la montagne.

Chapitre 43

La forteresse

Pendant que son sauvetage s'organisait, Matthieu se débattait comme un forcené sur l'autel en pierre auquel deux hommes très laids l'avaient attaché. Tout s'était passé si rapidement. Il était sorti de l'école, les écouteurs sur les oreilles. Plutôt satisfait de sa performance lors de son dernier examen de mathématiques, il se préparait à une longue soirée d'études en vue de son examen de français le lendemain. Inattentif, il n'avait pas vu les gens s'enfuir autour de lui. Quelque chose l'avait empoigné par les épaules et soulevé dans les airs. Ce n'est qu'une fois remis de sa surprise, alors que le paysage défilait sous lui à une vitesse effarante, qu'il comprit qu'une chauve-souris géante venait de s'emparer de lui.

– Vous n'avez pas le droit de me retenir ici ! hurla-t-il en luttant contre les liens qui retenaient ses chevilles et ses poignets. Laissez-moi partir !

Un curieux personnage vêtu d'une longue tunique rouge sortit de l'ombre. Le visage du procureur était si déformé par la haine et la magie noire que Matthieu ne le reconnut pas tout de suite.

– Tu es absolument parfait, murmura le sorcier.

– C'est contre la loi de garder quelqu'un prisonnier !

– Je suis au-dessus de la loi.

– Vous êtes le Faucheur… comprit alors le jeune homme.

– Jeune et intelligent, en plus. Le maître sera content. Tu seras le premier à mourir à la place de Mikal.

Matthieu se rappela que c'était le nom que portait Alexei lorsqu'il faisait partie de la secte.

– Il va voler à mon secours et il vous fera payer tous vos crimes !

Desjardins éclata de rire.

– Il mourra comme tous les autres. Je ferai sortir mon père de prison, et nous fonderons ensemble une nouvelle communauté qui, celle-là, saura se défendre contre les imbéciles qui habitent cette planète.

– Vous êtes vraiment un malade mental.

Desjardins porta le regard au loin, attentif.

– Mon ennemi approche. Sois sage.

Le Faucheur pivota sur ses talons et disparut dans l'obscurité. Il s'approcha de ses deux serviteurs sortis tout droit de l'enfer, qui ne lui avaient ramené qu'une seule de ses victimes.

– Où sont les autres ?

– La femme du policier n'était pas dans son appartement, gronda l'un des rôdeurs.

– Celle du journaliste non plus, ajouta l'autre.

– Qu'en est-il des petites sœurs du gamin ?

– Il n'y a plus personne dans la maison.

– Comment Mikal a-t-il réussi à prévenir tout le monde aussi rapidement ? marmonna Desjardins pour lui-même.

– Qui doit-on aller chercher, maintenant ?

– Personne. J'ai une nouvelle mission pour vous.

Le Faucheur leur tendit une enveloppe en velours rouge. L'une des deux gargouilles la saisit entre ses griffes.

– À l'intérieur, il y a une statuette. Ne la retirez du sachet que lorsque vous serez tout près de la maison de la guérisseuse. Ma prochaine victime viendra à vous. Ramenez-la-moi aussi rapidement que vous le pourrez.

Les créatures traînèrent leurs ailes sur le sol en direction de la sortie.

« Pourquoi n'essaies-tu pas de dissimuler ta présence, Mikal ? s'interrogea le Faucheur. Pourquoi essaies-tu toujours de jouer au héros ? »

* * *

Alexei avait couru à travers la forêt comme du temps où il était possédé par le loup. Il ne possédait plus la vitesse de cet animal, mais il se rappelait tous les sentiers qu'il avait empruntés par le passé. Après sa courte visite chez le père Collin, il avait choisi le chemin le plus court pour se rendre à l'ancienne forteresse du Jaguar, persuadé que son ennemi s'y cachait. Alexei avait encore beaucoup de mal à vivre selon l'éthique des fées, mais il avait appris à faire confiance à leur impressionnante intuition.

Le ciel commençait à pâlir au-dessus des arbres, et la pluie avait cessé de tomber lorsqu'il arriva enfin à la route de terre qui menait à l'entrée des palissades. Il s'agenouilla devant une des nombreuses sources qui jaillissaient dans ces bois et se désaltéra. Il était fatigué, mais bien décidé à régler ses comptes une fois pour toutes avec le Faucheur. Bien que l'endroit fût désert depuis la descente de la police et qu'il se doutait que Desjardins agissait seul, l'homme-loup marcha sur la route avec un air de défi.

Il capta l'approche d'un véhicule, mais ne s'en inquiéta pas, car il reconnut l'énergie de son ami policier. Les phares éclairèrent son dos et le VUS freina brusquement.

– Alex, monte ! le héla Christian en ouvrant sa portière.

Voyant qu'il continuait à avancer, le policier se hâta jusqu'à lui.

– Tu te diriges au bon endroit, mon homme. Ta nièce a reçu des anges la confirmation que le Faucheur s'est réfugié dans l'antre du Jaguar. Apparemment, il a enlevé Matthieu.

Sans attendre la réaction d'Alexei, Christian lui saisit le bras et le tira vers le véhicule. Sylvain et Paul se collèrent l'un contre l'autre pour lui donner de l'espace sur la banquette arrière. Le VUS se remit en marche et s'arrêta à une cinquantaine de mètres des palissades. Christian alla aussitôt ouvrir le coffre.

– J'ai des gilets pare-balles et des armes à profusion, annonça-t-il.

– C'est un sorcier, Christian, lui rappela Sylvain. Il ne te tirera pas dessus avec un fusil.

– Alex m'a déjà dit que leurs fibres synthétiques nuisaient à ses facultés surnaturelles.

Paul, Sylvain et Mélissa acceptèrent de les enfiler en même temps que lui, mais Alexei refusa, puisqu'il aurait vraisemblablement à utiliser ses pouvoirs contre Desjardins. Parce qu'il s'agissait d'une arrestation et non d'une enquête, Sylvain se résigna à porter une arme. Dès que tous furent prêts, le groupe se dirigea vers les portes cadenassées.

– Christian, si tu tires sur le boîtier métallique, il saura tout de suite que nous sommes là, indiqua Mélissa à voix basse.

– Vous croyez qu'il ne le sait pas déjà ? répliqua Sylvain.

– Avez-vous un plan ? demanda Paul.

– Délivrez Matthieu, décida Alexei. Je m'occupe du Faucheur.

– Rappelle-toi ce dont nous avons parlé, l'avertit Christian.

– J'utiliserai mon bouclier aussi longtemps que je le pourrai pour me défendre sans l'attaquer, mais si je juge qu'il a l'avantage…

Alexei s'approcha des chaînes qui empêchaient les intrus d'avoir accès aux installations désertées. Il posa la main sur le cadenas, qui s'ouvrit en silence.

– Tu ne sais pas à quel point je suis content que tu sois honnête, laissa tomber Christian.

L'homme-loup poussa les grandes portes et se dirigea tout droit vers la salle de rituel.

– Je croyais que tu serais seul, fit alors une voix qui venait de partout à la fois.

Les amis d'Alexei épaulèrent leurs carabines, sans trop savoir où les pointer.

– Mais je te remercie de fournir ces sacrifices à Satan.

– J'ai un mandat d'arrêt contre vous, maître Desjardins ! déclara bravement Christian.

– Mais je vous en prie, approchez, inspecteur Pelletier.

Un individu vêtu d'une longue tunique rouge dont le visage était dissimulé sous un large capuchon sortit du bâtiment principal.

– Est-il réel, Alex ?

L'homme-loup se contenta d'acquiescer lentement d'un signe de tête, car il se concentrait maintenant sur le bouclier invisible qu'il venait d'élever entre le sorcier et ses amis.

– Parfois, il ne faut pas croire ce que nous renvoient nos sens, poursuivit Desjardins, mais à certains moments, c'est préférable.

Tout comme il l'avait fait dans le cromlech, le Faucheur fit sortir de terre de longues flammes pour empêcher la retraite de ses proies.

– Puisque vous vous laissez difficilement persuader, monsieur Pelletier, allez donc mettre la main dans ce feu qui ne vous paraît pas réel.

– Levez les bras et avancez très lentement, rétorqua le policier. Je veux voir vos mains.

– Si vous insistez…

Desjardins lui obéit et marcha sans se presser à la rencontre des cinq imprudents. Leurs carabines devinrent alors si brûlantes qu'ils durent les laisser tomber sur le sol. Constatant que malgré leur nombre, ils n'avaient pas l'avantage, Mélissa glissa la main dans la poche de son manteau et pressa sur le chiffre 3 de la recomposition automatique de son téléphone, ce qui eut pour résultat de la mettre en communication avec son supérieur immédiat, au service des enquêtes de la police.

– Nous avons condamné la forteresse du Jaguar, monsieur Desjardins, l'avertit-elle d'une voix forte, pour que son interlocuteur l'entende. Vous êtes en train de violer un ordre de la cour.

– Est-ce tout ce que vous avez à me reprocher ?

– Vous étiez accusé de tentative de meurtre avant de vous échapper de prison, ajouta Christian. Je suis venu jusqu'ici pour vous arrêter, maître Desjardins et je le ferai, même si ce doit être avec mes mains nues.

– Votre ténacité est vraiment exemplaire. Il est malheureux que votre intelligence ne le soit pas également. N'avez-vous pas compris que vous êtes tous en mon pouvoir ?

– Si ce n'est pas moi qui vous passe les menottes, ce matin, ce sera un autre policier, mais vos tours de magie ne vous permettront pas d'échapper éternellement à la justice.

– Il me reste très peu de temps pour procéder aux sacrifices qu'exige Satan. Alors, vous comprendrez mon empressement de régler tout de suite une vieille affaire avec un ancien disciple de mon maître.

Le ciel se couvrit au-dessus du sorcier. Même Sylvain, qui avait mené des enquêtes sur des centaines de phénomènes paranormaux, n'avait jamais vu de nuages aussi noirs. Un éclair s'en détacha, comme lancé par la main d'un dieu courroucé, et fonça sur Alexei. À la stupéfaction du sorcier, non seulement la foudre ne l'incinéra pas, mais elle ne le fit pas non plus bouger d'un centimètre.

– Comme c'est intéressant...

– Rends-nous le garçon et je te laisserai me tuer, lui dit alors Alexei.

– Tu n'arrêtes pas de me surprendre, Mikal. Lorsque tu vivais ici, la seule personne qui t'intéressait, c'était toi-même. Que s'est-il passé pour que tu deviennes tout à coup si altruiste ?

D'autres éclairs foncèrent sur l'homme-loup qui ne cessait de se répéter intérieurement que seul l'amour pouvait vaincre la peur. Il devenait toutefois de plus en plus évident qu'un bouquet de roses ne viendrait pas à bout de ces décharges électriques.

* * *

Au même moment, Danielle était en train de se faire des toasts, seule dans la cuisine, lorsqu'elle crut entendre la voix d'Alexei dans la cour. Elle s'immobilisa et tendit l'oreille.

– Danielle, j'ai besoin de toi...

Ce n'était qu'un murmure, mais il ne pouvait provenir de nul autre que de son amant. Était-il blessé ? La jeune femme se précipita dans le jardin.

– Alex, où es-tu ?

– Je t'en prie, aide-moi...

Les lamentations semblaient provenir de la forêt. Sans réfléchir, Danielle se précipita sur le sentier qui menait au cromlech. Elle ne fit que quelques pas et découvrit sur le sol une petite figurine en métal représentant une femme qui se débattait en tenant sa gorge à deux mains. Obnubilée par l'insolite spectacle, elle ne vit pas l'énorme chauve-souris qui descendait sur elle.

* * *

Tandis que le sorcier bombardait Alexei de filaments lumineux meurtriers, ses amis cherchaient désespérément une façon de lui venir en aide. Christian tenta de reprendre sa carabine, mais se brûla le bout des doigts. Il étouffa un juron et se tourna vers Mélissa. Elle avait relevé son manteau par-dessus sa tête.

– Mais qu'est-ce que tu fais là ?

Sans crier gare, elle s'élança dans le mur de flammes, qu'elle traversa sans difficulté.

– Imitez-la, ordonna le policier à ses compagnons.

Il laissa Paul et Sylvain passer devant lui et les suivit. Après avoir rapidement vérifié qu'aucune partie de lui-même n'était en feu, il se tourna vers le reste du groupe.

– Sans vouloir vous offenser, fit-il à l'intention des deux hommes, vous n'avez pas suffisamment d'expérience pour poursuivre ce sauvetage. Je vous en conjure, retournez à la voiture et préparez-vous à fuir.

– Mais… protesta le journaliste.

– Fais ce que je te demande. Je veux que Félix grandisse avec un père. Mélissa et moi avons été formés pour ce type d'intervention. Laissez-nous faire notre travail, d'accord ?

Paul agrippa solidement le bras de Sylvain et le tira à l'extérieur des palissades.

– C'est à nous de jouer, Dalpé, déclara Christian en se tournant vers sa collègue.

– Pourrais-tu m'appeler une fois « chérie » avant que nous nous fassions tuer ?

Même si ce n'était guère le moment de s'attendrir, il attira Mélissa dans ses bras et posa un baiser sur son front.

– Le premier qui l'attrape paye une croisière à l'autre, chérie.

– Je prends la droite !

Elle s'élança entre les planches et les flammes sans la moindre appréhension. Reportant à plus tard ses commentaires élogieux, Christian fonça à gauche. En contournant le mur de feu, ils pourraient sans doute surprendre le sorcier par-derrière.

Voyant qu'il n'arrivait à rien avec la foudre, Desjardins fit disparaître l'orage artificiel d'un seul coup.

– Je voulais te prouver que tu n'étais pas le seul à maîtriser les éléments, démon, fit-il en se croisant les bras, mais encore une fois, tu prends un malin plaisir à m'humilier en me montrant un autre pouvoir que toi seul possèdes. Tu ne me donnes donc plus le choix.

Alexei entendit deux claquements secs et baissa les yeux. Sortis de nulle part, des bracelets en fer venaient de se refermer sur ses poignets.

– Les reconnais-tu, Mikal ?

L'homme-loup avait passé la moitié de son séjour dans la communauté enchaîné quelque part, parce qu'il refusait de se soumettre. Des chaînes sortirent de terre, comme deux plantes métalliques poussant à une vitesse vertigineuse, et se soudèrent aux bracelets.

– Es-tu capable d'en faire autant ?

Alexei tira sur ses liens sans parvenir à les faire céder.

– Où est ta grande magie, démon ?

« Comment l'amour va-t-il me sortir de ce mauvais pas ? » s'alarma silencieusement l'homme-loup.

– J'ai une autre surprise pour toi, poursuivit Desjardins qui semblait aimer le son de sa propre voix.

Deux gargouilles descendirent du ciel. L'une d'elles transportait une jeune femme qu'Alexei reconnut aussitôt.

– Non ! hurla-t-il, en colère.

Dès que les pieds de Danielle touchèrent le sol, le Faucheur passa le bras autour de sa taille et la ramena brutalement contre lui. Désorientée, la jeune femme regarda vivement autour d'elle. Son regard s'arrêta sur l'homme qu'elle aimait, enchaîné au milieu de la cour.

– Alex...

– Regarde-le bien, Danielle, parce que c'est la dernière fois que tu le vois.

Sur un ton cassant, Desjardins ordonna aux rôdeurs d'aller chercher les hommes qui tentaient de fuir sur la route, puis se tourna une fois de plus vers son rival.

– Ils mourront en même temps que le jeune homme qui courtisait ta nièce, Mikal. Quant à Danielle, je ne sais pas très bien ce que je ferai d'elle.

Un autel en pierre sortit lentement du sol devant le sorcier. Il souleva Danielle et l'y déposa. La jeune femme lutta de toutes ses forces pour se défaire de lui, mais ne put rien contre les liens qui s'enroulèrent autour de ses poignets et de ses chevilles. Desjardins caressa son visage baigné de larmes. À quelques pas de lui, Alexei tentait désespérément de se libérer.

– Mais qu'est-ce que je sens en toi ? Une nouvelle vie ? Nous allons avoir un enfant, ma bien-aimée ?

Alexei poussa un cri si terrible qu'il se répercuta dans les montagnes avoisinantes.

Chapitre 44

Sorcellerie

Puisque les flammes longeaient les palissades jusqu'aux bâtiments, chacun de leur côté, Christian et Mélissa furent forcés de trouver une façon d'y entrer, afin de se rabattre sur le sorcier que combattait Alexei. Il faisait très noir dans ces constructions où les fenêtres avaient été obstruées par les membres de la secte. Christian avança à tâtons, jusqu'à ce qu'il perçoive une lueur sous ce qui semblait être une porte. Il la poussa doucement, regrettant à chaque instant de ne pas être armé, et jeta un coup d'œil à l'intérieur. Quelqu'un était attaché sur un autel entouré de cierges noirs.

– Matthieu ? chuchota le policier en scrutant tous les coins de la pièce.

– Aidez-moi, implora le jeune homme.

L'enquêteur s'approcha de lui à pas comptés, craignant qu'un piège ne se referme sur lui.

– Surtout pas un son, recommanda le policier en détachant ses pieds.

Mélissa déboucha alors dans la même grande salle de rituel.

– Christian ? appela-t-elle à voix basse.

Le policier fit volte-face et vit que c'était sa collègue.

– Ce n'est que moi.

– Viens m'aider.

Ils détachèrent Matthieu, mais l'empêchèrent de prendre ses jambes à son cou.

– Écoute-moi bien, mon homme. Si tu veux sortir d'ici vivant, tu dois faire tout ce qu'on te dit, d'accord ?

Matthieu hocha vivement la tête.

– Mélissa va te conduire jusqu'à ton père.

Sa collègue lui décocha un regard noir, mais jugea préférable de ne pas contredire ses ordres devant le pauvre garçon effrayé.

– En silence, ajouta Christian.

– Ensuite, je reviendrai protéger tes arrières, fit la femme policier glissant ses doigts entre ceux de Matthieu.

– Je vais essayer de trouver une façon de me rendre dans la cour. Dépêche-toi.

Mélissa tira sur la main du jeune homme et l'entraîna vers la sortie. Docile, celui-ci adopta son pas militaire en soufflant comme une locomotive, même lorsqu'ils coururent dans l'étroit couloir entre les flammes et la palissade. Au moment où ils franchissaient les portes, ils entendirent des coups de feu. Mélissa ralentit immédiatement le pas, afin d'évaluer la situation. Devant eux se déroulait un spectacle digne d'un film d'horreur. Tournant sur eux-mêmes, Paul et Sylvain pointaient vers le ciel des armes qu'ils avaient récupérées dans le véhicule de Christian.

– Fonce dans le VUS, ordonna Mélissa à Matthieu, et restes-y.

Matthieu fit ce que la femme policier lui avait demandé tandis qu'elle poursuivait son chemin jusqu'au coffre arrière. Elle en sortit une carabine de précision, l'arma et planta solidement ses pieds dans le sol. Tandis que les deux hommes tiraient à l'aveuglette sur les deux rôdeurs qui effectuaient des acrobaties aériennes plutôt impressionnantes, la jeune femme ne pressa la détente que deux fois.

Les deux affreuses créatures s'abattirent sur le sol à quelques mètres d'eux.

– Ça alors ! s'exclama Sylvain, renversé.

– Merci, madame Dalpé, fit Paul, haletant. Il y a si longtemps que je n'ai pas chassé que je ne sais même plus comment abattre du gibier.

– Matthieu est dans la voiture, leur apprit Mélissa en fouillant parmi les armes. Fuyez !

Elle trouva des pistolets qu'elle enfonça dans ses poches, puis referma le coffre du véhicule.

– Mais vous ? protesta Sylvain. Et Christian ? Et Alexei ?

– Les renforts vont bientôt arriver. Allez-vous-en d'ici pendant que vous le pouvez !

Paul se précipita derrière le volant au moment où Mélissa poussait le journaliste vers la portière du passager. La femme policier n'attendit pas qu'ils partent. Elle fit demi-tour et fonça vers la forteresse avec son téléphone.

– Il y a quelqu'un ? demanda-t-elle en s'engouffrant derrière les flammes.

– Inspecteur Dalpé ? s'étonna son interlocuteur.

– Dites-moi que vous nous avez déjà envoyé des unités.

– Le chef a communiqué avec les unités de Saint-Jérôme.

– Dites-leur de se hâter !

Elle remit l'appareil dans sa poche et tendit l'oreille, à la recherche de son coéquipier. Elle dépassa l'entrée de la grande salle de rituel et vit une silhouette se découpant dans la lumière extérieure qui se faufilait au bout du couloir. Elle connaissait suffisamment la carrure de son amant pour savoir que c'était lui.

– Christian, c'est moi, chuchota-t-elle en s'approchant.

Elle déposa une arme dans sa main.

– As-tu un plan ?

– Que dirais-tu de foncer et de le cribler de balles ?

– Il ne faudrait pas tuer Alexei en même temps.

– As-tu une autre idée ?

– Il serait préférable que nous ne sortions pas en même temps. Pendant qu'il s'en prendra à l'un de nous, l'autre pourra le descendre… à moins qu'un monstre comme lui soit immortel.

– Personne n'est immortel. J'irai le premier.

– Bonne chance, Pelletier.

– J'ai une bonne étoile.

Christian inspira profondément et avança le plus silencieusement possible en serrant les deux mains sur le pistolet automatique. Il n'avait jamais tiré sur qui que ce soit dans le dos, mais il n'hésiterait pas une seule seconde dans le cas de Desjardins. Au lieu de se diriger directement derrière lui, il marcha un peu sur le côté afin de voir Alexei. Christian serra les dents et pressa sur la détente. Le Faucheur projeta son bras derrière lui et se retourna. Son visage était si hideux que le policier ne le reconnut pas. Avec un rictus cruel, le sorcier ouvrit la main et laissa tomber la balle du pistolet sur le sol. Christian vida alors tout le chargeur de son arme sur le procureur, mais celui-ci resta debout, à le regarder à la manière d'un prédateur attendant que sa proie fasse le premier geste.

Pendant le court duel, Mélissa avait réussi à sortir de la bâtisse sans se faire remarquer. Elle avait longé le mur, afin d'attaquer le meurtrier d'un angle différent. C'est alors qu'elle avait vu Danielle attachée sur l'autel en plein air et Alexei enchaîné sur le sol. Lorsque Christian avait ouvert un feu nourri sur Desjardins, la femme policier avait vraiment cru que cette vilaine affaire venait de se terminer. Tout comme son collègue, elle n'en crut pas ses yeux en constatant que leur cible était toujours debout.

– Commencez-vous à croire à la sorcellerie, monsieur Pelletier ? railla le Faucheur.

– Vous n'êtes pas un être humain... s'étrangla Christian. Vous êtes le diable lui-même.

– Me ferez-vous l'honneur de vous joindre à monsieur Kalinovsky et à madame Dalpé ?

Les deux policiers sentirent des mains invisibles leur serrer la gorge et les obliger à marcher jusqu'à Alexei. Aussitôt, leurs poignets furent emprisonnés dans des bracelets métalliques rattachés à des chaînes.

– Vous n'auriez pas dû revenir, murmura Alexei.

– Parce que tu as la situation bien en main, je présume, grommela Christian.

– Au lieu de nous mettre en colère, cherchons une issue, conseilla Mélissa.

Sans plus s'occuper d'eux, Desjardins se mit à réciter des phrases incompréhensibles dans une langue qui ressemblait à du latin.

* * *

Paul conduisit le véhicule à une vitesse vertigineuse jusque chez les Kalinovsky. Il en descendit, ouvrit la portière arrière et saisit son fils par les manches. Il étreignit Matthieu pendant de longues minutes, avant de lui demander s'il était blessé.

– Je n'ai rien... hoqueta le jeune homme éprouvé.

Louise sortit de la maison et, à son tour, serra son fils dans ses bras.

– Dieu soit loué, pleura la mère.

Puis, ce fut au tour d'Alexanne. Les jeunes gens s'embrassèrent sans la moindre gêne devant les adultes.

– Où sont les autres ? demanda-t-elle, une fois rassurée.

– Ils sont toujours là-bas, répondit Sylvain. Mélissa a déjà demandé des renforts. J'espère de tout cœur qu'ils ne tarderont pas.

– Je vais m'en assurer, déclara Matthieu, qui reprenait des couleurs.

D'un pas résolu, il grimpa sur le porche et entra dans la maison.

– Il est secoué, leur rappela Sylvain. Ne le laissez pas seul.

Alexanne réagit la première, immédiatement suivie des parents. Le journaliste demeura seul près du véhicule, à intégrer tout ce qu'il avait vu. Tatiana le rejoignit un instant plus tard.

– Je n'ai pas voulu alarmer les autres, mais je ne trouve plus Danielle, lui révéla-t-elle.

– Je ne l'ai pas vue à la forteresse, mais ça ne veut pas dire qu'elle n'y est pas, parce que nous ne sommes pas allés assez loin à l'intérieur. Ne pouvez-vous pas vous servir de vos pouvoirs pour vérifier si elle y est ?

– Une énergie maléfique m'en bloque l'accès.

– Que pouvons-nous faire, madame Kalinovsky ?

– J'envoie de l'énergie sur la montagne depuis plusieurs heures sans résultat.

Pendant qu'au téléphone, Matthieu expliquait aux policiers ce qui lui était arrivé, Alexanne sonda le cœur de Paul, puis celui de Sylvain. Ils faisaient de gros efforts pour ne pas alarmer les femmes, mais ils étaient morts de peur. Contrairement à ce qu'ils disaient, la balance ne penchait pas du tout en faveur d'Alexei.

Alexanne s'isola dans le vestibule et tenta de communiquer avec l'esprit de son oncle. Tout comme Tatiana, elle se heurta à un mur de glace. « Il est prisonnier et il ne fait rien pour se libérer », devina-t-elle. Elle s'assura que personne ne la surveillait et grimpa à la chambre d'Alexei. Le sac à main de Danielle était sur la commode. Elle fouilla à l'intérieur et trouva les clés de sa voiture. Elle redescendit sans faire de bruit et sortit dans la cour.

– Où vas-tu comme ça ?

L'adolescente fit volte-face et trouva devant son nez la petite fée blonde qui faisait du sur-place, les pétales de sa robe rouge volant au vent.

– Si tu me dénonces, je t'enfermerai dans un bocal et je te lancerai dans la rivière, la menaça Alexanne.

– Il ne fera qu'une bouchée de toi.

– Je suis une fée.

– Ton oncle aussi.

Alexanne la chassa de la main et continua en direction de l'entrée.

– C'est du suicide ! s'écria la minuscule fée.

– S'il meurt, je mourrai aussi, Coquelicot.

S'assurant qu'il n'y avait plus personne devant la maison, l'adolescente se rendit à la voiture sur la pointe des pieds et se glissa derrière le volant. Elle trouva l'allumage et essaya toutes les clés du trousseau, avant de trouver celle qui ferait enfin démarrer le véhicule. La portière du côté opposé s'ouvrit, la faisant sursauter. Valéri Sonolovitch s'assit sur le siège du passager.

– As-tu déjà conduit une voiture ? demanda le vieil homme.

– Non…

– Moi non plus. Alors, essaie d'éviter les arbres.

Alexanne mit le moteur en marche.

Chapitre 45

L'épée

Les trois prisonniers du Faucheur étaient maintenant à genoux, impuissants. Leur geôlier était entré en transe et ne se préoccupait plus d'eux. Le cerveau de Christian examinait la situation depuis plusieurs minutes sans découvrir la façon d'éviter de subir le même sort que Danielle, que le sorcier s'apprêtait à tuer. Ce qui le faisait encore plus paniquer, c'était le calme d'Alexei.

– Es-tu en son pouvoir, Alex ? chuchota le policier.

– Non.

– Pourquoi ne fais-tu rien ?

– Mon intuition me dit que j'aurai bientôt l'occasion d'agir.

– Tu aurais été terrible comme policier, toi.

– Pourquoi ?

– Parce que tu sais attendre.

Christian secoua ses chaînes pour la centième fois.

– Comment fait-il pour matérialiser du métal à partir de rien ? voulut-il savoir.

– Je n'en sais rien.

– Peux-tu faire apparaître une scie ou un chalumeau ?

– Qu'est-ce que c'est ?

– Ces liens n'existent peut-être que dans notre esprit, suggéra Mélissa.

– Si c'était le cas, nous ne serions plus ici, rétorqua Christian.

Le policier continua à se creuser les méninges sans rien trouver.

– As-tu peur de mourir ? demanda-t-il à l'homme-loup.

– Pas si ma mort peut nous débarrasser du Faucheur.

– Moi, je suis terrifié à l'idée d'être aussi bêtement exécuté. Je ne veux pas partir avant d'avoir vécu tous mes rêves et d'avoir fait pardonner toutes mes fautes.

Christian secoua la tête de découragement.

– Je parle comme le bon larron… maugréa-t-il.

– C'est un de tes amis ? s'enquit Alexei.

– Non, répondit Mélissa. C'est un des criminels qui ont été crucifiés en même temps que Jésus.

Alexei ne comprenait rien à toutes leurs histoires, mais il ne pouvait pas se permettre de leur demander de longues explications. Il vit alors briller quelque chose dans les mains de Desjardins et se redressa pour mieux distinguer ce que c'était. Il reconnut aussitôt l'épée de rituel du Jaguar. Le Faucheur continuait de psalmodier ses incantations sans se lasser. Rien ne semblait vouloir se passer, jusqu'à ce que l'épée s'élève par elle-même dans les airs. Elle monta d'abord à l'horizontale, puis se redressa à la verticale au-dessus du cœur de Danielle.

– Tous ces objets magiques auraient pu t'appartenir, Mikal, indiqua le sorcier en plantant son regard arrogant dans celui de l'homme-loup.

Pourtant, la dernière fois qu'Alexei avait tenu cette arme dans ses mains, il n'avait rien senti de tel. Desjardins contourna l'autel pour s'approcher des victimes qu'il comptait offrir à Satan. D'une des manches amples de sa tunique rouge, il sortit une dague dont la poignée en ébène était gravée de symboles démoniaques.

– Vous comprendrez que je n'ai plus le temps de vous installer un à un sur l'autel de sacrifice. De toute façon, ce qui contente mon maître, ce n'est pas la méthode, mais le résultat. Il acceptera sans rechigner les cœurs que j'arracherai de votre poitrine.

Le Faucheur s'approcha d'abord de Christian.

– Non ! hurla Alexei en se démenant au bout de ses chaînes.

– Il est inutile de te lamenter, Mikal. Vous y passerez tous.

Le policier demeura impassible tandis que le sorcier s'accroupissait devant lui.

– Vous avez fini de m'humilier au tribunal, monsieur Pelletier.

Dans un geste d'une grande rapidité, Desjardins planta la lame dans la poitrine de Christian. Mélissa poussa un cri de terreur. Révolté, Alexei réussit à ramener ses jambes sous lui et décocha un violent coup de pied latéral à son ennemi. Celui-ci fut brutalement projeté sur le dos. Malgré tous ses efforts, l'homme-loup ne réussit pas à tirer suffisamment sur ses chaînes pour que ses mains atteignent son ami blessé. Mélissa tremblait de tous ses membres, en état de choc. Incapable de rester à genoux plus longtemps, Christian s'était écroulé sur le sol.

Desjardins se redressa lentement, le visage décomposé par la colère. Il sortit un autre poignard de ses habits de rituel et s'avança vers Alexei.

– Ne cède pas à la colère... hoqueta Christian, en proie à de terribles douleurs. Pense à ceux qui comptent sur toi...

– Que de noblesse venant d'un homme qui sera mort dans quelques minutes, cingla le sorcier. Je voulais tous les tuer sous tes yeux, Mikal, mais tu ne me donnes pas tellement le choix.

* * *

Au volant de la voiture de Danielle, Alexanne se dirigeait tant bien que mal vers la forteresse de la secte, en regrettant d'avoir décliné les leçons de conduite que Matthieu lui avait offertes l'été d'avant.

– Pourquoi êtes-vous monté avec moi ? demanda l'adolescente en gardant les yeux sur la route.

– Parce que ce procureur Desjardins est probablement un sorcier.

– Vous allez le faire exploser ?

– Ce n'est pas aussi spectaculaire que ça.

– Moi, tant que vous l'empêchez de faire du mal à mon oncle, vous pouvez bien lui faire n'importe quoi.

– Les Vengeurs ne sont pas des gens violents, Alexanne. C'est la lumière qu'ils portent en eux qui met un terme aux activités des mauvais magiciens. Tatiana a dû te dire que la lumière consume l'obscurité, non ?

– Oui, mais elle ne m'a pas décrit toutes ses façons d'opérer.

Ayant décoché un regard à son passager, Alexanne sentit le véhicule faire un crochet vers le fossé. La main du vieil homme se posa sur la sienne et le ramena en droite ligne.

– Merci… bafouilla l'adolescente, effrayée.

Lorsqu'ils arrivèrent tout près de l'antre du Jaguar, le duo dut s'arrêter derrière un barrage de voitures de police. Alexanne arrêta le moteur et s'empressa de rejoindre les hommes armés qui se massaient devant les grandes portes, prêts à foncer.

– Ne restez pas là, mademoiselle, l'avertit un des policiers qui surveillaient les arrières de ses confrères. Retournez d'où vous venez avec votre grand-père.

La jeune fée n'avait aucune intention de faire demi-tour et refusa obstinément de bouger. Elle vit les hommes marcher vers la palissade. « Ils vont tous se faire tuer », songea-t-elle, désespérée. Au moment où ils allaient en atteindre l'entrée, les deux larges portes se refermèrent sèchement sous leur nez. Les policiers eurent beau pousser, elles refusèrent de bouger.

– Va leur donner un coup de main, suggéra Sonolovitch à l'adolescente.

– Avec plaisir.

Le chef de l'équipe décrocha alors le porte-voix de sa ceinture.

– Frédéric Desjardins, je suis le capitaine Dupéré, de la police provinciale. Un mandat d'arrêt a été émis contre vous. Ouvrez immédiatement ces portes, ou nous serons forcés de les défoncer.

* * *

L'avertissement de Dupéré laissa le Faucheur indifférent. Il se savait capable de tuer tous les policiers qui voleraient au secours de son rival. Ce qui lui importait, maintenant, c'était de répandre le sang de Mikal.

– Quand je pense qu'il t'a plus aimé que son propre fils, siffla-t-il entre ses dents.

Une faible aura de lumière blanche apparut autour du corps d'Alexei.

– Je vais te renvoyer dans l'enfer dont tu es sorti.

– Tiens bon, Alex... murmura Christian, de plus en plus pâle.

Mélissa promenait son regard de son collègue agonisant aux deux hommes magiques, certaine que l'un ou l'autre vivait les dernières minutes de sa vie. « Dépêchez-vous », pria-t-elle en songeant à l'équipe qui tentait de se porter à leur secours.

– Un halo ? se moqua Desjardins. Mais quand es-tu devenu un ange ?

Tout comme il l'avait fait pour Christian, le sorcier frappa sa victime comme un serpent. La pointe du poignard vibra comme si elle avait heurté un obstacle d'une grande dureté et fit trembler tout son bras.

– Est-ce ta façon de me dire que tu préfères que j'immole les autres avant toi ?

Le Faucheur savait pertinemment que s'il énervait suffisamment sa victime, elle abaisserait son bouclier juste assez longtemps pour qu'il la poignarde.

– Mais peut-être devrais-je faire l'amour à Danielle, avant de laisser tomber l'épée sur son ventre...

La lumière qui entourait Alexei se mit à faiblir.

– Après avoir extrait ton enfant de son ventre, évidemment.

L'homme-loup se mit à trembler de rage.

– Peut-être l'épargnerai-je pour qu'elle porte mes enfants à moi.

Exaspéré, Alexei poussa un cri perçant auquel tous les loups des environs répondirent. Desjardins enfonça sa lame dans sa poitrine.

– C'est au tour de madame Dalpé, maintenant, grimaça le Faucheur, assouvi.

La terre se mit alors à remuer de plus en plus violemment, faisant vaciller le meurtrier sur ses jambes. Le ciel se couvrit et plongea la région entière dans l'obscurité. Dans un effort surhumain, Alexei se releva et brisa ses chaînes. Une lumière aveuglante fusa aussitôt de la plaie où le poignard était toujours enfoncé.

– Si tu me terrasses, l'épée plongera dans le corps de Danielle ! le menaça Desjardins.

La dague tomba sur le sol et la blessure de l'homme-loup se referma sous le regard déconcerté du sorcier.

Alexei fit un pas vers son sombre adversaire, mais n'alla pas plus loin. Dans un fracas qui ressemblait à un coup de tonnerre, les portes de la palissade s'ouvrirent d'un seul coup. Un vent violent éteignit une partie des flammes qui jaillissaient du sol.

Profondément contrarié, Desjardins leva les bras pour anéantir les policiers qui osaient interrompre ses sacrifices, mais il ne vit qu'une adolescente qui s'avançait vers lui sans la moindre crainte.

– Par les pouvoirs qui me sont conférés par le Créateur, commença Alexanne.

Elle avait prononcé ces mots sans réfléchir, comme si quelqu'un d'autre parlait à travers elle. « Valéri ? » se demanda-t-elle.

– Non ! hurla Desjardins.

Il lança contre elle des décharges aveuglantes semblables à de la foudre. Alexei les bloqua sur-le-champ à l'aide de son bouclier.

– Je t'ordonne de te mettre à genoux et de lui demander de te pardonner tes fautes ! poursuivit la jeune fée.

– Jamais ! hurla le sorcier. Satan est mon seul maître !

– J'ordonne à l'obscurité de quitter ton corps à jamais.

Des flammes naquirent au bas de la tunique de Desjardins, qui s'empressa de réciter des incantations pour les faire disparaître. Plus Alexanne s'approchait, plus le feu se propageait sur ses vêtements. Le Faucheur se mit à se tordre en poussant des cris de terreur, lorsque les flammes s'attaquèrent à sa chair.

– Danielle ! s'étrangla Alexei en fonçant vers elle.

Il plongea dans les airs, au-dessus de l'autel, et attrapa au vol l'épée libérée de son maléfice par la mort imminente du sorcier. Il retomba sur le sol, de l'autre côté de la table de pierre, et fit quelques roulades dans la poussière, avant de s'arrêter sur le ventre. Soulagé d'avoir épargné à sa compagne et à leur futur enfant une mort atroce, il se releva à genoux et lança l'arme plus loin. Les nuages se dissipèrent aussitôt, et le soleil inonda la forteresse.

Tandis que Desjardins se consumait sur son bûcher invisible, Alexei détacha sa compagne et la serra contre lui. Les chaînes qui retenaient Mélissa et Christian fondirent comme de la glace. La jeune femme se hâta auprès de son amant et posa l'oreille contre sa poitrine. Son cœur battait faiblement. Ayant appris qu'il était dangereux de retirer un couteau enfoncé dans la chair d'une victime sans être médecin, Mélissa leva la tête pour chercher de l'aide. Les forces du capitaine Dupéré venaient de pénétrer dans la cour. Stupéfaits par le spectacle qui s'offrait à eux, les policiers s'immobilisèrent les uns après les autres.

– Appelez une ambulance ! hurla Mélissa.

Ne pouvant plus rien faire pour le pauvre hère qui s'était écroulé dans le sable, à demi calciné, Alexanne s'empressa de se pencher sur Christian. Elle savait que les services d'urgence mettraient au moins deux heures à atteindre la montagne. L'inspecteur pourrait-il tenir jusque-là ? La jeune fée ralentit sa respiration et se concentra. Tout à coup, elle vit le blessé avec des yeux nouveaux. Autour de son corps flottait une lumière blanche qui semblait aspirée par le trou percé par la lame du poignard.

Elle se rappela que sa tante et son oncle avaient appliqué les mains sur les perforations des soldats dont l'hélicoptère s'était écrasé non loin de la maison, quelques mois auparavant. Sans savoir si son traitement empêcherait Christian de perdre toute sa force vitale, elle plaça les mains de chaque côté du manche de l'arme pour colmater la brèche.

– Laisse-moi faire, ordonna alors Alexei en s'agenouillant près d'elle.

Alexanne lui céda volontiers sa place. L'homme-loup mit ses paumes exactement au même endroit que sa nièce, ce qui signala à cette dernière que ses réflexes de guérisseuse l'avaient bien servie. Toutefois, possédant une énergie supérieure à celle de la plupart des fées, Alexei fit jaillir de ses mains une lumière étincelante qui arracha un murmure d'admiration aux membres des forces policières. Sous leurs yeux, comme par magie, la dague s'éleva dans les airs. Mélissa s'en empara immédiatement, de crainte qu'elle ne retombe sur Christian.

L'opération lumineuse dura encore quelques secondes, puis Alexei s'assit sur ses talons. Il avait fait tout ce qu'il pouvait pour son ami. S'il désirait vivre, c'était à Christian de parcourir le reste du chemin. Il n'y avait plus un seul son dans la grande enceinte. Tous les yeux étaient rivés sur l'homme qui gisait dans son sang. Au bout d'interminables minutes, le corps de Christian tressaillit, comme s'il avait reçu un terrible choc électrique.

– Où est Alex ? Desjardins ? Mélissa ? Est-ce que quelqu'un est blessé ?

– Toi ! répondit Mélissa en déposant un baiser sur ses lèvres.

Elle l'aida à s'asseoir, mais l'empêcha de se lever.

– Tu as perdu beaucoup de sang, alors ne remue pas, sinon tu perdras connaissance, l'avertit-elle.

– Il m'a planté un couteau dans le ventre… se rappela Christian.

– Alexei l'a retiré et il a refermé ta plaie.

Le regard du policier croisa celui de l'homme-loup. Ils s'observèrent pendant un moment, comme deux hommes ayant compris l'importance de la vie.

– Merci, Alex…

Christian vit aussi Danielle debout derrière Alexei. Il tourna la tête et aperçut Alexanne.

– Que fais-tu ici, toi ? se fâcha-t-il.

– Je suis venue vous tirer d'affaire, évidemment, plaisanta la jeune fée.

Le capitaine Dupéré s'accroupit près du policier blessé.

– Nous allons vous conduire à l'hôpital, déclara-t-il.

– N'importe où, mais pas là ! gémit Christian.

Mélissa et Dupéré l'aidèrent à se remettre sur pied.

– Avez-vous arrêté Desjardins ? demanda le blessé récalcitrant.

– Non, mais je vais le faire ramasser à la pelle par mes hommes pour remettre ce qu'il en reste au coroner, assura le capitaine de la division de Saint-Jérôme.

– Quoi ?

Mélissa dirigea le regard de son compagnon sur le corps à moitié consumé du sorcier.

– C'est dégoûtant…

Il laissa ses collègues le ramener vers les voitures de police.

Chapitre 46
Meurtriers d'enfants

Alexei prit les mains de Danielle et d'Alexanne et les fit sortir de la forteresse. Ils firent quelques pas sur la route, puis l'homme-loup se retourna vers les palissades. La terre se mit alors à trembler sous leurs pieds.

– Alex, est-ce toi ? s'alarma la jeune fée.

Les bâtiments se mirent à valser, puis disparurent les uns après les autres dans le gouffre qui venait de s'ouvrir dans le sol. Le trou noir avala tout ce qui se trouvait dans l'enceinte, avant de s'attaquer aux palissades. Paralysées par la peur, Danielle et Alexanne observaient le phénomène sans le comprendre. Lorsqu'il ne resta plus une seule trace de la forteresse, le tremblement de terre prit fin.

– Personne ne reviendra jamais ici, déclara l'homme-loup.

Il tira sur les mains des deux femmes et les entraîna plus loin.

– Qu'est-ce que ma voiture fait ici ? s'étonna Danielle. Et pourquoi monsieur Sonolovitch est-il à l'intérieur ?

– Je ne connaissais pas de façon plus rapide d'atteindre la montagne, répondit Alexanne.

– Heureusement qu'il t'a emmenée jusqu'ici.

L'adolescente jugea préférable de ne pas lui dire que c'était elle qui avait conduit le véhicule. Danielle avait subi suffisamment de traumatismes, ce jour-là. Malgré tout, celle-ci s'installa instinctivement derrière le volant, et Alexanne se glissa sur la banquette arrière, croyant que son oncle la suivrait.

– Alex ? l'appela-t-elle en voyant qu'il restait dehors.

– Rentrez chez Tatiana, déclara-t-il. J'ai besoin de marcher.

– Après tout ce que Frédéric t'a fait ? s'étonna Danielle.

Ne désirant pas se quereller avec elle, l'homme-loup pivota sur ses talons et s'enfonça dans la forêt.

– On dirait bien que certaines choses ne changeront jamais, soupira Alexanne.

– Est-il blessé ? s'inquiéta la travailleuse sociale.

– Non, mais il est infiniment triste.

– Peux-tu me dire pourquoi ?

Alexanne tenta de sonder son âme jumelle, mais n'y parvint pas.

– Il me ferme une fois de plus son cœur, regretta-t-elle.

– Faites ce qu'il dit, l'appuya Valéri.

Danielle les ramena donc chez la guérisseuse, où le reste du groupe fêta leur retour. Pendant ce temps, Alexei suivait l'un des nombreux sentiers qui sillonnaient la région. Il ressentait sa soudaine rupture avec l'âme de sa nièce comme une blessure encore plus douloureuse que la lame du poignard qui avait pénétré sa chair. Il ignorait si Alexanne subissait le même choc que lui, car il ne pouvait plus discerner son énergie parmi celle des autres habitants de la région.

Plongé dans le deuil, il avait cessé de penser au Faucheur, à la secte et aux années de souffrance qu'il y avait passées. Il marchait instinctivement en direction de la maison de sa sœur, qui pourrait sans doute lui expliquer ce qui se passait en lui. C'est alors qu'il entendit des gémissements aigus. Ayant passé une partie de sa vie dans la nature, il était capable de distinguer les cris des animaux qui habitaient la forêt. Il s'immobilisa et tendit l'oreille.

– Ne me faites pas de mal… hoqueta une petite voix.

Alexei utilisa immédiatement ses sens invisibles pour la repérer, puis fonça entre les arbres. Il déboucha sur une clairière, où était garé un curieux véhicule qui ressemblait à une maison sur roues.

– Je fais ça pour ton bien, Émilie, fit une voix lointaine.

* * *

Les voitures de patrouille se suivaient sur la route qui descendait de la montagne. Assis près de Mélissa, Christian avait fermé les yeux, en proie à une grande fatigue. Sa compagne était persuadée qu'il s'était endormi lorsque soudain, il se raidit comme s'il était victime d'une crise cardiaque.

– Arrêtez la voiture ! s'écria le policier.

– Qu'est-ce que tu as ? s'énerva Mélissa.

– Arrêtez !

Le conducteur freina, immobilisant le convoi.

– Ouvrez-moi la portière ! continua à hurler Christian.

Mélissa crut qu'il avait peut-être envie de vomir et insista elle aussi pour qu'on le laisse sortir. Au lieu de se plier en deux pour soulager son estomac, l'inspecteur fonça inexplicablement dans la forêt.

– Christian ! le rappela Mélissa.

Voyant qu'il ne s'arrêtait pas, elle fit signe aux policiers, qui étaient eux aussi descendus de voiture, de la suivre et pourchassa son collègue en continuant à crier son nom. Toutefois, Christian ne l'entendait plus. Une vision lui était apparue quelques minutes plus tôt. Les scènes qui avaient défilé dans son esprit étaient si réelles qu'il n'avait eu d'autre choix que de faire stopper la voiture.

En suivant le sentier au pas de course, il s'étonna de

reconnaître les lieux auxquels il venait tout juste de rêver. « Elle n'est plus très loin, maintenant », se surprit-il à songer. D'autres images surgirent alors devant ses yeux, et il vit clairement le visage de la tueuse en série qu'il traquait depuis de longs mois !

« Mais qu'est-ce qui m'arrive ? » s'alarma le policier, incapable de s'arrêter. Il ignorait qu'une blessure infligée par un sorcier pouvait aussi bien causer des hallucinations, que transmettre certains pouvoirs magiques à sa victime...

* * *

Alexei s'arrêta devant un curieux spectacle. Une femme d'une quarantaine d'années avait ligoté une fillette sur une vieille chaise en bois et caressait ses cheveux. La petite pleurait à chaudes larmes, comme si elle allait être punie.

– Est-ce ta mère ? se hérissa l'homme-loup.

L'étrangère fit volte-face. Elle tenait entre ses doigts un fil de matière transparente semblable à celui de la canne à pêche de Matthieu.

– Ce n'est pas ma mère ! hurla alors l'enfant.

– Je suis sa tante, et elle est sous ma garde, expliqua la femme avec un sourire contraint.

– Ce n'est pas vrai !

– Détachez-la, gronda Alexei avec un air menaçant.

– Je vous prierais de vous mêler de vos affaires, monsieur, sinon je me verrai forcée d'appeler la police.

– Ce ne sera pas nécessaire, répondit une autre voix d'homme. Elle est déjà ici.

Christian émergea de la végétation et sortit son insigne de ses poches en tremblant. Même s'il faiblissait à vue d'œil, l'inspecteur remarqua ce qu'elle tenait entre les doigts. Toutes ses jeunes victimes avaient été étranglées avec du fil de pêche...

– Je vous arrête pour les meurtres de Mélanie Borduas, Benjamin Pelchat, Jonathan Brousseau, Geneviève Robert, Élisabeth Thibault, Juliette Lambert, Jean-Pascal Besson, Raphaëlle Fortier, Vincent Campbell, Emma Nadeau et Mathilde St-Amant. Vous avez le droit de garder le silence. Si vous choisissez de parler, tout ce que vous direz pourra être utilisé contre vous devant un tribunal.

Le policier ne voulait surtout pas montrer à la suspecte qu'il était sur le point de s'évanouir. Heureusement, Mélissa arriva près de lui en compagnie du capitaine Dupéré et de quelques hommes.

– Vous avez le droit de consulter un avocat et de demander qu'il soit présent lors de votre interrogatoire, poursuivit-elle.

– Je n'ai rien à me reprocher, déclara fièrement l'étrangère.

La suspecte recula lentement vers la forêt, dévoilant la fillette attachée derrière elle.

– Elle voulait aussi tuer cette petite, indiqua Alexei.

La femme tourna les talons et détala. L'homme-loup n'eut qu'à lever la main pour la faire tomber la tête la première dans les fougères, où les policiers s'empressèrent de lui passer les menottes.

– Je pense que nous avons trouvé le camping-car, Pelletier, indiqua Mélissa.

– Et la suppléante.

Christian commençait à voir des étoiles, alors ses collègues le ramenèrent à la voiture de police, tandis qu'Alexei détachait l'enfant. Émilie lui sauta dans les bras et s'accrocha à lui comme un chaton effrayé. Il la transporta donc lui-même jusqu'au convoi et la persuada de laisser les policiers la ramener chez elle. Quant à l'homme-loup, il poursuivit sa route à pied.

* * *

Lorsqu'il ouvrit les yeux, Christian se trouvait dans une salle d'examen de l'hôpital de Saint-Jérôme. Il battit des paupières et finit par distinguer les traits du médecin qui le traitait.

– Comment vous sentez-vous, monsieur Pelletier ? demanda-t-il.

– Pas très bien, pour tout vous dire.

– On m'a dit que vous aviez été poignardé. J'ai bien trouvé du sang sur vos vêtements, mais aucune blessure infligée par la lame d'un couteau.

– Quelqu'un m'a traité sur place.

– J'ai jeté un coup d'œil à votre dossier médical.

– Ça recommence…

– Vous avez été soumis à un grand stress dans le cadre de votre travail, ces derniers temps.

– Ce n'était pas une hallucination.

– Je vais vous prescrire des calmants et une longue période de repos.

Christian voulut s'asseoir, mais le médecin l'obligea à rester couché. Sans avertissement, il planta une seringue dans son bras.

– Mais que faites-vous là ?

– Je vous administre votre première dose, évidemment. Nous allons vous garder sous observation, cette nuit.

– Non, je veux retourner chez moi…

Le médecin fit entrer Mélissa. La jeune femme vint aussitôt serrer la main de son collègue dans la sienne.

– Je ne veux pas recevoir de drogue…

– C'est seulement pour te faire dormir.

Mélissa l'embrassa doucement, mais il avait déjà sombré dans le sommeil.

Chapitre 47

Nouvelle ère

Pendant qu'Alexanne racontait aux Paré et aux Richard ce qui s'était passé dans la forteresse, Valéri retrouva Tatiana dans la cuisine, où elle faisait chauffer de l'eau pour le thé.

– Pourquoi lui as-tu transmis tes pouvoirs ? lui demanda la fée avant même qu'il atteigne la chaise à bascule.

– Je suis trop vieux pour continuer à chasser les sorciers, Tatiana. Quand j'ai quitté la Russie, c'était à toi que je voulais léguer mes pouvoirs, car tu possèdes une grande sagesse, mais j'ai vite compris que tu ne désirais pas quitter ta maison.

– Ma place est ici.

– Alexanne a envie de voyager. Elle sera suffisamment mobile pour en attraper un ou deux durant sa vie.

– Tu viens de creuser un infranchissable fossé entre Alexei et elle.

– Ce n'était pas bon pour eux d'être aussi proches. Ils ont des destins différents. Mais rassure-toi, je ne l'ai pas fait pour les séparer. Il fallait que je choisisse mon successeur, et cette enfant était parfaite.

– Son destin est de devenir une grande guérisseuse, pas un Vengeur.

– L'un n'empêche pas l'autre.

Tatiana lui offrit une tasse de thé.

– Est-ce que tu veux m'épouser, Tatiana ?

– Peut-être… quand je ne serai plus fâchée contre toi.

– D'accord, j'attendrai.

Lorsque tout le monde fut parti et que Valéri se fut retiré dans sa chambre, Tatiana alla rejoindre sa nièce dans la sienne.

– J'étais sur le point d'aller vous voir ! s'exclama Alexanne. Il m'est arrivé quelque chose de vraiment étrange à la forteresse.

– Tu t'es sentie coupée d'Alexei.

– Comment le savez-vous ?

– Valéri t'a transmis ses pouvoirs de Vengeur quand il est monté dans la voiture avec toi.

– Vous voulez dire que c'est moi, désormais, qui devrai…

Le reste de la phrase resta coincé dans la gorge de la jeune fée.

– Poursuivre les sorciers malfaisants de ce monde, compléta Tatiana.

– Mais ce n'est pas ce que je veux faire dans la vie, surtout si ça doit m'éloigner d'Alexei ! Dites-moi comment me débarrasser de ces pouvoirs.

– Tu ne pourras les confier à une autre personne qu'une fois que tu auras procédé à quelques exécutions.

– J'ai déjà fait flamber le procureur.

– Alors, c'est un bon départ.

Tatiana l'embrassa sur le front.

– Nous poursuivrons cette conversation demain matin, décida-t-elle. Bonne nuit, Alexanne.

La guérisseuse quitta la chambre en refermant la porte derrière elle.

– On dit « Vengeure » ou « Vengeresse » ? demanda une petite voix en provenance de la plante suspendue.

– Tais-toi, Coquelicot.

Alexanne éteignit la lampe sur la table de chevet et se cala la tête dans son oreiller pour réfléchir. Finalement, le procureur Desjardins n'avait laissé que du malheur dans son sillage. Toute la nuit, elle fit d'horribles cauchemars dans lesquels elle poursuivait des créatures multicolores pour les tuer. Au matin, exténuée, la jeune fée se leva pour ne plus rêver. Elle s'habilla sans entrain et descendit à la cuisine. Alexei s'y trouvait déjà. Debout près du comptoir, il avalait un grand verre de jus d'orange.

– Tu dois être contente, maintenant, lâcha-t-il en s'essuyant les lèvres du revers de la main.

– Contente de quoi ?

– Tu voulais te couper de moi.

– Pas comme ça…

– Si je devais un jour céder à mes sombres pulsions, c'est toi qui serais obligée de me détruire.

– Jamais, Alex.

Il lui lança un regard incrédule et sortit dans le jardin. Infiniment malheureuse, l'adolescente s'appuya contre le grillage de la porte.

– Jamais… murmura-t-elle.

Table des matières

Michel LAFON POCHE
tout d'un grand

Enfin en poche !

La série culte d'Anne Robillard

À paraître en 2012

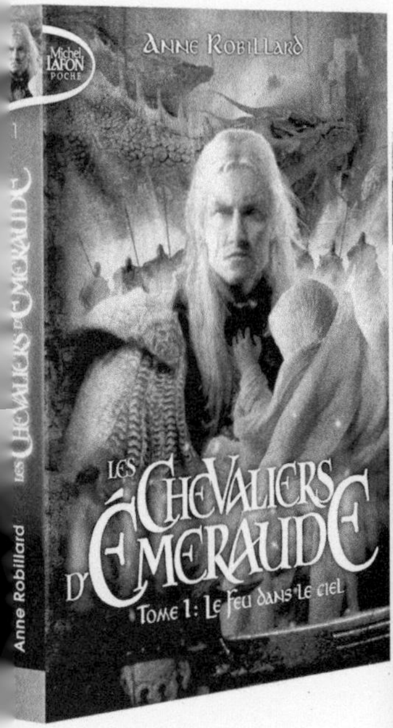

me 1 : Le Feu dans le ciel

Tome 2 : Les Dragons
de l'Empereur Noir

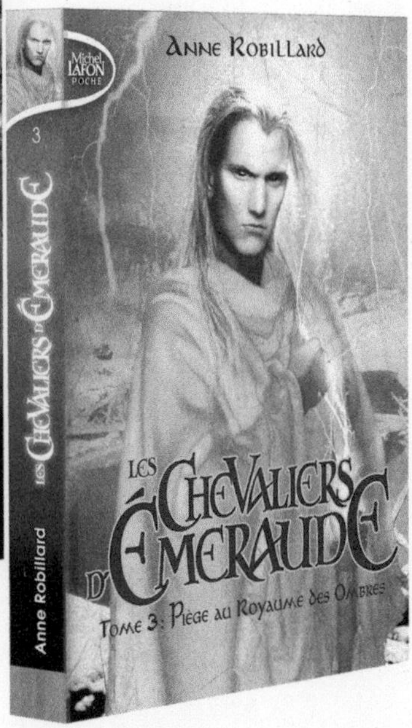

Tome 3 : Piège
au Royaume des Ombres

REJOIGNEZ L'ORDRE

IMPRIM'VERT®

Imprimé en France
par Corlet imprimeur
14110 Condé-sur-Noireau
Dépôt légal : Juin 2012
N° d'impression : 146244
ISBN : 978-2-7499-1639-2
LAF : 1606